D1325807

De Zahir

Nieuws over Paulo Coelo

Bent u geïnteresseerd in Paulo Coelho en zijn werk? Meld u dan aan voor ons Paulo Coelho-mailingbestand. U wordt dan regelmatig op de hoogte gehouden van nieuwe boeken van Paulo Coelho of nieuws over de schrijver.

Meld u aan via onze website www.paulocoelho.nl of stuur een e-mail naar arbeiderspers@wpguitgevers.nl met als onderwerp 'Coelho-mailingbestand'. Vermeld a.u.b. de volgende gegevens:
– naam
– adres
– telefoonnummer
– e-mailadres

Aan ons verstrekte gegevens worden opgenomen in het bestand van WPG-*uitgevers, maar niet aan derden verstrekt. U kunt uw gegevens opvragen om ze te laten corrigeren of verwijderen door een e-mail te sturen naar arbeiderspers@wpguitgevers.nl.*

Leverbare boeken van Paulo Coelho bij De Arbeiderspers:

De pelgrimstocht naar Santiago
De alchemist
Aan de oever van de Piedra huilde ik
De Vijfde Berg
Veronika besluit te sterven
De duivel en het meisje
De strijders van het licht
Elf minuten
Leven – de mooiste citaten
De Zahir

Over Paulo Coelho:
Juan Arias, *Paulo Coelho. De bekentenissen van een pelgrim*

Paulo Coelho
De Zahir *Roman*

Vertaald uit het Portugees
door Piet Janssen

Uitgeverij De Arbeiderspers
Amsterdam · Antwerpen

Eerste druk mei 2005
Tweede druk juni 2005
Derde druk juli 2005
Vierde druk juli 2005
Vijfde druk september 2005

Omslagontwerp: Steven van der Gaauw
Omslagillustratie: Powerstock
Foto auteur: Boris Buzin, Kazachstan; © Paulo Coelho 2004

ISBN 90 295 6238 2 / NUR 302
www.arbeiderspers.nl
www.paulocoelho.com

Heilige Maria, onbevlekt ontvangen, bid voor ons die onze toevlucht tot u zoeken.

'Als iemand van u honderd schapen heeft waarvan er één verloren is geraakt, laat hij dan niet de negenennegentig andere in de woestijn achter om naar het verdwaalde dier op zoek te gaan tot hij het gevonden heeft?'

Lucas 15:4

Als je doel Ithaka is en je vertrekt daarheen,
dan hoop ik dat je tocht lang zal zijn,
en vol nieuwe kennis, vol avontuur.

Vrees geen Laistrigonen en Kyclopen, of een woedende Poseidon;
je zult ze niet tegenkomen op je weg, als
je gedachten verheven zijn, en emotie
je lichaam en geest niet verlaat.
Laistrigonen en Kyclopen, en de razende Poseidon
zul je niet tegenkomen op je weg,
als je ze al niet meedroeg in je ziel, en
je ziel ze niet voor je voeten werpt.

Ik hoop dat je tocht lang mag zijn,
de zomerochtenden talrijk zijn, en
dat het zien van de eerste havens
je een ongekende vreugde geeft.
Ga naar de warenhuizen van Fenicië,
neem er het beste uit mee.
Ga naar de steden van Egypte, en
leer van een volk dat ons zoveel te leren heeft.

Verlies Ithaka niet uit het oog;
daar aankomen was je doel.
Maar haast je stappen niet;
het is beter dat je tocht duurt en duurt
en je schip pas ankert bij Ithaka,
wanneer je rijk geworden bent
van wat je op je weg hebt geleerd.

Verwacht niet dat Ithaka je meer rijkdom geeft.
Ithaka gaf je een prachtige reis;
zonder Ithaka zou je nooit vertrokken zijn.
Het gaf je alles al, meer geven kan het niet.

En mocht je vinden dat Ithaka arm is,
denk dan niet dat het je bedroog.
Want je bent een wijze geworden, hebt intens geleefd,
en dat is de betekenis van Ithaka.

Konstantinos Kavafis (1863-1933)

Inhoud

Opdracht

In de auto had ik gezegd dat ik de eerste versie van mijn boek af had. Toen we, in de Pyreneeën aangekomen, samen de voor ons heilige berg op liepen waarop we al zo veel bijzondere momenten hadden gedeeld, vroeg ik of ze het thema niet wilde weten, of de titel; ze antwoordde dat ze het had willen vragen maar dit, om me niet te storen, niet had gedaan. Ze had zich alleen maar gelukkig gevoeld, heel gelukkig.

Ik noemde de titel en vertelde wat het hoofdthema was. In stilte wandelden we verder. Op de terugtocht hoorden we een geluid. Het was de wind die op ons toe kwam, door de bladerloze boomtoppen streek en naar ons afdaalde. En zo liet de berg opnieuw zijn magie en macht zien.

Het begon te sneeuwen. Ik bleef staan en dacht na over dat moment: de vlokken die vielen, de grijze lucht, het woud, en zij aan mijn zij. Zij, die altijd aan mijn zijde was geweest, altijd.

Ik wilde het toen zeggen, maar zei niets zodat ze het pas weten zal wanneer ze deze bladzij leest. Dit boek is opgedragen aan jou, Christina, mijn vrouw.

De schrijver

Volgens Jorge Luis Borges stamt de idee van de Zahir uit de islamiti-sche traditie. Men vermoedt dat het begrip is ontstaan rond de acht-tiende eeuw. Zahir *is Arabisch en betekent: zichtbaar, aanwezig, on-mogelijk om onopgemerkt te blijven. Iets wat of iemand die, wanneer we ermee in contact komen, langzaam beslag legt op onze gedachten zodat we ons uiteindelijk op niets anders meer kunnen concentreren. Dit kan men zien als heiligheid, of waanzin.*

Faubourg Saint-Pères, *Encyclopedie van het fantastische,* 1953

Ik ben een vrij man

Zij, Esther, oorlogscorrespondente, onlangs teruggekeerd uit Irak omdat de invasie ieder moment kan plaatsvinden, dertig jaar, getrouwd, geen kinderen. Hij, een man van wie de identiteit niet is vastgesteld, rond de vierentwintig, donker uiterlijk, Mongoolse gelaatstrekken. Ze werden voor het laatst gezien in een café aan de rue Faubourg Saint-Honoré.

De politie ontving informatie dat de twee elkaar eerder hadden ontmoet, hoewel niemand wist te vertellen hoe vaak: Esther had steeds gezegd dat de man – wiens identiteit schuilging achter de naam Michaïl – een heel belangrijk iemand was. Maar of hij nu belangrijk was voor haar carrière als journaliste of voor haar als vrouw, daar had ze zich nooit over uitgelaten.

De politie startte een officieel onderzoek. Er zou mogelijk sprake zijn van ontvoering, chantage, ontvoering uitlopend in moord – iets wat in het geheel niet vreemd was, omdat haar werk als journaliste haar nu eenmaal dwong tot veelvuldig contact met mensen die banden hadden met terroristische cellen. Ze ontdekten dat er in de weken voorafgaand aan haar verdwijning grote sommen geld van haar bankrekening waren gehaald: de rechercheurs meenden dat dit wellicht wees op betaling voor informatie. Ze had geen kleren meegenomen, haar paspoort werd evenwel merkwaardig genoeg niet gevonden.

Hij, een onbekende, zeer jonge man, niet vermeld in de politiedossiers, geen enkele aanwijzing op grond waarvan zijn identiteit viel vast te stellen.

Zij, Esther, twee internationale prijzen als journaliste, dertig jaar, getrouwd.

Mijn vrouw.

Ik werd onmiddellijk onder verdenking geplaatst en in hechtenis genomen – vooral omdat ik weigerde te vertellen waar ik me op de dag van haar verdwijning bevond. Maar de cipier maakt nu net de deur open en zegt dat ik een vrij man ben.

Waarom ik een vrij man ben? Omdat vandaag de dag iedereen alles van elkaar weet. Je hoeft het maar te willen weten, en je weet het al: waar iemand zijn creditcard heeft gebruikt, waar hij geregeld komt, met wie hij het bed deelt. In mijn geval was het nog simpeler: een vrouw, ook journaliste, een vriendin van mijn vrouw, maar gescheiden – die dus zonder problemen kon zeggen dat ze met mij in bed lag –, hoorde dat ik vastzat en meldde zich om ten gunste van mij te getuigen. Ze kwam met concrete bewijzen dat ik het etmaal van Esthers verdwijning bij haar was geweest.

Ik heb een gesprek met de hoofdinspecteur, die me mijn spullen teruggeeft, zijn verontschuldigingen aanbiedt, beweert dat mijn snelle arrestatie haar grond vindt in de wet, en dat ik geen aanklacht kan indienen, noch een proces kan aanspannen tegen de staat. Ik verklaar dat ik allerminst die intentie heb, ik weet dat iedereen, wie dan ook, constant onder verdenking staat en vierentwintig uur per dag in de gaten gehouden wordt, ook al heeft hij niets op zijn kerfstok.

'U bent een vrij man,' herhaalt hij wat de cipier zei.

Ik vraag of mijn vrouw misschien niet toch iets overkomen is. Ze had me wel eens toevertrouwd dat ze – haar netwerk van informanten strekte zich uit tot de onderwereld van het terrorisme – soms het gevoel had dat ze vanuit de verte gadegeslagen werd.

De inspecteur houdt zich van de domme. Ik probeer het nog eens, maar hij zegt niets.

Ik vraag of ze met haar paspoort – dat ze dus kennelijk heeft meegenomen – kan reizen; hij zegt van wel, ze heeft geen misdaad gepleegd, dus waarom zou ze niet vrij het land in en uit mogen?

'Dus de mogelijkheid bestaat dat ze niet meer in Frankrijk is?'

'U denkt dat ze u verlaten heeft vanwege dat meisje met wie u slaapt?'

'Dat gaat u niets aan,' antwoord ik. De inspecteur is even stil en zegt vervolgens op ernstige toon dat ik gearresteerd werd omdat dat de normale procedure is, maar hij vindt het erg dat mijn vrouw verdwenen is. Hij is ook getrouwd, en al houdt hij dan niet van mijn boeken (dus hij weet wie ik ben! Hij is niet zo onnozel als hij eruitziet!), hij kan zich verplaatsen in mijn situatie, weet dat het geen kleinigheid is wat ik doormaak.

Ik vraag wat ik in deze situatie hoor te doen. Hij geeft me zijn kaartje, verzoekt me contact met hem op te nemen zodra er nieuws is – het is net als in de film, hij kan me niet overtuigen, inspecteurs weten altijd meer dan ze vertellen.

Hij vraagt of ik de man die bij Esther was – de laatste keer dat ze is gezien – ooit heb ontmoet. Ik antwoord dat ik zijn codenaam ken, maar de man nooit heb gezien.

Hij vraagt of er problemen zijn thuis. Ik vertel hem dat we meer dan tien jaar samen zijn en de normale problemen hebben, net als ieder ander stel, niet meer, niet minder.

Voorzichtig informeert hij of we onlangs hebben gesproken over scheiden, of mijn vrouw een scheiding overwoog. Ik antwoord dat van dat alles nooit sprake is geweest, ook al hadden we – en ik herhaal 'net als ieder ander stel' – af en toe een woordenwisseling.

Regelmatig of af en toe?

Af en toe, houd ik vol.

Nog voorzichtiger informeert hij of ze een vermoeden had van mijn verhouding met haar vriendin. Ik zeg dat het de eerste én de laatste keer is geweest dat we met elkaar sliepen. Het was geen verhouding, we hadden gewoon niet genoeg gespreksstof, het was domweg een saaie dag met een gat na de lunch, en dan is flirten iets wat de levenssappen doet stromen, en daardoor belandden wij toen in bed.

'U gaat met iemand naar bed alleen maar omdat het een saaie dag is?'

Ik overweeg om te zeggen dat zo'n vraag niet in een verhoor thuishoort, maar ik ben gebaat bij wat vertrouwelijkheid, misschien dat ik hem in de toekomst nog eens nodig heb – er bestaat immers zoiets als de zogenaamde Bank van Wederdienst, een onzichtbare instelling, waarvan ik altijd veel profijt heb gehad.

'Soms, ja. Niets interessants om handen, een vrouw die emotie zoekt en ik het avontuur, meer niet. De volgende dag doen we allebei alsof er niets gebeurd is, en gaat het leven verder.'

Bij wijze van dank legt hij een hand op mijn arm en zegt dat zijn wereld er ietsje anders uitziet. Dat er saaie, ronduit vervelende dagen zijn waarop hij zelfs zin kan krijgen om met iemand het bed in te duiken – maar dat bij hem de sociale controle veel groter is, en niemand doet wat hij denkt of wil.

'Misschien is het bij kunstenaars allemaal wat vrijer,' merkt hij op.

Ik antwoord dat ik zijn wereld wel ken, maar dat ik er op dit moment niet voor voel om onze verschillende opvattingen over mens en maatschappij naast elkaar te gaan leggen. Ik zwijg en wacht af wat zijn volgende stap zal zijn.

'Over vrijheid gesproken, u mag gaan,' zegt de inspecteur, een beetje teleurgesteld dat de schrijver zich niet laat verleiden tot een gesprek met de politieman. 'Nu ik u ken, zal ik eens wat van u gaan lezen. Ik zei wel dat ik niet van uw boeken hield, maar om eerlijk te zijn, ik heb er nooit een gelezen.'

Het is niet de eerste en evenmin de laatste keer dat ik die opmerking hoor. De tijd op het politiebureau levert dan toch nog iets op: ik zeg mijn nieuwe lezer gedag en vertrek.

Ik ben vrij. Ik zit niet langer in de gevangenis, mijn vrouw is onder mysterieuze omstandigheden verdwenen, vaste werktijden heb ik niet en relatieproblemen evenmin. Ik ben rijk, beroemd, en als Esther me inderdaad verlaten heeft, zal het niet lang duren of ik vind wel een ander. Ik ben vrij en onafhankelijk.

Maar wat is vrijheid?

Een groot deel van mijn leven ben ik wel slaaf van het een en ander geweest, dus zou ik de betekenis van het woord vrijheid ondertussen moeten kennen. Van kleins af aan heb ik voor mijn vrijheid gevochten, ik zag haar als het hoogste goed. Ik ging het gevecht aan met mijn ouders, die wilden dat ik ingenieur zou worden, en geen schrijver. Op de middelbare school vocht ik tegen mijn klasgenoten, die me vanaf de allereerste schooldag tot mikpunt van hun boosaardige spelletjes hadden gemaakt. Pas na heel veel bloedneuzen aan beide kanten, pas na heel veel middagen van schrammen verbergen voor mijn moeder – want het waren míjn problemen en niet de hare, en ík moest ze oplossen en niet zij –, kon ik laten zien dat ik klappen verdroeg zonder in huilen uit te barsten. Ik vocht voor een baantje om in mijn eigen onderhoud te voorzien, werkte als magazijnbediende in een ijzerwarenzaak, alles om maar verlost te kunnen zijn van de beruchte chantage die ouders voor hun kinderen in petto hebben: 'We geven je geld, maar dan moet je wel doen wat we zeggen.'

Ik vocht – weliswaar zonder resultaat – voor het meisje van wie ik als puber hield en dat ook van mij hield. Ze liet me uiteindelijk in de steek omdat haar ouders haar ervan hadden overtuigd dat ik geen toekomst had.

Ik vocht tegen de vijandige sfeer in de journalistiek, mijn volgende werkkring, waar mijn eerste baas me drie uur liet wachten en pas aandacht voor me had toen ik het boek dat hij zat te lezen, kapot begon te scheuren: hij keek me verbaasd aan en concludeerde dat hij iemand voor zich had die over uithoudingsvermogen beschikte en over het lef om de confrontatie met de vijand aan te gaan, voor een verslaggever essentiële eigenschappen. Ik streed voor socialistische idealen, moest de gevangenis in, kwam eruit en ging door met de strijd; een held van de arbeidersklasse, zo voelde ik me. Vervolgens hoorde ik de Beatles en constateerde dat rock-'n-roll veel leuker was dan Marx. Ik vocht voor de liefde van mijn eerste, mijn tweede, mijn derde vrouw. Ik vocht om de durf te hebben om van mijn eerste vrouw te scheiden, van mijn tweede, van mijn derde, want de liefde was niet waterproof gebleken en ik moest verder, de vrouw vinden die voor mij op de wereld was gezet – en de drie eerdere waren dat niet.

Ik vocht om de moed te hebben de krant de rug toe te keren en me aan het schrijven van een boek te wagen, ook al wist ik dat in Brazilië met literatuur geen droog brood te verdienen viel. Na een jaar, na meer dan duizend bladzijden die zonder meer geniaal (want zelfs voor mezelf onbegrijpelijk) waren, gaf ik het op.

Toen ik zo bezig was met mijn strijd, zag ik mensen het woord voeren in naam van de vrijheid, en hoe meer ze dat unieke recht verdedigden, des te meer ze zich conformeerden aan de wensen van hun ouders, aan de huwelijksbelofte die gold voor 'de rest van hun levensdagen', aan dieetvoorschriften, aan de weegschaal, aan plannen die niet doorgingen, aan geliefdes tegen wie ze geen 'nee' of 'nu-ben-ik-het-zat' konden zeggen, en aan de verplichting om in het weekend te eten met mensen in wie ze geen zin hadden. Slaven van hun luxe, van de schijn van luxe, van de schijn van de schijn van luxe. Slaven van een leven waarvoor ze niet hadden gekozen, maar waarvoor ze wél waren gezwicht omdat iemand hen ervan had weten te overtuigen dat dit het beste voor hen was. De consequentie was dat alle dagen en nachten eender waren, dat avontuur alleen bestond in een boek of op de tv die altijd aanstond. En wanneer er zich iets aandiende, zeiden ze altijd: 'Nee, daar heb ik geen belangstelling voor, daar heb ik geen zin in.'

Hoe konden ze weten dat ze er geen zin in hadden, als ze het nooit geprobeerd hadden? Een zinloze vraag. In feite waren ze bang voor iedere verandering die hun leventje waaraan ze zo gewend waren uit balans zou kunnen brengen.

De inspecteur zegt dat ik vrij ben. Ik ben vrij nu, en ik was vrij in de cel. Vrijheid is voor mij nog steeds het hoogste goed. Natuurlijk heeft me dat verleid tot het drinken van wijn die ik niet bleek te lusten, tot dingen waar ik spijt van heb, die ik niet had moeten doen en die ik niet meer zál doen, waardoor ik littekens op mijn lijf en op mijn ziel heb, waardoor ik sommige mensen gekwetst heb – aan wie ik vergiffenis heb gevraagd toen ik begreep dat ik alles mocht doen behalve een ander dwingen mij te volgen in mijn waanzin, in mijn honger om te leven. Dat ik heb geleden, vind ik niet erg, mijn littekens draag ik als zijn het medailles, ik weet dat de vrijheid een hoge prijs heeft, even hoog als de prijs van de slavernij; het enige verschil is dat je met plezier betaalt, met een glimlach, al is het wel eens een glimlach met een traan.

Als ik het politiebureau uit kom is het prachtig weer, een zonnige zondag die in het geheel niet overeenstemt met mijn geestestoestand. Mijn advocaat staat me buiten op te wachten met een paar woorden van troost en een bos bloemen. Hij zegt dat hij alle ziekenhuizen heeft afgebeld, de mortuaria (iets wat je nu eenmaal doet als iemand maar niet thuiskomt), maar Esther niet heeft kunnen traceren. Hij zegt dat hij heeft weten te verhinderen dat de journalisten erachter kwamen waar ik gevangenzat. Hij zegt dat hij met me moet praten om de juridische strategie te kunnen bepalen die me een toekomstige aanklacht kan besparen. Ik bedank hem dat hij zo attent is; ik weet dat hij helemaal geen juridische strategie wil vaststellen – hij wil me gewoon niet alleen laten, hij weet immers niet hoe ik zal reageren (ga ik me bedrinken en beland ik opnieuw in de cel? Zal ik een schandaal veroorzaken? Zal ik proberen me van kant te maken?). Ik antwoord dat ik een aantal belangrijke zaken moet afhandelen, en dat zowel hij als ik weet dat ik geen problemen heb met de wet. Hij dringt aan, maar ik ben heel beslist – ik ben tenslotte een vrij mens.

Vrijheid. De vrijheid om op een ellendige manier alleen te zijn.

Ik pak een taxi naar het centrum van Parijs, vraag hem te stoppen bij de Arc de Triomphe. Ik stap uit om over de Champs-Elysées naar Hotel Bristol te wandelen waar Esther en ik, als een van ons beiden teruggekeerd was van een buitenlandse missie, altijd warme chocolademelk dronken – voor ons een ritueel om onze terugkeer te vieren, een duik in het warme bad van de liefde die ons bond, ook al duwde het leven ons steeds vaker verschillende kanten op.

Ik wandel over de Champs-Elysées. De mensen glimlachen en de kinderen zijn vrolijk vanwege deze lenteachtige uurtjes in hartje winter, geen verkeersopstoppingen, alles lijkt in orde – behalve dat ze geen van allen weten (of ze doen alsof ze het niet weten, of het kan ze gewoon niet schelen) dat ik zojuist mijn vrouw heb verloren. Zien ze dan niet hoe ik gekweld word door verdriet? Ze zouden verdrietig moeten zijn, met me mee moeten leven, solidair moeten zijn met een man wiens hart verscheurd wordt door liefdesverdriet; maar ze glimlachen maar door, ondergedompeld in hun miezerige leventje dat buiten het weekend niet bestaat.

Wat een belachelijke gedachte: veel van deze mensen hebben ook een hart dat verscheurd wordt, en ik weet evenmin waarom zij lijden of hoe.

Ik loop een bar in om sigaretten te kopen, ik krijg antwoord in het Engels; ik ga een apotheek binnen voor mijn favoriete mentholsnoepjes en de bediende praat Engels tegen me (in beide gevallen begon ik in het Frans). Voor ik bij het hotel ben word ik aangesproken door twee jongens die net uit Toulouse komen: ze willen weten waar een bepaalde winkel is, hebben het aan verschillende mensen gevraagd, maar niemand die hen verstaat. Wat is hier aan de hand? Hebben ze de Champs-Elysées in het etmaal dat ik gevangenzat soms verhuisd naar een andere taal?

Toerisme en geld zijn in staat om wonderen te verrichten: maar waarom is me dit niet eerder opgevallen? Omdat Esther en ik kennelijk al heel lang niet onze chocolademelk gedronken hebben, al zijn we in die tijd allebei verscheidene malen op reis geweest en ook weer teruggekomen. Er was altijd wel iets belangrijks, altijd wel een afspraak die niet verzet kon worden. Ja, liefje, we drinken onze chocolademelk de volgende keer, kom gauw naar huis, ik heb een heel belangrijk interview, weet je, en ik kan je niet afhalen van het vliegveld, pak een taxi, mijn mobiele telefoon staat aan, je kunt me bellen als er iets dringends is, zo niet, dan tot vanavond.

Mijn mobiele telefoon! Ik vis hem uit mijn broekzak, ik zet hem onmiddellijk aan, hij gaat verscheidene malen over en iedere keer bonkt en bonst mijn hart, op het schermpje zie ik de namen van mensen die me proberen te bereiken, ik neem niet op. Hopelijk verschijnt er een onbekend nummer; alleen zij zal dat dan kunnen zijn, mijn nummer is immers slechts bekend bij een stuk of twintig mensen, en die hebben gezworen het nooit door te geven. Er verschijnt geen onbekend nummer, alleen maar nummers van vrienden of van het groepje waar ik beroepshalve het meest mee te maken heb. Ze zullen wel willen weten wat er gebeurd is, willen helpen (maar hoe dan?), willen vragen of ik iets nodig heb.

De telefoon blijft maar gaan. Moet ik opnemen? Met een paar mensen iets afspreken?

Ik besluit dat ik alleen wil zijn tot ik precies begrijp wat er aan de hand is.

Ik kom aan bij Hotel Bristol, dat Esther altijd beschreef als een van de weinige hotels in Parijs waar de gasten echt als gasten behandeld worden – en niet als daklozen die onderdak zoeken. Ik word begroet alsof ik familie ben, ik kies een tafeltje tegenover de mooie klok, luister naar de piano, kijk naar buiten, naar de tuin.

Ik moet praktisch zijn, nagaan wat dit alles mogelijk betekent, het leven gaat verder. Ik ben niet de eerste en niet de laatste man die door zijn vrouw wordt verlaten – maar moest dit nou per se gebeuren op zo'n dag waarop de mensen glimlachend over straat gaan, de kinderen zingen, de lente zich aankondigt, de zon schijnt, en de chauffeurs netjes voor de zebrapaden stoppen?

Ik pak een servet, ik moet al die spinsels uit mijn hoofd halen en op papier zetten. Mijn gevoel uitschakelen en kijken wat me te doen staat:

A) rekening houden met de mogelijkheid dat ze echt is gekidnapt, haar leven is op dit moment in gevaar, ik ben haar man, haar maatje van wie ze op aankan, ik moet hemel en aarde bewegen om haar te vinden.

Antwoord: ze heeft haar paspoort gepakt. De politie weet het niet, maar ze heeft ook wat spullen meegenomen voor haar persoonlijke hygiëne en bovendien het doosje met beeldjes van beschermheiligen dat ze altijd meenam als ze naar het buitenland ging. Ze heeft geld opgenomen.

Conclusie: ze stond klaar om te vertrekken.

B) rekening houden met de mogelijkheid dat ze op een of andere belofte is ingegaan die uiteindelijk een valstrik bleek te zijn.

Antwoord: ze heeft zich vaak in gevaarlijke situaties begeven – dat hoorde bij haar werk. Maar ze lichtte me altijd in, ik was immers de enige op wie ze blind kon vertrouwen. Ze zei me waar ze waarschijnlijk zou zijn, naar welk contact ze toe ging (hoewel ze, om mij niet in gevaar te brengen, meestal de schuilnaam van de persoon in kwestie gebruikte), en wat ik moest doen in geval ze op het afgesproken tijdstip niet thuis zou zijn.

Conclusie: ze had geen plannen voor een ontmoeting met een informant.

C) rekening houden met de mogelijkheid dat ze een andere man is tegengekomen.

Antwoord: hier is geen antwoord op. En van alle mogclijkheden is dit de enig zinnige. Maar ik kan het niet aanvaarden, ik kan niet aanvaarden dat ze op een dergelijke manier weggaat en me niet eens vertelt waarom. Esther en ik zijn er béiden altijd trots op geweest dat we, wanneer we problemen hadden samen, die problemen nooit uit de weg gingen. Het was dan wel een pijnlijk gebeuren, maar we logen nooit tegen elkaar – ook al waren de regels van het spel dat we buitenechtelijke escapades onbesproken lieten. Ik weet dat ze erg veranderde toen ze die

Michaïl had leren kennen, maar is zoiets voldoende reden om uit een huwelijk te stappen, uit een huwelijk van tien jaar?

Zelfs al zou ze met hem geslapen hebben, verliefd op hem geworden zijn, zou ze dan al wat we samen beleefd hebben, al wat we samen opgebouwd hebben, niet meegewogen hebben? Zou ze zich zomaar in dat onherroepelijke avontuur hebben gestort? Ze was vrij om op reis te gaan wanneer ze maar wilde, en ze verkeerde bij herhaling tussen mannen, soldaten die al heel lang geen vrouw hadden gezien. Ik heb haar er nooit een vraag over gesteld, zij heeft me er nooit iets over verteld. We waren allebei vrij en we waren er trots op.

Maar Esther was verdwenen, waarbij ze sporen achtergelaten had die alleen zichtbaar waren voor mij, een soort verborgen boodschap: ik ben bezig van je weg te gaan.

Waarom?

Schiet ik er iets mee op om die vraag te beantwoorden?

Nee. Een antwoord houdt immers al automatisch in dat ik niet in staat was om de vrouw van wie ik hield aan mijn zijde te houden. Schiet ik er iets mee op haar te gaan zoeken en haar dan over te halen, te smeken naar me terug te keren? Haar op mijn knieën te vragen ons huwelijk een nieuwe kans te geven?

Dat komt me belachelijk voor. Dan maar liever lijden zoals ik eerder ook geleden heb, toen anderen van wie ik hield me verlieten. Het is beter mijn wonden te likken, zoals ik ook in het verleden heb gedaan. Een tijd lang zal ik aan haar denken, een bittere man worden en voor mijn vrienden een bron van ergernis omdat ik over niets anders kan praten dan over het vertrek van mijn vrouw. Ik zal proberen er een reden voor te vinden. Dagenlang, nachtenlang ieder ogenblik waarop we samen waren herbeleven en mijn conclusie zal zijn dat zij hard tegen me is geweest en dat ík daarentegen altijd mijn stinkende best heb gedaan. Ik zal andere vrouwen zoeken en vinden. Op straat zal ik me telkens afvragen of zij het misschien is die daar loopt. Dag en nacht zal ik pijn hebben, dag en nacht. Zoiets duurt weken, maanden, misschien wel meer dan een jaar.

Tot ik op een ochtend wakker word en merk dat ik aan iets anders denk, weet dat het ergste voorbij is. De wonden zijn diep, maar ze helen, en ik kan weer zien hoe mooi het leven is. Zo is het eerder gegaan, zo zal het weer gaan, daar twijfel ik niet aan. Wie weggaat, maakt plaats voor een ander – ik zal opnieuw de liefde vinden.

Even denk ik aan de genoeglijke kanten van mijn nieuwe bestaan: dat ik vrijgezel ben en miljonair; dat ik kan uitgaan met wie ik wil, in het volle daglicht; dat ik me op feesten kan gedragen zoals ik me al die jaren niet gedragen heb. Binnen de kortste keren zal het bekend zijn, en zullen ze de deur platlopen, de jonge en de minder jonge vrouwen, rijk of niet zo rijk als ze zich voordoen, intelligent of misschien alleen maar opgevoed om dingen te zeggen waarvan ze menen dat ik ze graag hoor.

Ik wil geloven dat het fantastisch is om vrij te zijn. Weer vrij. Klaar om de liefde van mijn leven te ontmoeten, de vrouw die op me wacht, en die me een vernederende situatie als deze besparen zal.

Ik drink mijn chocolademelk op, kijk op mijn horloge en besef dat het aangename gevoel weer tot het mensdom te behoren voorlopig wel op zich zal laten wachten. Even droom ik dat Esther binnenkomt, zonder iets te zeggen naast me gaat zitten, een sigaret opsteekt, naar de binnentuin kijkt en mijn hand vasthoudt. Er verstrijkt een halfuur, een halfuur lang geloof ik in de scène die ik zojuist heb gecreëerd, en dan dringt het tot me door dat het slechts een beeld is uit mijn fantasie.

Ik besluit om niet naar huis terug te keren. Ik stap naar de receptie, vraag een kamer, een tandenborstel en deodorant. Het hotel is vol, maar de gerant vindt er iets op: ik kom terecht in een schitterende suite met terras en met uitzicht op de Eiffeltoren, de daken van Parijs, de lichten die langzaam aangaan, de families die samenkomen voor het zondagse avondeten. En ik heb dezelfde gewaarwording als ik had op de Champs-Elysées: hoe mooier de omgeving is, hoe ellendiger ik me voel.

Geen tv, geen avondeten. Ik ga op het terras zitten en blik terug op mijn leven, een jongen die ervan droomt een beroemd schrijver te worden en plotseling ziet dat de werkelijkheid daar volstrekt niet mee spoort – hij schrijft in een taal die bijna niemand leest, in een land waarvan gezegd wordt dat er geen lezers zijn. Zijn familie dwingt hem om naar de universiteit te gaan (welke doet er niet toe, als je maar een papiertje haalt – zo niet, dan wordt het nooit wat in het leven). Hij rebelleert, reist in het hippietijdperk de wereld over, komt een zanger tegen, schrijft een paar songteksten en plotseling verdient hij meer geld dan zijn zus, die wel naar haar ouders heeft geluisterd en het tot scheikundig ingenieur heeft gebracht.

Ik schrijf meer liedjes, de zanger heeft steeds meer succes, ik koop een aantal appartementen, krijg ruzie met de zanger, maar heb voldoende geld om de eerstkomende jaren niet te hoeven werken. Ik trouw voor de eerste keer, met een vrouw die ouder is dan ik, ik leer veel – vrijen, autorijden, Engels, laat naar bed gaan – maar het loopt uit op een scheiding, omdat ik volgens haar 'emotioneel onvolwassen ben, voortdurend achter iedere meid met cup D aan moet'. Ik trouw voor de tweede keer en voor de derde keer, met vrouwen van wie ik denk dat ze me emotionele stabiliteit zullen schenken: ik vind wat ik zoek, maar ontdek wel dat de gewenste stabiliteit gepaard gaat met intense verveling.

Twee scheidingen verder. Opnieuw de vrijheid, maar het is niet meer dan een gevoel; vrijheid is niet hetzelfde als ongebondenheid, maar vrijheid is het vermogen om keuzes te maken – en me aan datgene te binden wat het beste voor me is.

Ik zet mijn amoureuze zoektocht voort, ga verder met het schrijven van liedjes. Als ze me vragen wat ik doe, zeg ik dat ik schrijver ben. Als ze zeggen dat ze alleen mijn songteksten kennen, zeg ik dat dat maar een deel van mijn werk is. Als ze zich verontschuldigen en zeggen dat ze nog nooit een boek van me gelezen hebben, verklaar ik dat ik bezig ben met een langlopend project – wat gelogen is. De waarheid is dat ik geld heb, contacten, maar niet de moed om een boek te schrijven. Ik ben op het punt beland dat ik mijn droom kan verwezenlijken, maar als ik het zou proberen en het mislukt, dan weet ik niet wat ik met de rest van mijn leven moet. En daarom: liever een droom instandgehouden dan hem fout zien aflopen.

Op een dag komt een journaliste me interviewen: ze wil weten hoe het is als, zoals in mijn geval, het hele land wel je werk kent maar jou eigenlijk niet, omdat normaal gesproken alleen de zanger in de media komt. Een knappe, intelligente, stille vrouw. We zien elkaar weer op een feest, de spanning van het werk ontbreekt, en ik slaag erin haar dezelfde nacht nog in bed te krijgen. Zij vindt het een afknapper, maar ik ben verliefd. Ik bel haar op, ze zegt steeds dat ze geen tijd heeft. Hoe meer ze me afhoudt, hoe aantrekkelijker ze wordt. Uiteindelijk lukt het me haar over te halen om een weekend in mijn vakantiehuisje door te brengen (ik mocht dan wel het zwarte schaap zijn, maar rebels gedrag wordt vaak beloond – zo was ik in mijn vriendenkring de enige die zich toentertijd al een vakantiehuisje had kunnen aanschaffen).

Drie dagen lang zijn we met z'n tweeën, we kijken naar de zee, ik kook voor haar, zij vertelt over haar werk en wordt ten slotte verliefd op me. We keren terug naar de stad. Ze blijft regelmatig bij me slapen en op een goede ochtend vertrekt ze vroeger dan normaal en komt terug met haar typemachine: zonder dat er een woord over gesproken is, wordt vanaf dan mijn huis haar huis.

Dezelfde conflicten doen zich voor als die ik had met mijn eerdere vrouwen: zíj zoeken stabiliteit, trouw, ík avontuur en het onbekende. Maar dit keer houdt de relatie langer stand; desondanks vind ik twee jaar later dat het tijd geworden is dat Esther haar schrijfmachine en al haar andere spullen weer mee terugneemt naar huis.

'Dit wordt niks,' zeg ik.

'Maar je houdt van mij, en ik van jou, toch?'

'Weet ik niet. Als je me vraagt of ik graag bij je ben, dan zeg ik ja. Als je wilt weten of ik zonder jou kan, dan is mijn antwoord ook ja.'

'Ik ben blij dat ik geen man ben. Het enige wat jullie, mannen, van ons verwachten is dat we goed kunnen koken. Maar van de mannen wordt alles verwacht, echt alles – dat ze het huis onderhouden, de liefde bedrijven, hun kroost beschermen, zorgen dat er brood op de plank komt, en dat ze succes hebben.'

'Dat is het punt niet: ik ben heel tevreden met mezelf. Ik vind het fijn als je bij me bent, maar ik weet zeker dat het niks wordt.'

'Je vindt het fijn als ik bij je ben, want je vindt het vreselijk om alleen met jezelf te zijn. Je zoekt voortdurend het avontuur om de belangrijke dingen te ontlopen. Je kickt op adrenaline en je vergeet dat er bloed door je aderen hoort te stromen en niets anders.'

'Ik ga de belangrijke dingen echt niet uit de weg. Wat is dan belangrijk, bijvoorbeeld?'

'Een boek schrijven.'

'Dat kan ik op ieder moment.'

'Nou, doe dat dan. Daarna gaan we uit elkaar, als je dat zo graag wilt.'

Ik vind haar commentaar absurd: ik kan zo – wanneer ik maar wil – een boek schrijven, ik ken uitgevers, journalisten, mensen die bij me in het krijt staan. Esther is gewoon bang me te verliezen, ze verzint maar wat. Ik zeg dat het genoeg is, onze relatie loopt op haar einde, en wat ik mis is niet datgene waarvan zij denkt dat het me gelukkig zal maken, waar het om draait is liefde.

'En wat is liefde dan?' vraagt ze. Meer dan een halfuur probeer ik uit te leggen wat liefde is, om er ten slotte achter te komen dat ik er niet in slaag een definitie te geven.

Zij zegt dat als ik niet in staat ben om een definitie van de liefde te geven, ik er dan maar een boek over moet schrijven.

Ik antwoord dat die twee dingen helemaal niets met elkaar

33

te maken hebben, ik ga vandaag nog weg, zij blijft maar zo lang ze wil in het appartement – ik neem mijn intrek in een hotel tot zij een woning gevonden heeft. Ze zegt dat er wat haar betreft geen enkel probleem is, prima als ik nu ga, binnen een maand is het appartement vrij – morgen zal ze beginnen met het zoeken van een woning. Ik pak mijn koffers, en zij gaat een boek lezen. Ik zeg dat het al laat is, dat ik morgen ga. Zij vindt dat ik meteen moet gaan, omdat ik me morgen zwakker zal voelen, minder vastberaden. Ik vraag of ze me wil dumpen. Ze lacht, zegt dat niet zij maar ik degene was die er een punt achter wilde zetten. We gaan slapen, de volgende dag is de zin om te vertrekken een stuk minder, ik vind dat ik er nog eens over na moet denken. Esther daarentegen zegt dat de kwestie daarmee niet de wereld uit is: zolang ik niet alles op het spel zet voor iets wat ik als de werkelijke zin van mijn leven zie, zal dit soort dagen zich blijven herhalen, zij zal ongelukkig worden en uiteindelijk is het dan haar beurt om op te stappen. In dat geval zal zij niet schromen om onmiddellijk tot actie over te gaan en zal ze iedere brug die een terugkeer mogelijk kan maken, achter zich verbranden. Ik vraag wat ze daarmee bedoelt. Een ander zoeken, verliefd worden, antwoordt ze.

Ze vertrekt naar haar werk op de krant, ik besluit een dag vrij te nemen (behalve dat ik songteksten schrijf, werk ik op dat moment bij een platenmaatschappij), en kruip achter de typemachine. Ik sta op, lees de kranten, beantwoord belangrijke brieven, als ik daardoor heen ben beantwoord ik de onbelangrijke brieven, ik maak een lijstje van wat ik moet doen, luister naar muziek, maak een ommetje door de wijk, praat met de bakker, keer terug naar huis, de dag is voorbij en ik heb niets kunnen typen, niet eens een simpel zinnetje. Ik kom tot de conclusie dat ik Esther haat, zij dwingt me om dingen te doen waar ik geen zin in heb.

Als ze thuiskomt van de krant, vraagt ze me niets – ze stelt vast dat het schrijven me niet is gelukt. Ze zegt dat ik dezelfde blik in mijn ogen heb als gisteren.

De volgende dag ga ik weer naar mijn werk, maar 's avonds kruip ik weer achter het bureau waar de typemachine staat. Ik lees, kijk televisie, luister naar muziek, kruip weer achter het bureau, en zo gaan er twee maanden voorbij, steeds meer pagina's, stapels pagina's met 'eerste zinnen', maar tot een alinea breng ik het niet.

Ik kom met alle mogelijke smoezen – in dit land leest niemand, ik heb nog geen schema in mijn hoofd zitten, of ik heb een heel goed schema, maar weet nog niet goed hoe het in te vullen. Bovendien heb ik het heel erg druk, dat artikel of die songtekst moet af. Nog eens twee maanden, en op een goede dag komt ze thuis met een vliegticket.

'Zo is het genoeg,' zegt ze. 'Hou toch op met te doen alsof je het druk hebt, met te doen alsof je iemand bent die zijn verantwoordelijkheden kent, met te doen alsof de wereld zit te wachten op waar je nu mee bezig bent, ga erop uit, ga een tijdje reizen.' Ik kan nog altijd directeur worden van de krant waar ik af en toe een reportage voor schrijf. Ik kan nog altijd president-directeur van de platenmaatschappij worden waar ik songteksten voor schrijf – en waar ik alleen maar een baan heb omdat ze niet willen dat ik activiteiten voor de concurrent ontplooi. Ik kan altijd weer gaan doen wat ik nu doe, maar mijn droom kan niet langer wachten. Of ik aanvaard hem of vergeet hem.

Een ticket waarnaartoe?

Spanje.

Ik sla een paar glazen achterover, tickets zijn duur, ik kan nu niet weg van mijn werk, ik heb een carrière en die kan ik niet laten versloffen. Veel componisten met wie ik als tekstschrijver een duo vorm, zal ik kwijtraken. Ik ben het probleem niet, ons huwelijk is het probleem. Als ik een boek wil schrijven, is er niemand die me dat kan verhinderen.

'Je kunt het, je wilt het, maar je doet het niet,' zegt ze. 'Jouw probleem ligt niet bij mij maar bij jezelf, je kunt beter maar een tijdje alleen zijn.'

Ze laat me een landkaart zien. Ik moet naar Madrid, daar een bus pakken naar de Pyreneeën, op de grens met Frankrijk. Daar begint een middeleeuwse route, de Camino de Santiago: die moet ik te voet afleggen. Aan het eind zal zij op me staan wachten en accepteren wat ik ook maar zeg: dat ik niet meer van haar hou, dat ik nog niet genoeg heb meegemaakt om een literair werk te scheppen, dat ik er niet meer over peins om schrijver te worden, dat het alleen maar een puberale droom was, meer niet.

Ik word gek! De vrouw met wie ik al twee lange jaren samen ben – een ware eeuwigheid voor een verhouding – beslist over mijn leven, wil dat ik mijn baan opzeg en te voet een heel land doorkruis! Het is zo krankzinnig dat ik besluit haar serieus te nemen. Ik zet het op een drinken, verscheidene avonden achter elkaar, en zij drinkt met me mee – ook al heeft ze een hekel aan alcohol. Ik word kwaad, zeg dat ze jaloers op me is om mijn onafhankelijkheid, dat ze op dat idiote idee komt alleen maar omdat ik zei dat ik haar wilde verlaten. Ze antwoordt dat dat idiote idee is ontstaan toen ik nog op de middelbare school zat en erover droomde schrijver te worden – nu is het lang genoeg uitgesteld: óf ik ga de confrontatie met mezelf aan, óf ik ben de rest van mijn leven bezig met trouwen en scheiden, met mooie verhalen ophangen over mijn verleden tot ik nog maar een schim van mezelf ben.

Ik kan natuurlijk niet toegeven dat ze het bij het rechte eind heeft – maar ik weet dat het zo is. En hoe meer ik dat besef, hoe bozer ik word. Ze laat mijn woede-uitbarstingen zonder enig protest over zich heen komen – ze zegt alleen nog maar een keer dat de dag van vertrek nadert.

Op zekere avond, het is bijna zover, weigert ze met me te vrijen. Ik rook een hele joint, drink twee flessen wijn, en sla midden in de huiskamer tegen de vlakte. Als ik bijkom, besef ik dat ik op de bodem van de put ben beland, en nu alleen nog maar terug kan naar de oppervlakte. En ik, die me altijd heb laten voorstaan op mijn lef en moed, zie nu hoe laf ik eigenlijk ben, hoe gemakzuchtig en kleinburgerlijk ik ben. Die ochtend wek ik haar met een kus, en ik zeg dat ik zal doen wat zij voorstelde.

Ik ga op reis, en achtendertig dagen lang bevind ik me op de Camino de Santiago. Als ik in Compostela aankom begrijp ik dat mijn ware tocht pas daar begint. Ik besluit in Madrid te gaan wonen, van mijn auteursrechten te leven, toe te laten dat een oceaan me van het lichaam van Esther scheidt – ook al blijven we officieel bij elkaar en bellen we met zekere regelmaat. Het voelt heel prettig om getrouwd te blijven, te weten dat haar armen op me wachten, en tegelijkertijd alle onafhankelijkheid van de wereld te genieten.

Ik word verliefd op een Catalaanse onderzoekster, op een Argentijnse die sieraden maakt, op een meisje dat in de metro zingt. De royalty's blijven binnenstromen, voldoende om zonder te werken een comfortabel leven te leiden, ik heb tijd in overvloed, ook... voor het schrijven van een boek.

Het boek kan altijd wachten tot de volgende dag, de burgemeester van Madrid heeft immers besloten dat de stad een feest moet zijn, en hij heeft een interessante slogan bedacht: 'Madrid me mata' oftewel 'Madrid vermoordt me'. Het bruisende Madrileense nachtleven krijgt van hem de romantische naam 'movida madrileña', en een culturele revolutie in de vorm van een kroegentocht kan ik toch onmogelijk laten wachten tot de volgende ochtend, het is een en al plezier en gezelligheid, de dagen zijn kort en de nachten lang.

Op een goede dag belt Esther en zegt dat ze me op komt zoeken: volgens haar moeten we voor eens en voor altijd een oplossing zien te vinden voor onze situatie. Ze boekt een ticket voor de volgende week, en zo geeft ze me de tijd om een hele serie smoezen te verzinnen en rond te vertellen (ik ga naar Portugal maar ben binnen een maand weer terug, zeg ik tegen het blonde meisje dat voorheen in de metro zong, nu in het aparthotel slaapt en iedere avond met me naar de movida madrileña gaat). Ik ruim het appartement op, wis ieder spoor van vrouwelijke aanwezigheid uit, vraag mijn vrienden hun mond stijf dicht te houden: mijn vrouw is onderweg en blijft een maand.

Esther stapt het vliegtuig uit met een onherkenbaar, afschuwelijk kapsel. We trekken het binnenland van Spanje in, leren stadjes kennen die voor een avond of nacht veel te bieden hebben, maar die ik nu absoluut niet meer terug zou weten te vinden. We gaan naar het stierenvechten, naar het flamencodansen, en er is geen betere echtgenoot dan ik op de wereld, want ik wil dat ze teruggaat met het idee dat ik nog van haar hou. Ik weet niet waarom ik die indruk wil wekken, misschien omdat ik eigenlijk denk dat aan die Madrileense droom op een dag een einde komt.

Ik doe mijn beklag over haar kapsel, ze verandert het en is weer mooi als vanouds. Nu zijn het nog maar tien dagen tot het einde van haar vakantie, ik wil dat ze tevreden weggaat, en me weer alleen laat met een Madrid dat me vermoordt, discotheken die om tien uur 's ochtends opengaan, stieren, eindeloze gesprekken over steeds dezelfde onderwerpen, alcohol, vrouwen, stieren en nog meer stieren, meer alcohol, meer vrouwen, en geen enkele, absoluut geen enkele vorm van dagindeling om te werken.

Als we op een zondag naar een snackbar lopen die de hele nacht geopend is, waagt ze het me een vraag te stellen over het onderwerp waar een taboe op rust: het boek dat ik naar eigen zeggen aan het schrijven ben. Ik sla een fles sherry achterover, schop tegen de ijzeren poorten in de straat, scheld willekeurige voorbijgangers uit, vraag waarom ze zo'n verre reis heeft gemaakt als haar enige doel was mijn leven tot een hel te maken, mijn goede zin te verpesten. Ze zegt niets – maar we begrijpen allebei dat onze relatie haar uiterste grens heeft bereikt. Ik slaap een droomloze slaap, en nadat ik de volgende dag bij de gerant mijn beklag heb gedaan over de telefoon die het niet goed doet, nadat ik tegen het kamermeisje heb gezegd dat ze al een week lang mijn bed niet heeft verschoond, nadat ik eindeloos in bad gelegen heb om van mijn kater van de vorige nacht af te komen, ga ik achter de typemachine zitten, alleen maar om Esther te laten zien dat ik probeer, oprecht probeer te werken.

En dan gebeurt plotseling het wonder, terwijl ik kijk naar die vrouw tegenover me, die net koffie heeft gezet, die de krant aan het lezen is met een wanhopige, vermoeide blik, die daar zit op haar altijd zo stille manier, die in haar doen en laten haar liefde niet altijd laat blijken, die vrouw die me 'ja' liet zeggen toen ik 'nee' wilde zeggen, die me dwong te vechten voor wat zij – terecht – vond dat de zin van mijn leven was, de vrouw die afzag van mijn gezelschap omdat haar liefde voor mij groter was dan de liefde voor zichzelf, en die me om mijn droom te zoeken de wereld in stuurde. Terwijl ik die meisjesachtige vrouw zie, die daar zo rustig zit, met ogen die meer zeggen dan welk woord dan ook, die vaak geschrokken moet zijn maar altijd moedig gehandeld heeft, die in staat is lief te hebben zonder zich te vernederen, zonder zich te verontschuldigen dat ze knokt voor haar man, beginnen plotseling mijn vingers te typen.

De eerste zin verschijnt. En de tweede.

Ik breng twee dagen door zonder te eten, slaap niet langer dan nodig is, de woorden lijken op te wellen uit een onbekende bron – zoals ook gebeurde met de songteksten, in de tijd waarin, na veel geruzie en zinloos gepraat, mijn compagnon en ik wisten dat we 'het' hadden, dat 'het' er was en al af was en nu alleen nog maar op papier gezet hoefde worden, onder de noten. Deze keer weet ik dat 'het' uit het hart van Esther komt, mijn liefde wordt opnieuw geboren, ik schrijf het boek omdat zij bestaat, de moeilijke momenten heeft overwonnen, zonder klagen en zonder zich als een slachtoffer te beschouwen. Ik begin te vertellen over mijn belevenissen tijdens het enige wat me de laatste paar jaar werkelijk geraakt heeft – de Camino de Santiago.

Gaandeweg het schrijven kom ik tot het besef dat mijn kijk op de wereld ingrijpend aan het veranderen is. Jarenlang had ik me beziggehouden met magie, alchemie en occulte wetenschappen, ik had die zaken bestudeerd en in praktijk gebracht. Ik vond het een fascinerend idee dat een groep mensen over een immense macht beschikte die op geen enkele manier gedeeld kon worden met de rest van het mensdom, omdat het uiterst riskant zou zijn als die enorme macht in onervaren handen zou raken. Ik maakte deel uit van geheime genootschappen, sloot me aan bij exotische sekten, schafte peperdure boeken aan waar alleen maar via via aan te komen was, besteedde zeeën van tijd aan aanroepingen en rituelen. Ik deed niet anders dan tot groepen en broederschappen toetreden en er weer uit stappen, steeds opnieuw opgewonden iemand getroffen te hebben die me eindelijk de mysteriën der onzichtbare werelden zou gaan openbaren, om telkens weer teleurgesteld te ontdekken dat de meesten van die mensen – ook al hadden ze goede bedoelingen – slechts dit of dat dogma volgden en meestal fanatici bleken, juist omdat fanatisme de enige uitweg is voor de twijfels die onophoudelijk de mensenziel teisteren.

Ik ontdekte dat veel van die rituelen daadwerkelijk functioneerden. Maar ik ontdekte ook dat zij die beweerden meesters en bewaarders der geheimen des levens te zijn, en die zeiden mensen in staat te kunnen stellen al hun wensen te vervullen, hun band met de kennis van de ouden al lang hadden verloren. De Camino de Santiago te voet afleggen, met gewone mensen praten, ontdekken dat het universum een persoonlijke taal sprak – 'tekenen' genaamd – die je kon verstaan door gewoon met een open geest te kijken naar wat er om je heen gebeurde, dat alles deed me twijfelen of het occultisme werkelijk de enige poort naar die mysteriën was. In het boek over de Camino bespreek ik andere mogelijkheden om te groeien, en mijn conclusie is: je hoeft alleen maar op te letten; de lessen komen niet eerder dan wanneer je er klaar voor bent, en als je op de tekenen let, zul je zonder meer alles leren wat nodig is voor de volgende stap.

De mens heeft twee grote problemen: het eerste is weten te beginnen, het tweede is weten op te houden.

Een week later doe ik de eerste, de tweede en de derde revisie. Madrid vermoordt me niet langer, het is tijd om terug te gaan – ik voel dat er een cyclus is afgesloten en dat ik dringend aan een nieuwe moet beginnen. Ik neem afscheid van de stad, zoals ik in mijn leven steeds afscheid heb genomen: met het idee dat ik van gedachte kan veranderen en ooit misschien terugkeer.

Ik ga met Esther mee terug naar mijn land, er zeker van dat dit misschien het juiste moment is om ander werk te zoeken, maar zolang ik het niet vind (en ik vind het niet omdat ik het niet nodig heb) ga ik door met reviseren. Ik kan niet geloven dat een normaal mens erg geïnteresseerd is in de wederwaardigheden van een man die ergens in Spanje een lange, weliswaar romantische maar moeilijke route afloopt.

Als ik vier maanden later aanstalten maak voor de tiende revisie, ontdek ik dat het manuscript is verdwenen, evenals Esther. Als de waanzin dreigt toe te slaan, komt zij thuis met een reçu van de post – ze heeft het manuscript naar een van haar vroegere vriendjes gestuurd die nu een kleine uitgeverij heeft.

Haar ex-vriendje brengt het boek uit. De pers wijdt er geen enkele regel aan, maar er zijn mensen die het kopen. Ze bevelen het anderen aan die het ook kopen en weer aan anderen aanbevelen. Zes maanden later is de eerste druk uitverkocht. Een jaar later is het boek al twee keer herdrukt en begin ik geld te verdienen met iets wat ik in mijn stoutste dromen niet voor mogelijk had gehouden: met literatuur.

Ik weet niet hoe lang deze droom gaat duren en ik besluit ervan te genieten alsof iedere seconde de laatste kan zijn. Ik merk dat het succes kansen genereert waar ik altijd op had gehoopt: andere uitgevers melden zich om mijn volgende boek uit te brengen.

Het is nu eenmaal zo dat je niet ieder jaar een Camino de Santiago kunt doen, dus waarover zal ik nu gaan schrijven? Zal de hele tragedie weer opnieuw beginnen: achter de typemachine kruipen en me vervolgens met van alles en nog wat bezighouden, behalve met zinnen en alinea's? Ik wil doorgaan met het verbreiden van mijn visie op de wereld en het vertellen van wat ik in dit leven heb meegemaakt. Ik probeer het een aantal dagen en nog meer nachten, en stel vast dat het niet gaat. Op een middag lees ik toevallig (toevallig?) een interessante vertelling uit *Duizend-en-een-nacht*. Het verhaal leest als een verbeelding van mijn eigen weg, helpt me te begrijpen wie ik ben, omdat ook ik zo lang bezig geweest ben de beslissing te nemen die al die tijd al op me wachtte. Het inspireert me tot het schrijven over een schaapherder die op zoek gaat naar zijn droom, een schat verborgen in de piramiden van Egypte. Ik heb het over de geliefde die op hem blijft wachten, zoals Esther op mij wachtte toen ik alsmaar in kringetjes ronddraaide.

Ik ben niet langer iemand die droomt over zijn eigen kleine dingetjes: ik ben. Ik ben de herder die door de woestijn trekt, maar waar is de alchemist die me vooruithelpt? Als ik de nieuwe roman afheb, begrijp ik maar half wat er staat: het lijkt wel een sprookje voor volwassenen. Maar volwassenen zijn meer geïnteresseerd in oorlog, seks, verhalen over macht. Desondanks accepteert de uitgever het, het boek wordt gepubliceerd, en weer zorgen de lezers ervoor dat het een bestseller wordt.

Drie jaar later. Mijn huwelijk is fantastisch, ik doe wat ik wil doen, er verschijnt een eerste vertaling, een tweede, het succes is gestaag en solide, wat ervoor zorgt dat mijn werk over de hele wereld wordt gepubliceerd.

Ik besluit naar Parijs te verhuizen, vanwege de cafés, de schrijvers, het culturele leven in die stad. Ik kom erachter dat niets van dat al nog bestaat: de cafés zijn toeristische trekpleisters, met foto's aan de muur van de mensen die het etablissement beroemd hebben gemaakt. Het merendeel van de schrijvers hecht meer aan stijl dan aan inhoud, ze proberen origineel te zijn, met saaiheid als enig resultaat. Ze zitten opgesloten in hun wereldje, en ik leer een interessante uitdrukking uit de Franse taal: 'de lift terugsturen'. Dat betekent zoveel als: ik prijs jouw boek, jij prijst het mijne, en wij creëren een nieuw cultureel leven, een revolutie, een nieuwe filosofie, we hebben het zwaar omdat niemand ons begrijpt, maar uiteindelijk is dat iets wat de genieën uit het verleden ook is overkomen, het hoort nu eenmaal bij een groot kunstenaar dat hij in zijn tijd niet begrepen wordt.

'Ze sturen de lift terug' en in het begin werpt dat vruchten af – mensen staan nu eenmaal niet graag voor schut door openlijk iets te becommentariëren wat ze niet begrijpen. Maar algauw hebben ze in de gaten dat ze voor het lapje worden gehouden, en geloven niet langer wat de recensenten zeggen.

Het internet, en de eenvoudige taal die daarop gebruikt wordt, is voldoende om de wereld te veranderen. Er ontstaat een parallelle wereld in Parijs: nieuwe schrijvers spannen zich tot het uiterste in om begrepen te worden. Ik voeg me bij deze nieuwe schrijvers, in cafés die niemand kent, omdat noch zij noch de cafés beroemd zijn. Ik ontwikkel mijn stijl in mijn eentje, en leer van een uitgever wat ik moet leren over hoe mensen elkaar vooruithelpen in dit leven.

'Wat is dat: de Bank van Wederdienst?'

'Dat weet je wel. Geen mens ter wereld die hem niet kent.'

'Dat kan zijn, maar ik snap toch nog niet wat je bedoelt.'

'In een boek van een Amerikaanse schrijver wordt hij beschreven. Het is de machtigste bank ter wereld. En in alle sectoren aanwezig.'

'Ik kom uit een land zonder literaire traditie. Ik zal waarschijnlijk niemand een dienst kunnen bewijzen.'

'Dat is niet van belang. Ik kan je een voorbeeld geven: ik weet dat jij iemand bent die gaat groeien, op een dag zul je veel invloed hebben. Ik weet het omdat ik ooit net zoals jij ben geweest, ambitieus, onafhankelijk, eerlijk. Vandaag de dag heb ik niet meer de energie die ik vroeger had, maar ik wil jou helpen omdat ik niet kan of niet wil blijven stilstaan, ik droom niet van mijn pensioen maar ik droom van het interessante gevecht dat het leven is, van macht, van glorie.

Ik begin met stortingen te doen op jouw rekening – geen geld maar contacten. Ik stel je voor aan allerlei mensen, ik maak bepaalde onderhandelingen gemakkelijker voor je – voorzover dat wettelijk is toegestaan. Jij weet dat je me het een en ander schuldig bent, ook al vraag ik je nooit om iets in te lossen.'

'Tot op een goede dag...'

'Precies. Tot op een goede dag het zover is, en ik jou om iets vraag. Je kunt nee zeggen, maar je weet dat je bij me in het krijt staat. Je zult doen wat ik je vraag, ik blijf je helpen, de anderen zullen horen dat jij een betrouwbaar iemand bent, ze doen stortingen op jouw rekening – uitsluitend contacten, want deze wereld bestaat uit contacten en verder niets. Op een dag zullen ze jou ook om iets vragen, jij toont respect voor de persoon die jou geholpen heeft en biedt hem jouw steun, en na verloop van

44

tijd zul je beschikken over een netwerk dat de hele wereld om-
spant, je zult de mensen leren kennen die je moet kennen, en je
invloed zal steeds groter worden.'

'Of ik weiger te doen wat jij me vroeg.'

'Natuurlijk, dat kan. Investeren in de Bank van Wederdienst
is – net als bij iedere andere bank – niet zonder risico. Je weigert
me de dienst waar ik je om vroeg, want je vindt dat ik je hielp
omdat jij dat verdiende, jij bent de grootste, wij hebben allemaal
de plicht jouw talent te erkennen. Goed, ik bedank je, ik vraag
wel een ander op wiens rekening ik ook heb gestort, maar vanaf
dat moment weet iedereen, zonder dat er iets gezegd hoeft te
worden, dat jij het vertrouwen niet waard bent.

Je kunt groot worden, maar je zult nooit zo groot worden als
je ambieerde. Op een gegeven moment begint je leven bergaf-
waarts te gaan, je bent halverwege gekomen maar de top heb je
niet bereikt, je bent maar half tevreden en niet echt vrolijk, je
bent noch een gefrustreerd man, noch iemand die zich volledig
heeft kunnen ontplooien. Je bent warm noch koud, je bent lauw
en, zoals de een of andere evangelist zegt in een of ander heilig
boek, lauwe dingen smaken niet.'

De uitgever doet veel stortingen – contacten – op mijn rekening bij de Bank van Wederdienst. Ik leer en ik lijd, mijn boeken worden vertaald in het Frans en zoals de traditie van dat land bepaalt, wordt de buitenlander goed ontvangen. En dat niet alleen: de buitenlander heeft succes! Tien jaar later bezit ik een appartement met uitzicht op de Seine, ben ik geliefd bij de lezers, gehaat door de critici (die me verafgoodden tot de eerste honderdduizend exemplaren, want van toen af was ik niet langer een genie dat alleen zij begrijpen konden). Ik voldoe nauwgezet aan mijn verplichtingen bij de bank, en al snel ben ik – contacten – aan het uitlenen. Mijn invloed neemt toe. Ik leer te vragen, en ik leer te doen wat anderen me vragen.

Esther krijgt permissie om te werken als journalist. De in ieder huwelijk normale conflicten buiten beschouwing gelaten, ben ik een tevreden man. Ik begrijp voor het eerst dat mijn frustraties over voorgaande verhoudingen en huwelijken niets te maken hadden met de vrouwen met wie ik omging – maar met mijn eigen verbittering. Esther was de enige die iets heel simpels begreep: om haar te kunnen ontmoeten, moest ik eerst mezelf ontmoeten. We zijn acht jaar samen, ik zie haar als de vrouw van mijn leven, en hoewel ik mezelf af en toe (juister gezegd, nogal regelmatig) verliefdheden toesta op vrouwen die mijn pad kruisen, is het geen moment in me opgekomen om van haar te scheiden. Ik vraag nooit of ze weet van mijn escapades. En zij maakt nooit enige opmerking in die richting.

Daarom ben ik meer dan verbaasd wanneer ze bij het verlaten van de bioscoop tegen me zegt dat ze het tijdschrift waarvoor ze werkt heeft gevraagd of ze een reportage over een burgeroorlog in Afrika mag maken.

'Wat zeg je me nou?'

'Dat ik oorlogscorrespondent wil worden.'

'Je bent niet goed wijs, dat heb je toch niet nodig. Wat je nu doet, vind je leuk. Je verdient goed, ook al heb je het geld niet nodig om van te leven. Je hebt alle noodzakelijke contacten bij de Bank van Wederdienst. Je hebt talent en je collega's waarderen je.'

'Laten we dan zeggen dat ik behoefte heb om alleen te zijn.'

'Vanwege mij?'

'We hebben samen een leven opgebouwd. Ik hou van mijn man en hij houdt van mij, ook al is hij niet de meest trouwe echtgenoot.'

'De eerste keer dat je het daarover hebt.'

'Omdat het voor mij niet belangrijk is. Wat is trouw? Het gevoel dat ik een lichaam en een hart bezit die niet de mijne zijn? En jij, denk je dat ik nooit met een andere man in bed gelegen heb, in al die jaren dat we samen zijn?'

'Het interesseert me niet. Ik wil het niet weten.'

'Ik evenmin.'

'Nou, wat is dat dan voor een verhaal over oorlog, in zo'n door God vergeten uithoek van de wereld?'

'Daar heb ik behoefte aan. Dat zei ik je al.'

'Hoezo behoefte, je hebt toch alles?'

'Ja, alles wat een vrouw zich wensen kan.'

'Wat is er mis met je leven?'

'Dat is het 'm juist. Ik heb alles, maar ik ben ongelukkig. En ik ben niet de enige: de voorbije jaren ben ik opgetrokken met mensen van allerlei slag, heb ze gesproken, geïnterviewd: rijk, arm, machtigen, mensen die zich geschikt hebben. In de ogen van al die mensen las ik een peilloze verbittering. Verdriet dat niet eens altijd werd aanvaard, maar er gewoon was, los van wat ze me vertelden. Luister je?'

'Ja. Ik denk na. Is er volgens jou dan niemand gelukkig?'

'Sommigen lijken gelukkig: geluk is voor hen eenvoudig geen issue. Anderen stellen zich doelen: ze willen een man hebben, een huis, twee kinderen, een vakantiehuisje. En terwijl ze daar druk mee zijn, lijken het net stieren die de toreador zoeken: ze reageren instinctief, ze gaan rechtdoor zonder te weten waar het doelwit zich bevindt. Ze krijgen hun auto, soms zelfs een Ferrari, ze vinden dat zoiets de zin van het leven is, en stellen zich nooit meer die vraag. Maar desondanks blinkt er verdriet in hun ogen, verdriet waar zij zelf niet eens weet van hebben. Ben jij gelukkig?'

'Weet ik niet.'

'Ik weet niet of iedereen ongelukkig is. Ik weet wel dat ze het altijd druk-druk-druk hebben: ze werken over, maken zich zorgen over hun kinderen, hun man, hun carrière, diploma's, over wat ze morgen moeten doen, wat ze nog moeten kopen, wat ze nodig hebben om zich niet minderwaardig te voelen, et cetera. Afijn, er waren maar weinig mensen die tegen me zeiden: "Ik ben ongelukkig." Meestal is het: "Het gaat uitstekend, ik heb alles wat mijn hartje begeert." Dan vraag ik: "Wat maakt je gelukkig?" Antwoord: "Ik heb alles waar een mens van dromen kan – een gezin, een huis, een baan en een goede gezondheid." Ik vraag door: "Heb je je wel eens afgevraagd of er niet meer is in het leven?" Antwoord: "Nee, meer is er niet." Ik geef niet op: "Dus de zin van het leven wordt gevormd door werk, gezin, kinderen die groot worden en je op een dag verlaten, je vrouw of je man met wie de relatie gaandeweg eerder vriendschappelijk wordt dan hartstochtelijk. En je werk houdt op een dag op. Wat ga je doen als dat gebeurt?"

Antwoord? Er komt geen antwoord. Ze beginnen ergens anders over.'

'Hun antwoord is in werkelijkheid: "Als mijn kinderen groot zijn, als mijn man – of mijn vrouw – meer een maatje is geworden dan een hartstochtelijke minnaar of minnares, als ik met pensioen ben, heb ik tijd in overvloed om te doen waar ik altijd van gedroomd heb: reizen."

Dan de vraag: "Maar zei je daarnet niet dat je nu gelukkig bent? Doe je nu dan niet waar je altijd van gedroomd hebt?" "O, jawel," is het antwoord en vervolgens zeggen ze dat ze een druk leven hebben en beginnen ergens anders over.'

'Als ik aandring, komen ze steeds tot de slotsom dat er iets ontbreekt. De ondernemer heeft nog niet de deal gesloten waarvan hij droomde, de huisvrouw zou graag onafhankelijker zijn of meer geld hebben, de verliefde jongen is bang zijn vriendinnetje te verliezen, de pas afgestudeerde vraagt zich af of hij zijn loopbaan zelf heeft gekozen of dat anderen dat voor hem hebben gedaan, de tandarts wilde zanger worden, de zanger politicus, de politicus schrijver, de schrijver wil boer worden. En als ik al iemand tref die zijn eigen keuze heeft gevolgd, dan blijkt het een gekwelde ziel, iemand die geen rust heeft. Trouwens, om je het nog maar eens te vragen: ben jíj gelukkig?'

'Nee. Ik heb een vrouw van wie ik hou, de carrière waarvan ik altijd heb gedroomd. De vrijheid waar al mijn vrienden me om benijden. De reizen, de onderscheidingen, de lof. Toch is er iets...'

'Wat dan?'

'Ik denk dat als ik ermee zou stoppen het leven zijn zin verliest.'

'Kun je je dan niet ontspannen, naar Parijs kijken, mijn hand vastpakken en zeggen: ik heb gekregen wat ik wilde, en nu gaan we genieten van het leven dat ons rest?'

'Ik kan naar Parijs kijken, ik kan je hand vastpakken, maar die woorden krijg ik niet over mijn lippen.'

'Ik durf te wedden dat hier in de straat waar wij nu lopen iedereen hetzelfde ervaart. De elegante vrouw die net voorbijkomt, doet de hele dag niets anders dan proberen de tijd een halt toe te roepen, ze staat voortdurend op de weegschaal omdat ze denkt dat ze anders de liefde wel kan vergeten. Zie je dat stel aan de overkant? Een echtpaar met twee kinderen. Wanneer ze uitstapjes maken met hun kinderen, beleven ze momenten van intens geluk, maar tegelijkertijd worden ze voortdurend geterroriseerd door hun onderbewuste: ze denken dat ze werkloos kunnen worden of plotseling ziek, dat hun verzekeringsmaatschappij de polis niet nakomt, dat een van hun kleintjes overreden wordt. Ze proberen zich te amuseren, maar ondertussen zijn ze bezig manieren te vinden om zich te vrijwaren voor allerlei rampen, om zich tegen de wereld te beschermen.'

'Die clochard op de hoek dan?'

'Weet ik niet: ik heb nog nooit met zo iemand gesproken. Een toonbeeld van ongeluk, maar zijn ogen, net als de ogen van alle andere clochards, lijken iets te verbergen. Hun verdriet is zo zichtbaar, dat ik het niet geloof.'

'Wat ontbreekt er dan?'

'Geen idee. Als ik in de bladen kijk, naar al die beroemdheden, daar lacht iedereen, is iedereen tevreden. Maar omdat ik getrouwd ben met een beroemdheid, weet ik dat het niet zo is: iedereen lacht of amuseert zich op dat moment, op die foto, maar 's nachts of 's ochtends is het een heel ander verhaal. "Wat zal ik doen om met mijn kop in dat blad te blijven?" "Hoe moet ik verbergen dat ik geen geld meer heb voor al die weelde?" "Hoe moet ik met dit luxe leventje omgaan, moet ik het niet breder laten hangen dan de anderen, meer ermee pronken?" "Met die trut sta ik te lachen op de foto, sta met haar feest te vieren, en morgen pakt ze me misschien mijn rol wel af!" "Ben ik wel beter gekleed dan zij? Waarom lachen we, als we toch een hekel aan elkaar hebben?" "Waarom stralen we een en al geluk uit naar de lezers, als we toch diep ongelukkig zijn, slaven zijn van de roem?"'

'We zijn geen slaven van de roem.'

'Doe niet zo paranoïde, ik heb het niet over ons.'

'Wat denk je dat er aan de hand is, dan?'

'Jaren geleden las ik een boek dat een interessant verhaal vertelde. Stel Hitler heeft de oorlog gewonnen, alle joden zijn dood, en zijn volk is ervan overtuigd dat er werkelijk een superieur ras bestaat. De geschiedenisboeken worden herschreven, en honderd jaar later lukt het zijn opvolgers de indianen te vernietigen. Weer driehonderd jaar later zijn de negers volledig uitgeroeid. Nog eens vijfhonderd jaar later slaagt hun machtige oorlogsmachine erin ook het oosterse ras van de aardbodem weg te vagen. De geschiedenisboeken hebben het over veldslagen tegen de barbaren in een grijs verleden, maar niemand die dat aandachtig leest, het is immers van geen enkel belang.

Nou goed, tweeduizend jaar na het ontstaan van het nazisme zitten Hans en Fritz een biertje te drinken in een bar in Tokio, dat dan al vijf eeuwen bewoond wordt door lange mensen met blauwe ogen. Op een bepaald ogenblik kijkt Hans Fritz aan en zegt: "Fritz, denk jij dat alles altijd zo geweest is?"

"Wat bijvoorbeeld?" wil Fritz weten.

"De wereld."

"Natuurlijk is de wereld altijd zo geweest, anders zouden we dat wel gehoord hebben, toch?"

"Ja, natuurlijk, hoe kan ik nou zo'n idiote vraag stellen," zegt Hans. Ze drinken hun bier op, praten over andere dingen en vergeten het onderwerp.'

'Je hoeft niet zo ver in de toekomst te kijken, je kunt ook gewoon tweeduizend jaar teruggaan in het verleden. Zou jij een guillotine, een galg of een elektrische stoel kunnen aanbidden?'

'Ik weet waar je naartoe wilt: de ergste van alle folteringen die de mensheid kent, het kruis. Ik herinner me bij Cicero gelezen te hebben dat het een "afgrijselijke straf" was: voordat de dood intrad, veroorzaakte hij vreselijke pijn. En toch dragen de mensen tegenwoordig zo'n ding op hun borst, hangen het in hun slaapkamer aan de muur, ze zien het als een religieus symbool, ze zijn vergeten dat het om een martelwerktuig gaat.'

'Of dit bijvoorbeeld: tweeënhalve eeuw gingen voorbij voordat iemand zou besluiten dat er een eind moest komen aan de heidense feesten bij de zonnewende in de winter, als de zon het verst van de aarde staat. De apostelen en de opvolgers van de apostelen hadden het te druk met het verspreiden van de boodschap van Jezus, en over het *natalis invict Solis*, het mitraïsche feest van de geboorte van de zon, op 25 december, daarover maakten zij zich geen zorgen. Tot dan de een of andere bisschop besloot dat deze zonnewendefeesten een bedreiging voor het geloof vormden. Tegenwoordig zitten we daarom met nachtmissen, kerststalletjes, cadeautjes, preken, plastic babytjes in kribbetjes van hout, en we zijn er echt door en door van overtuigd dat Christus op die bewuste dag geboren is!'

'En we zitten met de kerstboom: weet je wat daar de oorsprong van is?'

'Geen flauw idee.'

'Die hebben we van Sint Bonifatius. Hij heeft een ritueel gechristianiseerd dat gewijd was aan de god Wodan, maar dan de jonge Wodan toen hij nog een klein kind was. De Germanen legden eenmaal per jaar rondom een eik cadeautjes neer, de bedoeling was dat hun kleine kinderen die zouden vinden, ze dachten dat ze hun god op die manier konden blij maken.'

'Even terug naar het Hans-en-Fritzverhaal: denk jij dat de beschaving, de menselijke relaties, onze verlangens en onze veroveringen, dat dit alles het gevolg is van een vergeten geschiedenis?'

'Toen jij schreef over de Camino de Santiago, kwam je tot dezelfde conclusie, toch? Voorheen dacht je dat alleen een groepje uitverkorenen de betekenis van de magische symbolen kende; tegenwoordig weet je dat wij allemaal de betekenis ervan kennen – ook al is ze vergeten.'

'Zoiets te weten voegt niets toe: mensen doen hun uiterste best om zich niets te herinneren, om het immense magische potentieel waarover ze beschikken niet te aanvaarden. Het zou immers hun georganiseerde universa uit hun evenwicht halen.'

'Desalniettemin heeft iedereen wel het vermogen, toch?'

'Zonder meer. Maar het ontbreekt ze aan moed om de dromen en de tekenen te volgen. Zou daar dan dat verdriet misschien vandaan komen?'

'Ik weet het niet. En ik wil niet beweren dat ik voortdurend ongelukkig ben. Ik heb plezier, ik hou van jou, ik ben dol op mijn werk. Maar af en toe voel ik dit diepe verdriet, soms gaat het gepaard met schuldgevoel of met angst; het gaat over, maar het komt steeds terug, en gaat weer over. Ik stel dezelfde vraag als onze Hans; omdat ik geen antwoord heb, vergeet ik de vraag gewoon. Ik zou hongerende kinderen kunnen gaan helpen, een vereniging oprichten voor hulp aan de dolfijnen, mensen tot Jezus brengen, van alles kunnen gaan doen wat me het gevoel geeft dat ik nuttig ben: maar ik wil het niet.'

'En waarom dan dit verhaal dat je naar de oorlog wilt?'

'Omdat ik denk dat in een oorlog een mens aan zijn grens staat; hij kan de volgende dag dood zijn. Wie aan zijn grens staat, handelt anders.'

'Jij wilt de vraag van Hans beantwoorden?'

'Ja.'

Vandaag, in deze prachtige suite van Le Bristol, met een Eiffeltoren die vijf minuten oplicht telkens als de klok een uur volmaakt, met een fles wijn die nog ongeopend is, sigaretten die bijna op zijn, mensen die me groeten alsof er echt niets ernstigs is gebeurd, vraag ik me af: is het inderdaad op die dag, waarop we uit de bioscoop kwamen, allemaal begonnen? Ik heb haar toen toegestaan op zoek te gaan naar de vergeten geschiedenis. Maar was ik dat tegenover haar wel verplicht? Had ik niet harder moeten zijn, moeten zeggen dat ze het maar uit haar hoofd zette, omdat ze mijn vrouw was, en ik haar en haar steun heel erg hard nodig had?

Nonsens. Net als nu wist ik in die tijd dat er niets anders op zat dan te accepteren wat ze wilde. Als ik gezegd had: 'Je kiest voor mij of voor je plan om oorlogscorrespondent te worden, aan jou de keuze', dan had ik verraad gepleegd aan alles wat Esther voor mij had gedaan. Of ik nou wel of niet overtuigd was van haar doel – op zoek gaan naar de vergeten geschiedenis – mijn conclusie toentertijd was dat zij een beetje vrijheid wilde, behoefte had om erop uit te gaan, om sterke emoties te beleven. Wat was daar nou verkeerd aan?

Ik accepteerde het, maar niet zonder eerst duidelijk gemaakt te hebben dat zij daarmee wel een enorme wissel trok op de Bank van Wederdienst (wat een belachelijk iets, trouwens!). Twee jaar lang volgde Esther verschillende conflicten van nabij, ze verwisselde vaker van continent dan van schoenen. Telkens als ze terugkwam, dacht ik dat ze het nu wel zou opgeven, je houdt het onmogelijk lang vol op een plek waar je niet dagelijks kunt douchen, geen fatsoenlijk eten hebt, geen schouwburg of bioscoop. Ik vroeg herhaaldelijk of ze al een antwoord had op Hans' vraag, en zij zei steeds dat het de goede kant op ging

– en daar had ik me bij neer te leggen. Soms bleef ze maanden weg; anders dan wat de 'officiële geschiedenis van het huwelijk' (ik begon haar terminologie al over te nemen) zegt, liet deze afstand onze liefde groeien, en werd duidelijk hoe belangrijk we voor elkaar waren. Onze relatie waarvan ik gevonden had dat ze met de verhuizing naar Parijs ideaal geworden was, werd alsmaar beter.

Voorzover ik begrepen heb, heeft ze Michaïl leren kennen toen ze een tolk zocht voor haar reis naar een land in Centraal-Azië. In het begin sprak ze heel enthousiast over hem – een gevoelige man die de wereld zag zoals hij werkelijk was en niet zoals hij volgens ons hoorde te zijn. Hij was vijf jaar jonger dan zij, maar beschikte over iets wat Esther 'sensibiliteit voor het magische' noemde. Ik luisterde geduldig en beleefd, alsof die jongen en zijn ideeën me bijzonder interesseerden, maar in werkelijkheid waren mijn gedachten heel ergens anders, en was ik bezig met het werk dat me wachtte, met ideeën die ik kon gebruiken voor een tekst, met antwoorden op vragen van journalisten en uitgevers, met hoe een bepaalde vrouw te versieren die in mij geïnteresseerd scheen, met het plannen van reizen voor de promotie van mijn boeken.

Of zij dat merkte weet ik niet. Maar ik van mijn kant merkte niet dat Michaïl beetje bij beetje en ten slotte helemaal uit onze gesprekken verdween. Haar gedrag nam ondertussen steeds radicalere vormen aan: was ze een keer in Parijs, dan was ze verscheidene avonden per week op pad, steeds met de reden dat ze werkte aan een reportage over clochards.

Ik dacht dat ze een verhouding had. Een week lang had ik er last van, vroeg me af of ik mijn vermoedens moest uiten, of net doen alsof er niets aan de hand was. Ik besloot het te negeren, vanuit het principe 'wat niet weet, wat niet deert'. Ik was er absoluut van overtuigd dat er niet de geringste kans bestond dat ze me zou verlaten – ze had hard gewerkt om me te helpen te worden wie ik was, en het lag niet in de lijn dat ze dat alles vanwege een vluchtige verliefdheid zou opgeven.

Als ik werkelijk belangstelling had voor Esthers wereld, had ik haar op zijn minst een keer moeten vragen wat er gebeurd was met haar tolk en zijn 'magische sensibiliteit'. Ik had haar zwijgen, dat ontbreken van verdere informatie, verdacht moeten vinden. Ik had haar moeten vragen of ik met haar mee zou mogen op minstens één van haar 'reportages' over clochards.

Als zij zo nu en dan vroeg of haar werk me wel interesseerde, was mijn antwoord steeds: 'Jawel, maar ik wil me er niet mee bemoeien, ik wil dat je vrij bent je droom te volgen op de manier die jij hebt gekozen, net zoals jij me toen geholpen hebt.'

Wat eigenlijk neerkwam op een volstrekt gebrek aan interesse, dat is wel duidelijk. Maar omdat mensen steeds geloven in wat ze willen geloven, was Esther tevreden met mijn commentaar.

Weer schiet me het zinnetje te binnen dat de inspecteur zei toen ik de gevangenis verliet: *u bent vrij.* Wat is vrijheid? Is dat zien dat je echtgenoot het geen biet kan schelen waar jij mee bezig bent? Is dat je alleen voelen en niemand hebben met wie je je intiemste gevoelens kunt delen, omdat degene met wie je getrouwd bent, in feite alleen maar aandacht heeft voor zijn eigen werk, voor zijn eigen belangrijke, fantastische, maar ook moeilijke carrière?

Ik kijk opnieuw naar de Eiffeltoren: er is weer een uur voorbij, want de toren begint andermaal te schitteren alsof hij van diamanten is gemaakt. Ik weet niet hoe vaak dat sinds ik hier bij het raam zit gebeurd is.

Ik realiseer me dat ik in naam van de vrijheid binnen ons huwelijk niet heb gemerkt dat Michaïl uit de gesprekken met mijn vrouw verdwenen was.

Om weer ergens in een bar op te duiken, opnieuw te verdwijnen, maar dit keer om haar mee te nemen en de beroemde, zeer geslaagde schrijver achter te laten als de verdachte van een misdaad.

Of, wat erger is, als een verlaten man.

De vraag van Hans

In Buenos Aires is de Zahir een gewoon muntje van twintig centavos; de letters NT *en het cijfer 2 zijn met een pennenmes of vouwbeen weggekrast; het jaartal dat op de ommezijde staat gegraveerd, is 1929. In Guzerat, aan het eind van de achttiende eeuw, was een tijger Zahir; op Java een blinde uit de moskee van Surakarta, die door de gelovigen is gestenigd; in Perzië een astrolabium dat Nadir Shah naar de bodem van de zee liet gooien; in de gevangenissen van Mahdi, in 1892, een klein kompas dat door Rudolf Carl von Slatin werd aangeraakt...*

Een jaar later word ik wakker terwijl ik aan het verhaal van Jorge Luis Borges denk: datgene wat eenmaal aangeraakt of gezien, nooit meer vergeten wordt – en ons denken gaat beheersen en ons uiteindelijk tot waanzin drijft. Mijn Zahir heeft niets te maken met zulke romantische metaforen als blinden, kompassen, tijgers of dat muntje.

Hij heeft een naam, hij heet Esther.

Meteen na mijn verblijf in de cel sta ik bij verscheidene roddelbladen op de voorpagina: ze beginnen met te melden dat er mogelijk een misdaad in het spel is, maar om een proces te vermijden, eindigen ze telkens met de 'verzekering' dat ik niet schuldig ben bevonden (niet schuldig bevonden? Ik was niet eens aangeklaagd!). Ze lieten een week voorbijgaan, gingen na of er goed verkocht was (ja, dat was zo, ik was het soort schrijver dat boven iedere verdenking verheven was, en iedereen wilde weten of een man die over spiritualiteit schrijft een donkere zijde heeft, iets te verbergen heeft), en vervolgens zetten ze opnieuw de aanval in, beweerden dat zij het huis uit was gevlucht omdat ik bekendstond om mijn buitenechtelijke verhoudingen: een Duits blad insinueerde een mogelijke verhouding met een zangeres – twintig jaar jonger dan ik – die zei dat ze me ontmoet had in Oslo (wat waar was, maar de ontmoeting had plaatsgevonden vanwege de Bank van Wederdienst – een vriend van me had me gevraagd, en had ons tijdens ons enige etentje gezelschap gehouden). De zangeres zei dat er niets was tussen ons (er was dus niets, maar waarom zetten ze dan onze foto op de voorpagina?) en nam de gelegenheid te baat om te vertellen dat ze bezig was een nieuwe cd uit te brengen: zowel ik als het blad was gebruikt om haar te promoten, en ik zou niet weten of het feit dat ze überhaupt weinig succes heeft in haar werk te wijten is aan dit soort goedkope publiciteit (overigens was de cd niet slecht – wat alles verpestte waren haar uitlatingen tegenover de pers).

Maar het schandaal rond de beroemde schrijver was geen lang leven beschoren: in Europa, en vooral in Frankrijk, wordt ontrouw niet alleen geaccepteerd, maar zelfs heimelijk bewonderd. En niemand wil lezen over iets wat hem zelf kan overkomen.

Het onderwerp verdween van de voorpagina's, maar het gespeculeer ging door: ze zou zijn ontvoerd, het huis uit zijn gevlucht omdat ze slecht werd behandeld (foto van een ober die zei dat we met grote regelmaat onenigheid hadden: ik herinner me dat ik bij hem in het restaurant inderdaad met Esther een felle discussie had gehad en furieus was geweest over haar mening aangaande een Zuid-Amerikaanse schrijver, die lijnrecht tegenover de mijne stond). Een Engelse boulevardkrant kwam met de bewering – gelukkig zonder zware repercussies – dat mijn vrouw ondergedoken zou zijn, ze zou een islamitische terroristische organisatie steunen.

Maar in deze wereld van verraad, scheiding, moord en aanslagen was het grote publiek het onderwerp een maand later vergeten. Jarenlange ervaring leerde me dat dit soort berichten mijn trouwe lezers onberoerd laat (iets dergelijks had zich al eerder voorgedaan, toen een Argentijns tv-programma een journalist opvoerde die zei over bewijzen te beschikken dat ik in Chili een geheime ontmoeting had gehad met de toekomstige first lady van het land – en mijn boeken waren gewoon op de bestsellerlijsten gebleven). Sensatielectuur wordt, zoals een Amerikaanse kunstenaar zei, gemaakt voor een eeuwigheid van niet langer dan vijftien minuten; mijn grootste zorg betrof iets anders: mijn leven weer op orde brengen, een nieuwe liefde vinden, weer boeken gaan schrijven, en in het kluisje dat zich op de grens tussen liefde en haat bevindt de herinneringen aan mijn vrouw opslaan.

Of beter (ik moest de term maar meteen aanvaarden): aan mijn ex-vrouw.

Wat ik toentertijd in de suite van het hotel had voorzien, gebeurde ook deels. Een tijd lang kwam ik mijn huis niet uit: ik zag ertegen op mijn vrienden onder ogen te komen, hen aan te kijken en eenvoudigweg te zeggen: 'Mijn vrouw heeft me verlaten voor een jongere man.' Toen ik weer naar buiten ging, vroeg niemand me wat, maar na een paar glazen wijn voelde ik me verplicht het onderwerp ter tafel te brengen – alsof ik ieders gedachten kon lezen, alsof ik vond dat ze geen andere zorg hadden dan te weten wat er in mijn leven gebeurde, maar dat ze zo welopgevoed waren dat ze er niet over begonnen. Afhankelijk van mijn stemming was Esther de ene dag een ware heilige die een beter lot verdiende, de andere dag een perfide, trouweloze vrouw die me betrokken had in een situatie die dusdanig ingewikkeld was dat ze me voor een misdadiger hadden aangezien.

Vrienden, kennissen, uitgevers, degenen die aan mijn tafel zaten tijdens de vele galadiners die ik verplicht was te bezoeken, hoorden me aanvankelijk met enige nieuwsgierigheid aan. Maar allengs viel het me op dat ze van onderwerp probeerden te veranderen – het had hun wel ooit geïnteresseerd, maar zijn nieuwswaarde voor hen verloren. Interessanter was het te praten over de actrice die vermoord was door de zanger, of over de tiener die een boek had geschreven waarin ze vertelde over haar affaires met bekende politici. Op een dag, ik was toen in Madrid, merkte ik dat het aantal uitnodigingen voor evenementen en diners begon terug te lopen: ook al deed het me goed dat ik mijn hart luchtte, Esther met schuld overlaadde dan wel heilig verklaarde, het drong tot me door dat ik erger aan het worden was dan een verlaten echtgenoot: ik was een saai iemand aan het worden – iemand naast wie je liever niet komt te zitten.

Ik ging ertoe over in stilte te lijden, en vervolgens puilde mijn brievenbus weer uit van de uitnodigingen.

Maar de Zahir, waar ik aanvankelijk vertederd dan wel ge-ergerd aan placht te denken, begon steeds meer ruimte in te nemen in mijn ziel. Ik zocht Esther in iedere vrouw die ik te-genkwam, ik zag haar in ieder café, in iedere bioscoop, bij ie-dere bushalte. Meer dan eens liet ik de taxi midden op straat stoppen, of iemand volgen tot ik me ervan overtuigd had dat ze niet de persoon was die ik zocht.

Toen de Zahir mijn gedachten volledig in beslag dreigde te nemen, kreeg ik behoefte aan een tegengif, iets wat voorkwam dat ik aan wanhoop ten onder zou gaan.

Er was maar één oplossing mogelijk: een vriendin nemen.

Ik kwam drie of vier vrouwen tegen die ik aantrekkelijk vond, maar de interessantste was Marie, een Franse actrice van vijfendertig jaar. Ze was de enige die niet zulke stompzinnige opmerkingen maakte als 'ik vind jou een leuke man, en niet om-dat iedereen je graag wil leren kennen', of 'ik zou liever hebben dat je niet beroemd was', of – nog erger – 'geld interesseert me niet'. Zij was de enige die oprecht waardeerde dat ik succes had, ze was ook beroemd en wist dat roem belangrijk is. Roem is een afrodisiacum. Met een man omgaan van wie ze wist dat hij haar gekozen had – terwijl hij zovele anderen had kunnen kie-zen – was iets wat haar ego streelde.

We werden vervolgens regelmatig samen op feesten en re-cepties gesignaleerd: er werd gespeculeerd over onze verhou-ding, zij en ik bevestigden noch ontkenden iets, het bleef on-gewis, en de bladen konden niet anders dan wachten op de foto van de beroemde kus – die nooit kwam, want zowel zij als ik vond zulk soort openbaar vertoon vulgair. Zij ging naar haar filmset, ik had mijn werk; als zij kon, ontmoette ze me in Parijs, als ik kon reisde ik naar Milaan, we voelden ons heel dicht bij elkaar, maar waren niet van elkaar afhankelijk.

Marie deed of ze niet wist wat er zich in mijn ziel afspeelde, ik deed of ik evenmin wist wat er zich in de hare voltrok (een onmogelijke liefde met haar getrouwde buurman, terwijl ze een vrouw was die absoluut elke man die ze wilde krijgen kon). We waren vrienden, maatjes, we vonden dezelfde tv-programma's leuk, ik zou durven zeggen dat er zelfs ruimte was voor een bepaald soort liefde – anders dan die ik voor Esther voelde, of zij voor haar buurman.

Ik hervatte mijn signeersessies, nam weer uitnodigingen aan voor lezingen, artikelen, liefdadigheidsdiners, tv-programma's, projecten met beginnende kunstenaars. Ik deed alles behalve datgene wat ik zou moeten doen: een boek schrijven.

Maar dat kon me niet schelen, diep in mijn hart vond ik dat mijn schrijverscarrière afgelopen was, gewoon omdat de vrouw die aan het begin ervan had gestaan niet langer bij me was. Zolang mijn droom had geduurd, had ik hem op intense wijze beleefd, ik had bereikt wat maar weinigen was vergund, en nu kon ik de rest van mijn leven plezier maken.

Dat dacht ik 's ochtends. 's Middags begreep ik dat schrijven het enige was wat ik graag deed. En tegen de tijd dat het avond werd, was ik weer bezig mezelf te overtuigen dat ik mijn droom al verwezenlijkt had, en iets nieuws moest proberen.

Het volgende jaar was een heilig Compostelajaar – wat zo is als de naamdag van Sint Jacob, 25 juli, op een zondag valt. Een speciale deur van de kathedraal van Santiago de Compostela blijft dan 365 dagen open; de traditie wil dat al wie door deze deur naar binnen gaat een reeks bijzondere aflaten verdient.

In Spanje vonden diverse herdenkingsplechtigheden plaats, en omdat ik uitzonderlijk veel te danken had aan de pelgrimsreis die ik had ondernomen, wilde ik aan minstens één evenement mijn medewerking verlenen: een lezing, in januari, in Baskenland. Om de sleur te doorbreken – proberen boek te schrijven/naar een feest/het vliegveld gaan/Marie opzoeken in Milaan/naar een diner gaan/hotel/vliegveld/internet/vliegveld/interview/vliegveld – besloot ik de 1400 kilometer per auto af te leggen, alleen.

Iedere plaats – zelfs als ik er nooit eerder ben geweest – herinnert me aan mijn eigen Zahir. Ik bedenk hoe geweldig leuk Esther het zou vinden om deze plaats te leren kennen, in dit restaurant te eten en langs deze rivier te wandelen. Ik stop in Bayonne om te slapen, en voor ik onder zeil ga, zet ik de tv aan en verneem dat er zo'n 5000 vrachtwagens stilstaan bij de Frans-Spaanse grens, als gevolg van een hevige en bovendien onverwachte sneeuwstorm.

Ik word wakker met de gedachte terug te keren naar Parijs: ik heb een uitstekend excuus om de afspraak af te bellen, de organisatoren zullen het kunnen begrijpen – het verkeer is een chaos, de weg een ijsbaan, zowel de Spaanse als de Franse regering raadt iedereen aan het weekend thuis te blijven, want er is een grote kans op ongelukken. De situatie is ernstiger dan gisteravond: het ochtendjournaal bericht dat er 17.000 mensen vastzitten op een ander traject, de Bescherming Burgerbevolking is gemobiliseerd om hun te hulp te komen met voedsel en tenten, veel automobilisten staan zonder brandstof en kunnen onmogelijk nog langer de verwarming draaiende houden.

In het hotel vertellen ze me dat ik, als ik ECHT verder moet, als het een kwestie is van leven en dood, de smalle kustweg kan nemen, een omweg die twee uur extra kost, ook al kan niemand met zekerheid iets zeggen over de toestand van het wegdek daar. Maar als bij instinct besluit ik dezelfde weg verder te rijden, iets duwt me vooruit, naar het gladde asfalt, naar uren van geduldig filerijden.

Misschien heeft het te maken met de naam van de stad, Vitória, wat 'overwinning' betekent. Misschien met het idee dat ik te zeer gewend ben geraakt aan comfort en dat ik mijn vermogen om in crisissituaties te improviseren kwijt ben geraakt. Misschien met het enthousiasme van de mensen die doende zijn om hun eeuwenoude kathedraal te restaureren en – om aandacht te krijgen voor hun project – een aantal schrijvers hebben uitgenodigd om lezingen te geven. Of misschien met wat de oude conquistadores van Amerika plachten te zeggen: 'Navigeren is noodzaak, leven niet.'

En ik navigeer. Na een eeuwigheid bereik ik Vitória, waar mensen op me staan te wachten die nog meer gestrest zijn dan ik tijdens de rit. Ze zeggen dat er in geen dertig jaar zo'n sneeuwstorm is voorgekomen, ze bedanken me voor mijn inspanning, maar vanaf nu komt het erop aan het officiële programma uit te voeren, en dat houdt ook in dat ik de Santa Maria-kathedraal bezoek.

Een meisje met een bijzondere glans in haar ogen vertelt me de geschiedenis van de kathedraal. Eerst was er de stadswal. De stadswal bleef intact, maar een van de muren werd benut voor de bouw van een kapel. Tientallen jaren gingen voorbij en de kapel werd veranderd in een kerk. Een eeuw later werd de kerk een gotische kathedraal. De Santa Maria-kathedraal beleefde een glorietijd, de constructie bleek niet solide, een tijd lang werd de kathedraal aan zijn lot overgelaten, er volgden verbouwingen om de constructieproblemen te verhelpen, iedere generatie voor zich meende de oplossing te hebben en wijzigde de vroegere bouwplannen. In de loop der eeuwen richtten ze hier een muur op, haalden daar een draagbalk weg, zetten aan deze kant steunberen, brachten vensters met gebrandschilderd glas aan, en metselden die vervolgens weer dicht.

En de kathedraal overleefde alles.

Ik loop door het skelet, bekijk de verbouwing die nu plaatsvindt: de architecten garanderen dat ze de beste oplossing hebben gevonden. Overal steigers en ijzeren balken, en voortdurend wijdlopige exposés over toekomstige stappen en enkele kritische noten bij wat er in het verleden is gedaan.

En plotseling, halverwege het middenschip, word ik me bewust van iets heel belangrijks: de kathedraal ben ik, is eenieder van ons. We worden groter, veranderen van vorm, plotseling vallen ons zwakke plekken op die gecorrigeerd moeten worden, niet altijd kiezen we de beste oplossing, maar ondanks alles zetten we door, proberen we overeind te blijven, fier rechtop, zodat we onze aandacht niet hoeven richten op de muren of de deuren of de ramen, maar binnen kunnen zijn in de lege ruimte, waar we datgene wat ons dierbaar is, belangrijk voor ons is, vereren en aanbidden.

Ja, we zijn kathedralen, zonder enige twijfel. Maar wat bevindt zich in de lege ruimte van mijn innerlijke kathedraal?

Esther, de Zahir.

Zij heeft de hele ruimte opgevuld. Zij is mijn enige grond van bestaan. Ik kijk om me heen, bereid me voor op de lezing, en ik begrijp waarom ik de confrontatie met sneeuw, files, gladde wegen ben aangegaan: om opnieuw te beseffen dat ik mezelf iedere dag opnieuw opbouw, en om – voor het eerst in mijn hele bestaan – te aanvaarden dat ik van een ander mens houd, meer dan van mezelf.

De terugweg naar Parijs – de weersomstandigheden zijn al veel beter – verloopt in een soort trance: ik denk niet, ik let alleen maar op het verkeer. Bij thuiskomst vraag ik de huishoudster om voor niemand open te doen, de komende dagen niet naar huis te gaan maar hier te blijven om voor mijn ontbijt, middageten en avondeten te zorgen. Ik ga boven op het apparaatje staan dat me in staat stelt te internetten, en ik trap het finaal kapot. De telefoon ruk ik uit de muur. Mijn mobiele telefoon stop ik in een pakketje dat ik naar mijn uitgever stuur, en vraag hem om me hem pas terug te geven als ik persoonlijk bij hem langskom om hem op te halen.

Een week lang maak ik 's ochtends wandelingen langs de Seine, bij terugkomst sluit ik me op in mijn schrijfkamer. Alsof ik de stem van een engel heb gehoord, schrijf ik een boek – beter gezegd een brief, een lange brief aan de vrouw van mijn dromen, de vrouw van wie ik hou en altijd houden zal. Op een goede dag krijgt ze dit boek misschien in handen, en ook al gebeurt dat niet, op dit moment ben ik een man die in vrede leeft met zijn geest. Ik vecht niet langer tegen mijn gekwetste trots, en niet langer zoek ik Esther op de hoeken van de straten, in cafés, bioscopen, bij diners, in Marie, in krantenberichten.

Integendeel, ik ben er blij mee dat hij bestaat – hij heeft me laten zien dat ik in staat ben tot een liefde die ik zelf niet kende, en dat geeft me het gevoel in staat van genade te verkeren.

Ik accepteer de Zahir, ik sta toe dat hij me tot heiligheid brengt of tot waanzin drijft.

Een tijd om te scheuren en een tijd om te herstellen – titel ontleend aan een vers uit Prediker – werd uitgebracht eind april. De tweede week van mei stond het al bovenaan op de bestsellerlijsten.

De literaire bijlagen, die nooit zachtaardig tegen me waren geweest, trokken deze keer dubbel zo hard van leer. Ik knipte enkele van de belangrijkste fragmenten uit en plakte ze in het cahier met de kritieken uit voorgaande jaren; in wezen verschilden de nieuwe kritieken daar niet van, ze hadden alleen de titel van het boek vervangen:

'...in de roerige tijden die we beleven, laat de schrijver ons weer eens de realiteit ontvluchten aan de hand van een verhaal over liefde' (alsof een mens zonder zou kunnen);

'...eenvoudige zinnen, oppervlakkige stijl' (alsof ingewikkelde zinnen een diepzinnige stijl betekenen);

'...de schrijver heeft het geheim van het succes ontdekt – marketing' (alsof ik geboren ben in een land met een grote literaire traditie, en alsof ik over een fortuin beschikte om in mijn eerste boek te investeren);

'...ook al zal het verkopen als voorheen, het bewijst alleen maar dat de mens niet klaar is voor de confrontatie met de tragedie om ons heen' (alsof zij zelf zouden weten wat klaar zijn inhoudt).

Een aantal teksten was echter anders: ze bevatten zinnen zoals bovenstaande, maar meldden bovendien dat ik profiteerde van het schandaal van vorig jaar, om nog meer geld op te strijken. Zoals steeds het geval was, hielp de negatieve kritiek de verkoop van mijn boek enorm: mijn trouwe lezers kochten het, en degenen die het voorval al vergeten waren, herinnerden zich het weer en zorgden dat ze ook een boek te pakken kregen, nieuwsgierig als ze waren om mijn versie van Esthers verdwijning te horen (omdat het boek daar niet over ging maar een lofzang op de liefde was, waren ze misschien teleurgesteld en gaven ze nu de critici gelijk). De rechten waren in *no time* verkocht naar alle landen waar mijn boeken uitgegeven werden.

Marie, aan wie ik de tekst had gegeven voor ik hem naar de uitgever stuurde, gaf er blijk van de vrouw te zijn die ik hoopte dat ze was: in plaats van jaloers te worden, of te zeggen dat ik mijn ziel niet op zo'n manier moest etaleren, moedigde ze me aan om door te zetten, en ze was heel blij met het succes. In die periode van haar leven las ze een vrijwel onbekend mysticus, die ze in al onze gesprekken aanhaalde.

'Wanneer mensen de loftrompet over ons steken, moeten we alert zijn op wat dat bij ons teweegbrengt.'

'De kritiek heeft nooit lovend over me geschreven.'

'Ik heb het over de lezers: je hebt meer brieven ontvangen dan ooit, straks ga je nog geloven dat je beter bent dan je dacht, het kan je een vals gevoel van zekerheid geven, wat heel gevaarlijk kan zijn.'

'Maar serieus, sinds mijn gang naar die kathedraal vind ik dat ik beter ben dan ik dacht, en dat heeft niets te maken met de brieven van de lezers. Ik heb de liefde ontdekt, hoe raar dat ook mag lijken.'

'Prima. Wat me in jouw boek het meest bevalt, is dat je je ex geen enkel moment de schuld geeft, en jezelf evenmin.'

'Ik heb geleerd mijn tijd daar niet aan te verspillen.'

'Wat fijn. Het universum neemt het op zich onze fouten te corrigeren.'

'Bedoel je dat de verdwijning van Esther een soort "correctie" is?'

'Ik geloof niet in de genezende kracht van het lijden en de ellende die ons overkomt; die dingen gebeuren omdat ze deel uitmaken van het leven, en je moet ze niet beschouwen als straf. Over het algemeen laat het universum ons zien dat we fout zijn, wanneer het ons berooft van het allerbelangrijkste wat we hebben: onze vrienden. En dat was met jou aan het gebeuren, als ik me niet vergis.'

'Onlangs ontdekte ik iets: de ware vrienden zijn die vrienden die je in goede tijden aan je zijde vindt. Ze zijn je supporters, ze zijn blij om je overwinningen. De valse vrienden zijn die welke je enkel in moeilijke tijden ziet verschijnen, met van die trieste, "solidaire" gezichten. In werkelijkheid is jouw lijden voor hen een troost, in hun miezerige leventjes. Tijdens de crisis vorig jaar doken allerlei lui op die ik nooit eerder had gezien en die me kwamen "troosten". Ik haat zoiets.'

'Ik ken het.'

'Ik ben je dankbaar dat je in mijn leven bent gekomen, Marie.'

'Niet zo rap zijn met je dankwoord, onze relatie is nog niet sterk genoeg. Maar ondertussen begin ik er al wel aan te denken om naar Parijs te verhuizen, of om jou te vragen in Milaan te komen wonen: zowel voor jou als voor mij maakt het, wat ons werk aangaat, niets uit. Jij werkt altijd thuis, en ik ben voor mijn werk altijd elders. Ander onderwerp, of gaan we erop door?'

'Ander onderwerp.'

'Nou, dan hebben we het over iets anders. Er is veel moed voor nodig om het boek te schrijven dat jij hebt geschreven. Wat me verbaast is dat je die jongen nergens noemt.'

'Hij interesseert me niet.'

'Natuurlijk interesseert hij je wel. En natuurlijk vraag jij je af en toe af waarom zij voor hem heeft gekozen.'

'Nee, dat vraag ik me niet af.'

'Dat geloof ik niet. Ik voor mij, ik zou graag weten waarom mijn buurman nog steeds bij zijn vrouw is, bij die oninteressante vrouw, die altijd lacht, het huishouden doet, kookt, er voor de kinderen is, zorgt dat de rekeningen op tijd betaald worden, enzovoort. Als ík me dat afvraag, vraag jij je dat ook af.'

'Wil jij van me horen dat ik hem haat, omdat hij mijn vrouw heeft afgepakt?'

'Nee. Ik wil horen dat je hem vergeven hebt.'

'Dat kan ik niet.'

'Het is absoluut niet makkelijk. Maar je hebt geen keuze: als je het niet doet, zul je altijd denken aan het lijden dat hij veroorzaakt heeft, en zal de pijn nooit overgaan.

Ik zeg niet dat je hem aardig moet vinden. Ik zeg niet dat je contact met hem moet zoeken. Ik suggereer niet dat je hem als een engel moet gaan zien. Hoe heet hij eigenlijk? Iets Russisch als ik me niet vergis.'

71

'Hoe hij heet, doet er niet toe.'

'Zie je? Je wilt zijn naam niet eens uitspreken. Ben je soms bijgelovig, of zoiets?'

'Oké dan, hij heet Michaïl.'

'De energie van de haat zal je op geen enkele manier baten; maar de energie van de vergeving, die zich uit door middel van liefde, zal je leven op een positieve manier kunnen veranderen.'

'Je lijkt nu wel een Tibetaanse goeroe, je zegt dingen die in theorie prachtig zijn, maar in de praktijk onmogelijk. Vergeet niet dat ik vaak gekwetst ben.'

'Juist daarom, je draagt nog het kind in je dat zijn tranen voor zijn ouders verborgen hield, dat het zwakste van de school was. Je draagt nog de sporen van die fragiele jongen die geen meisje kon krijgen, die in geen enkele sport uitblonk. Je hebt het onrecht dat jou in je leven is aangedaan nog steeds niet achter je kunnen laten. Maar wat schiet je ermee op?'

'Wie heeft je gezegd dat mijn leven zo is geweest?'

'Dat weet ik. Ik zie het aan je ogen, en het levert je absoluut niets op. Alleen een constante neiging tot zelfmedelijden, omdat je het slachtoffer was van anderen die sterker waren. Of precies het tegenovergestelde: de rol van de wreker, klaar om iemand die je gekwetst heeft nog erger te kwetsen. Vind je niet dat je op die manier je tijd aan het verspillen bent?'

'Ik vind het een menselijke reactie.'

'Inderdaad, menselijk. Maar niet verstandig, en niet billijk. Wees spaarzaam met je tijd op deze aarde, weet dat God hem in ieder geval vergeven heeft, en doe hetzelfde.'

Terwijl ik naar de menigte keek die zich voor mijn signeermiddag in een megastore aan de Champs-Elysées verzameld had, dacht ik: hoeveel van die mensen zouden dezelfde ervaring hebben gehad als ik met mijn vrouw?

Uiterst weinig. Misschien een of twee. Toch zou het merendeel zich gaan identificeren met wat er in het nieuwe boek stond.

Schrijven is een van de meest solitaire bezigheden ter wereld. Eens in de twee jaar ga ik achter mijn computer zitten, richt mijn ogen op de onbekende zee van mijn ziel en zie dat er een paar eilanden zijn – ideeën die zich ontwikkeld hebben, en klaar zijn om geëxploreerd en geëxploiteerd te worden. Dan pak ik mijn boot – Woord geheten – en besluit naar het dichtstbijzijnde eiland te varen. Onderweg krijg ik te maken met stromingen, winden, stormen, maar ik roei door. Uitgeput en me ondertussen al bewust dat ik uit koers ben geraakt, zie ik dat het eiland dat ik wilde bereiken niet langer aan mijn horizon ligt.

Toch heeft omkeren geen zin, ik moet hoe dan ook doorgaan, anders verdwaal ik midden op zee – op zo'n moment trekt een reeks afschrikwekkende scènes aan mijn geestesoog voorbij, zoals de rest van mijn leven doorbrengen met het becommentariëren van mijn successen uit het verleden of met het zuur bekritiseren van nieuwe schrijvers, gewoon omdat ik zelf de moed niet meer heb om met nieuwe boeken te komen. Was mijn droom niet schrijver te zijn? Nou, dan moet ik doorgaan met zinnen scheppen, alinea's en hoofdstukken, met schrijven tot de dood erop volgt en me niet laten verlammen door succes, een nederlaag, door hinderlagen. Zo niet, wat is dan het perspectief? Een molen kopen in Zuid-Frankrijk en gaan tuinieren? Overstappen naar het geven van lezingen, omdat praten makkelijker is dan schrijven? Me op een kunstmatige maar mysterieuze manier terugtrekken uit de wereld om zo een legende te creëren die me veel vreugde zal kosten?

Gemotiveerd door deze angstaanjagende gedachten ontdek ik een kracht en moed waarvan ik niet wist dat ze bestonden: ze helpen me om me aan de onbekende kant van mijn ziel te wagen, ik laat me met de stroming meedrijven en ga ten slotte voor anker bij het eiland waar ik heen werd geleid. Dagen en nachten breng ik door met het beschrijven van wat ik zie, me afvragend waarom ik dit doe, telkens weer tegen mezelf zeggend dat het gedoe de moeite niet loont, dat ik niemand meer iets hoef te bewijzen, dat ik al bereikt heb wat ik wilde – en veel meer dan waarvan ik droomde.

Het valt me op dat het proces dat ik telkens doormaak, niet anders is dan bij het eerste boek: ik word om negen uur wakker, klaar om meteen na het ontbijt achter de computer te kruipen; ik lees de kranten, ga naar buiten om te wandelen, loop naar het dichtstbijzijnde café om er wat te praten, keer terug naar huis, werp een blik op de computer, kom erachter dat ik allerlei telefoontjes moet plegen, kijk de computer aan, het is al tijd voor het middageten, ik eet en denk ondertussen dat ik al vanaf elf uur had moeten zitten schrijven, maar nu heb ik behoefte aan een dutje, om vijf uur 's middags word ik wakker, zet eindelijk de computer aan, ik wil mijn e-mail checken en realiseer me dat ik mijn verbinding met het internet geruïneerd heb, er zit niets anders op dan de deur uit te gaan, naar een internetcafé op tien minuten lopen, maar zal ik niet eerst op zijn minst, al is het maar om mijn geweten van dit schuldige gevoel te bevrijden, een halfuurtje proberen te schrijven?

Ik begin plichtmatig – maar plotseling neemt 'het' bezit van me, en ik hou niet meer op. De huishoudster roept me voor het avondeten, ik vraag haar me even met rust te laten, een uur later roept ze weer, ik heb honger, alleen nog één regel, een zin, een pagina. Als ik aan tafel ga, is het eten koud, ik werk het vlug naar binnen en ga terug naar de computer – nu heb ik niet langer de controle over mijn voetstappen, het eiland wordt voor mijn ogen ontsluierd, ik word over de paden voortgeduwd, tref dingen aan die ik nooit had gedroomd te zullen aantreffen. Ik drink koffie, drink meer koffie, en om twee uur 's nachts hou ik uiteindelijk op met schrijven, omdat mijn ogen moe zijn.

Ik ga naar bed, lig meer dan een uur dingen te noteren die ik in de volgende paragraaf wil gebruiken, en die altijd compleet onbruikbaar blijken te zijn – ze dienen alleen om mijn hoofd leeg te maken zodat ik kan slapen. Ik beloof mezelf om morgen zonder meer om elf uur te beginnen. En de volgende dag is het weer hetzelfde liedje – wandelen, kletsen, middageten, dutje, schuldgevoel, woede dat ik de internetverbinding heb geruïneerd, zwoegen op de eerste pagina, enzovoort.

Ineens zijn er twee, drie, vier, elf weken voorbij, ik weet dat ik tegen het einde zit, ik word overweldigd door een gevoel van leegte, van iemand die ten slotte in woorden heeft uitgedrukt wat hij voor zichzelf had moeten houden. Maar nu moet ik door tot en met de laatste zin – en dat lukt.

Vroeger, toen ik biografieën van schrijvers las, meende ik dat ze hun beroep extra glans gaven door te zeggen 'het boek schrijft zichzelf, de schrijver schrijft het alleen maar op'. Tegenwoordig weet ik dat het gewoon waar is, niemand weet waarom de stroming hem naar dat ene eiland voerde, en niet naar dat andere waar hij oorspronkelijk heen wilde. Dan begint het obsessieve reviseren, het knippen en schrappen, en wanneer ik het niet langer kan verdragen om nog eens dezelfde woorden te lezen, stuur ik het manuscript naar de uitgever, die het nog een keer reviseert, en vervolgens uitbrengt.

Tot mijn verbazing, telkens weer, blijken andere mensen op zoek te zijn naar dat ene eiland dat ze vinden in mijn boek. De een vertelt het de ander, een mysterieuze keten die zich uitbreidt, en wat de schrijver hield voor een solitaire bezigheid, verandert in een brug, in een boot, in een omgeving waarin zielen met elkaar verkeren en communiceren.

Vanaf dat ogenblik ben ik niet langer de man die verdwaald

was in de storm: ik vind mezelf juist door middel van mijn lezers, ik begrijp pas wat ik geschreven heb als ik merk dat anderen het ook begrijpen – nooit vóór die tijd. En er zijn van die zeldzame momenten, zoals de gebeurtenis die zich zo meteen gaat voltrekken, dat het me lukt om sommigen van die mensen in hun ogen te kijken en te zien dat ook mijn ziel niet alleen is.

Op de afgesproken tijd begon ik te signeren. Contact, ogen die elkaar aankijken, even, maar wel het gevoel van loyaliteit, blijdschap, wederzijds respect. Stevige handdrukken, enkele brieven, cadeaus, commentaar. Anderhalf uur later kondig ik tien minuten pauze aan, niemand protesteert, mijn uitgever laat (het is al een traditie geworden tijdens mijn signeermiddagen) aan iedereen in de rij een glas champagne serveren (ik heb geprobeerd gedaan te krijgen dat dit in andere landen overgenomen wordt, maar ze komen steeds met het argument dat champagne nogal duur is, en schenken dus maar een glas mineraalwater – waarmee overigens ook respect getoond wordt voor de wachtende).

Ik keer terug naar de tafel. Twee uur later, anders dan degenen die het gebeuren gadeslaan waarschijnlijk denken zullen, ben ik niet moe, maar een en al energie, ik zou tot diep in de nacht met dit werk kunnen doorgaan. Ondertussen heeft de winkel al de deuren gesloten, aan de rij komt een einde. Er staan nog veertig mensen, die er dertig worden, twintig, elf, vijf, vier, drie, twee... en plotseling staan we oog in oog.

'Ik heb gewacht tot het einde. Ik wilde de laatste zijn, omdat ik een boodschap voor u heb.'

Ik weet niet wat ik moet zeggen. Ik kijk opzij, uitgevers, vertegenwoordigers en boekhandelaren staan enthousiast te praten, nog even en dan gaan we eten, drinken, een beetje stoom afblazen, merkwaardige voorvallen vertellen die gebeurden toen ik zat te signeren.

Ik heb hem nooit eerder gezien, maar weet wie hij is. Ik pak het boek uit zijn hand en schrijf: *Voor Michaïl, met genegenheid.*

Ik zeg niets. Ik mag hem niet kwijtraken – een woord, een zin, een plotselinge beweging kan ertoe leiden dat hij weggaat en nooit meer terugkomt. In een fractie van een seconde begrijp ik dat hij, en alleen hij me zal redden van de zegen – of van de vloek – van de Zahir, omdat hij de enige is die weet waar zij zich bevindt, en ik eindelijk de vragen zal kunnen stellen waar ik al zo lang mee worstel.

'Ik wilde dat u wist dat het goed met haar gaat. En dat ze waarschijnlijk uw boek gelezen heeft.'

De uitgevers, vertegenwoordigers, boekhandelaren komen naderbij. Ze omhelzen me, zeggen dat het een bijzondere middag is geweest en dat het nu tijd is voor een glas, even ontspannen en napraten.

'Ik zou graag deze lezer uitnodigen,' zeg ik. 'Hij was de laatste van de rij, ik zou hem graag uitnodigen als vertegenwoordiger van alle lezers die hier zijn geweest.'

'Ik kan niet. Ik heb een andere afspraak.' Hij richt zich tot mij, een beetje geschrokken. 'Ik kwam alleen maar een boodschap afgeven.'

'Welke boodschap?' vraagt een van de verkopers.

'Hij nodigt anders nooit iemand uit!' zegt mijn uitgever. 'Kom, je gaat met ons mee eten!'

'Dank u, maar ik heb iedere donderdag een bijeenkomst.'

'Hoe laat?'

'Over twee uur.'

'Waar?'

'In een Armeens restaurant.'

Mijn chauffeur, die een Armeniër is, vraagt in welk restaurant precies, en zegt dat het maar een kwartiertje rijden is van de plek waar we gaan eten. Iedereen wil het me naar de zin maken: ze denken dat iemand die ik uitnodig blij moet zijn, zich vereerd moet voelen, al het andere kan wel een dag wachten.

'Hoe heet u?' vraagt Marie.

'Michaïl.'

'Michaïl,' en ik zie dat Marie het begrepen heeft, 'u gaat op zijn minst een uur met ons mee; het restaurant waar we gaan eten is hier om de hoek. Daarna brengt de chauffeur u waarheen u maar wilt. Maar, als u dat liever wilt, annuleren we onze reservering en gaan we met zijn allen eten in het Armeense restaurant, dan bent u meer op uw gemak.'

Ik raak niet op hem uitgekeken. Hij is niet bijzonder mooi, en niet bijzonder lelijk. Niet groot, niet klein. Hij is in het zwart gekleed, eenvoudig en elegant – en onder elegant versta ik de volstrekte afwezigheid van merknamen of logo's.

Marie pakt Michaïl bij de arm, en loopt naar de uitgang. De boekhandelaar heeft nog een stapel boeken van lezers die niet konden komen, en die ik moet signeren – maar ik beloof dat ik de volgende dag langskom. Mijn benen trillen, mijn hart gaat tekeer, en ondertussen moet ik net doen alsof alles in orde is, alsof ik blij ben met het succes en geïnteresseerd ben in deze of gene opmerking. We steken de avenue des Champs-Elysées over, de zon gaat op dat moment pal achter de Arc de Triomphe onder en ik begrijp dat dit zonder meer een teken is, een goed teken.

Mits ik de situatie weet te hanteren.

Waarom wil ik met hem praten? De mensen van de uitgeverij kletsen maar door tegen me, ik antwoord automatisch, niemand heeft in de gaten dat ik heel ergens anders ben en niet goed snap waarom ik iemand aan mijn tafel heb uitgenodigd die ik zou moeten haten. Wil ik erachter komen waar Esther zich bevindt? Wil ik me wreken op die jongen, die zo'n onzekere, verdwaasde indruk maakt, en die er desalniettemin in geslaagd is de vrouw van wie ik hou bij me weg te halen? Wil ik mezelf bewijzen dat ik beter ben, veel beter dan hij? Wil ik bij hem in het gevlij komen, hem ertoe verleiden mijn vrouw over te halen om terug te komen?

Op geen van die vragen heb ik een antwoord, en dat doet er ook absoluut niet toe. Het enige wat ik tot nu toe heb gezegd, was: 'Ik zou graag hebben dat je met ons mee ging eten.' Ik had me al tal van keren de scène voorgesteld: ik zou hen tweeën tegenkomen, hem bij zijn keel grijpen, een mep geven en hem voor de ogen van Esther vernederen; of zelf een pak slaag krijgen, en haar dan laten zien dat ik vocht, leed omwille van haar. Ik had me agressie voorgesteld, of geveinsde onverschilligheid, een enorme scène en plein public – maar aan een zinnetje als 'ik zou graag hebben dat je met ons mee ging eten' had ik geen moment gedacht.

Geen vragen over wat mijn volgende stap zal zijn, het enige wat ik hoef te doen is op Marie letten die gearmd met Michaïl – alsof ze zijn vriendin is – een paar meter voor me uit loopt. Ze mag hem niet laten gaan, en tegelijkertijd vraag ik me af waarom ze me helpt – terwijl ze weet dat de ontmoeting met deze jongen ook kan betekenen dat ik achter de verblijfplaats van mijn vrouw kom.

We zijn er. Michaïl zorgt ervoor dat hij ver van me af zit, misschien wil hij een tête-à-tête voorkomen. Een vrolijke sfeer, champagne, wodka en kaviaar – ik kijk op de menukaart, ik ontdek met afschuw dat de boekhandelaar alleen al aan de entrees zo'n duizend dollar uitgeeft. Centrale gesprekken, ze vragen aan Michaïl wat hij van de middag vond, hij zegt dat hij het leuk vond, ze vragen hem over het boek, hij zegt dat hij het erg mooi vond. Dan wordt hij vergeten, en allen richten hun aandacht op mij – of ik tevreden ben, of de rij stond opgesteld zoals ik het wilde, of het beveiligingsteam goed gefunctioneerd had. Mijn hart gaat nog steeds als een gek tekeer, maar ik slaag erin de schijn op te houden, te bedanken voor alles, voor de perfectie waarmee het evenement was opgezet en uitgevoerd.

Een halfuurtje van gesprekken en vele wodka's later zie ik dat Michaïl ontspannen is. Hij staat niet in het middelpunt, hoeft niets te zeggen, nog even volhouden en dan kan hij weg. Ik weet dat hij niet over het Armeense restaurant gelogen heeft, ik heb nu een spoor. Mijn vrouw is dus nog in Parijs! Ik moet beminnelijk zijn, zijn vertrouwen proberen te winnen, de aanvankelijke spanning is verdwenen.

Er is een uur voorbij. Michaïl kijkt op zijn horloge. Hij zal aanstonds vertrekken, ik moet iets doen – en wel meteen. Telkens als ik naar hem kijk, voel ik me onbeduidender, en ik begrijp steeds minder waarom Esther me ingeruild heeft voor iemand die zo buiten de werkelijkheid lijkt te staan (zij had het er wel eens over dat hij over 'magische' krachten beschikte). Met iemand praten die mijn vijand is en doen voorkomen alsof ik me daarbij op mijn gemak voel, valt zeker niet mee, maar ik moet iets doen.

'Misschien dat we iets meer te weten kunnen komen van onze lezer,' zeg ik tegen de tafel, die onmiddellijk zwijgt. 'Hij gaat zo meteen weg, en heeft nog nauwelijks iets verteld over zijn leven. Wat doet u zoal?'

Ondanks de wodka's die hij dronk, komt Michaïl heel nuchter over.

'Ik hou bijeenkomsten in het Armeense restaurant.'

'Wat houdt dat in?'

'Dat ik op het podium sta en verhalen vertel. En ik laat het publiek ook verhalen vertellen, hún verhalen.'

'Hetzelfde doe ik in mijn boeken.'

'Weet ik. En om die reden heb ik ook toenadering...'

Hij zegt zo meteen nog wie hij is!

'Bent u hier geboren?' vraagt Marie, hem onderbrekend, waardoor hij zijn zin niet kan afmaken ('...toenadering tot uw vrouw gezocht.').

'Nee, in de steppen van Kazachstan.'

Kazachstan. Wie zal durven vragen waar Kazachstan ligt?

'Waar ligt Kazachstan?' vraagt een vertegenwoordiger.

Zalig zij die ervoor uit durven komen dat ze iets niet weten.

'Die vraag verwachtte ik al,' zegt Michaïl. En met een geamuseerde blik vervolgt hij: 'Iedere keer weer, als ik zeg dat ik daar geboren ben, hoor ik tien minuten later dat ik uit het Midden-Oosten kom, uit Pakistan, of Afghanistan. Kazachstan ligt in Centraal-Azië. Het heeft maar 14 miljoen inwoners en is vele malen groter dan Frankrijk, met zijn 60 miljoen inwoners.'

'Over gebrek aan ruimte hebben jullie in ieder geval niet te klagen,' merkt mijn uitgever lachend op.

'Nou, in de twintigste eeuw hadden we niet eens het recht om te klagen, ook al zouden we dat gewild hebben. Zoals allereerst toen het communistische regime een einde maakte aan het privé-bezit, het vee op de steppen aan zijn lot werd overgelaten en 48,6% van de inwoners door honger omkwam. Kunnen jullie je dat voorstellen? Tussen 1932 en 1933 stierf bijna de helft van de bevolking van mijn land de hongerdood.'

Doodse stilte. Omdat gesprekken over tragische gebeurtenissen nu eenmaal niet bevorderlijk zijn voor de stemming, besluit een van de aanwezigen een ander onderwerp aan te snijden. Maar ik wil dat mijn 'lezer' verder vertelt over zijn land.

'Hoe is de steppe?' vraag ik.

'Eindeloze vlakten bijna zonder vegetatie, zoals u wel zult weten.'

Dat wist ik inderdaad, maar het was mijn beurt om iets te vragen, om het gesprek gaande te houden.

'Ik herinner me iets over Kazachstan,' zegt mijn uitgever. 'Een tijd geleden stuurde een schrijver die daar woont me een manuscript. Hij beschrijft daarin de atoomproeven die in de steppen gedaan zijn.'

'De bodem, de ziel van ons land, is besmeurd met bloed. We hebben veranderd wat niet veranderd had mogen worden, en we zullen vele generaties lang de prijs daarvan moeten betalen. We zijn in staat geweest een hele zee te laten verdwijnen.'

Nu is de beurt aan Marie om tussenbeide te komen.

'Niemand laat een zee verdwijnen.'

'Ik ben vijfentwintig jaar. Die tijd, niet meer dan één generatie, heeft het geduurd om het water dat daar miljoenen jaren is geweest, in stof te veranderen. De communistische machthebbers hadden besloten de loop van twee rivieren, de Amu-Darya en de Syr-Darya, te verleggen om een aantal katoenplantages te kunnen bevloeien. Dat doel bleek onhaalbaar, maar toen was het te laat – de zee was opgehouden te bestaan, en de in cultuur gebrachte grond was in woestijn veranderd.

Het tekort aan water was desastreus voor het plaatselijke

klimaat. Tegenwoordig razen er gigantische zandstormen die ieder jaar honderdvijftigduizend ton zout en zand verplaatsen. Vijftig miljoen mensen in vijf landen zijn getroffen door die onverantwoordelijke – maar onomkeerbare – beslissing van de sovjetbureaucraten. Het resterende beetje water is vervuild en is een bron van alle mogelijke ziektes.'

Wat hij zei, sloeg ik op in mijn geheugen. Het kon van pas komen voor mijn lezingen. Michaïl ging verder, op een toon die niets ecologisch en eerder iets tragisch had: 'Volgens mijn grootvader heette het Aralmeer vroeger de Blauwe Zee, vanwege de kleur van het water. Nu is daar geen zee meer, en desondanks willen de mensen hun woningen niet verlaten en naar een andere plek verhuizen: ze dromen nog steeds van de golven, van de vissen, ze bewaren nog steeds hun hengels en praten over aas en over boten.'

'Maar die atoomproeven, is dat echt waar?' wil mijn uitgever weten.

'Ik denk dat iedereen die in Kazachstan geboren is, weet wat zijn geboortegrond gevoeld heeft, omdat iedere Kazach zijn geboortegrond in zijn bloed heeft. Veertig jaar lang beefden de vlakten van de kernbommen of waterstofbommen, in totaal 456 tot en met 1989. Van die proeven werden er 116 bovengronds gedaan. Bij elkaar opgeteld hadden ze een kracht van 2500 maal de bom die in de Tweede Wereldoorlog op Hiroshima is gegooid. Het resultaat is dat duizenden mensen besmet werden met radioactiviteit en longkanker opliepen. Om nog maar te zwijgen van de duizenden kinderen die geboren zijn met motorische stoornissen en zelfs zonder ledematen, of die vanaf hun geboorte psychische problemen hebben.'

Michaïl kijkt op zijn horloge.

'Sorry, maar ik moet gaan.'

De ene helft van de groep vindt het jammer, het gesprek begon net interessant te worden. De andere helft vindt het prima: het is absurd om op zo'n vrolijke avond over tragische zaken te praten.

Michaïl groet de anderen met een knikje en mij omhelst hij. Niet omdat hij bijzondere genegenheid voor me voelt, maar om me toe te kunnen fluisteren: 'Zoals ik straks al zei, het gaat goed met haar. Maakt u zich geen zorgen.'

'Maakt u zich geen zorgen, zei hij tegen me! Waarom zou ik me zorgen maken: om een vrouw die me verlaten heeft? Die er de oorzaak van is dat ik ondervraagd werd door de politie, op de voorpagina's van kranten en roddelbladen verscheen, dagen en nachten verdriet had, mijn vrienden bijna kwijtraakte, en...'

'...en *Een tijd om te scheuren en een tijd om te herstellen* schreef. Alsjeblieft zeg, we zijn volwassen mensen die het een en ander hebben meegemaakt, we gaan geen dommertje spelen: natuurlijk wil je graag weten hoe het met haar is.

En ik zal het je nog sterker zeggen: je wilt haar zíen.'

'Maar als je dat weet, waarom werkte je mijn ontmoeting met hem dan niet tegen? Nu heb ik een spoor: hij treedt iedere donderdag op in dat Armeense restaurant.'

'Heel goed. Ga door.'

'Hou je niet van mij?'

'Ik hou van je, meer dan gisteren, en morgen nóg meer, zoals op zo'n kaart staat die ze in kantoorboekhandels verkopen. De waarheid is dat ik waanzinnig verliefd op je ben, ik denk erover hiernaartoe te verhuizen, naar dit enorme, lege appartement – maar telkens als ik erover begin, wie begint er dan over iets anders? Jij. Toch zet ik mijn gevoel van eigenwaarde opzij, en geef aan hoe belangrijk het zou zijn om samen te wonen. Wat ik hoor is dat het nog te vroeg ervoor is. Waarop ik dan denk dat je misschien het gevoel hebt dat je me kunt verliezen zoals je Esther verloor, of dat je hoopt dat ze terugkomt, of dat je het gevoel hebt dat het je je vrijheid zal kosten. Je bent bang om alleen te zijn en bang om steeds iemand bij je te hebben. Complete waanzin dus, die relatie van ons. Maar het antwoord op je vraag is: ik hou heel veel van je.'

'Nou, waarom hield je dat dan niet tegen?'

'Omdat ik niet tot in lengte van dagen kan leven met de schaduw van een vrouw die zomaar vertrokken is, zonder enige uitleg. Ik heb je boek gelezen. Ik geloof dat je pas echt de mijne kunt worden als je haar vindt, als je het probleem oplost.

Dat was juist wat er met mijn buurman aan de hand was: ik heb hem van nabij genoeg meegemaakt om te zien hoe laf en angstig hij was ten opzichte van onze relatie, hoe hij nooit koos voor iets wat hij maar o zo graag wilde, maar blijkbaar te gevaarlijk vond om te hebben. Jij hebt vaak gezegd dat absolute vrijheid niet bestaat: wat wél bestaat is de vrijheid om te kiezen, en vervolgens achter die keuze te gaan staan. Hoe meer ik mijn buurman van nabij meemaakte, hoe meer ik jou begon te bewonderen: je hebt aanvaard dat je nog houdt van een vrouw die je verlaten heeft, en niets meer van je wil weten. Je hebt dat niet alleen aanvaard, maar ook besloten het openbaar te maken. Want luister maar naar een fragment uit jouw boek, dat ik uit mijn hoofd ken:

Toen ik niets meer te verliezen had, kreeg ik alles. Toen ik ophield de persoon te zijn die ik was, vond ik mezelf. Toen ik vernedering ervoer en desondanks mijn weg vervolgde, begreep ik dat ik vrij was mijn eigen lot te kiezen. Ik weet niet of ik ziek ben, of mijn huwelijk een droom was die ik zolang hij duurde niet kon begrijpen. Ik weet dat ik kan leven zonder haar, maar ik zou haar graag weerzien – om iets te zeggen wat ik nooit heb gezegd toen we samen waren: ik hou van jou, meer dan van mezelf. Als ik dat zal kunnen zeggen, zal ik verder kunnen gaan, in vrede – omdat deze liefde me heeft bevrijd.'

'Michaïl vertelde me dat Esther dat waarschijnlijk gelezen heeft. Dat is voldoende.'

'Toch zul jij haar moeten vinden en haar dat rechtstreeks moeten zeggen, anders zul je nooit de mijne zijn. Misschien is het onmogelijk, wil ze je niet meer zien – maar dan heb je het geprobeerd. Ik zal bevrijd worden van de "ideale vrouw", en jij

zult niet langer te maken hebben met de onontkoombare aanwezigheid van de Zahir, zoals je haar noemt.'

'Je bent niet bang.'

'Jawel, ik ben wel bang. Maar ik heb geen keus.'

De volgende ochtend bezwoer ik mezelf dat ik niet zou proberen de verblijfplaats van Esther te achterhalen. Twee jaar lang had ik er onbewust voor gekozen te geloven dat ze gedwongen was geweest om weg te gaan, dat ze gekidnapt was of afgeperst door een groep terroristen. Maar nu ik wist dat ze leefde, het goed maakte (zoals de jongen had gezegd), waarom dan pogingen blijven doen om haar weer te zien? Mijn ex had recht op haar zoektocht naar geluk, en ik moest haar beslissing respecteren.

Deze gedachte hield nog geen vier uur stand: op het eind van de middag ging ik naar een kerk, stak een kaars aan en opnieuw deed ik – dit keer op een heilige, rituele manier – de belofte naar haar op zoek te gaan. Marie had gelijk, ik was te volwassen om mezelf nog langer voor de gek te houden, te blijven doen alsof het me niet interesseerde. Ik respecteerde haar beslissing om weg te gaan, maar dezelfde persoon die me zozeer geholpen had mijn leven op te bouwen, had me bijna vernietigd. Bang was zij nooit geweest: waarom was ze dit keer dan gevlucht als een dief in de nacht, zonder haar man recht in de ogen te kijken en hem uit te leggen wat de reden was? We waren volwassen genoeg om te handelen en de gevolgen van onze daden te dragen: de manier waarop mijn vrouw (of beter gezegd: ex-vrouw) zich gedroeg, paste niet bij haar. Ik moest weten waarom ze zich zo gedroeg.

Over een week – het leek een eeuwigheid – zou dat theaterstuk zijn. In de dagen die eraan voorafgingen, stond ik interviews toe die ik anders altijd geweigerd zou hebben, schreef ik verscheidene krantenartikelen, deed yoga, mediteerde, las een boek over een Russische schilder, een ander over een misdaad in Nepal, schreef twee voorwoorden en deed vier boekaanbevelingen voor uitgevers die me dat voortdurend vroegen en waar ik altijd nee op had gezegd.

Toch had ik nog tijd te over, die ik benutte door een paar rekeningen van de Bank van Wederdienst te betalen; ik nam uitnodigingen aan voor diners, voor korte voordrachten op scholen waar kinderen van vrienden studeerden, een bezoek aan een golfclub, een geïmproviseerde signeersessie in de boekhandel van een vriend aan de avenue de Suffren (die drie dagen tevoren werd aangekondigd door middel van een affiche in de etalage, waardoor er op zijn hoogst twintig mensen op afkwamen). Mijn secretaresse merkte op dat ze me in tijden niet zo actief had gezien, ik was vast heel tevreden: ik antwoordde dat een boek op de bestsellerlijst me altijd stimuleerde om er een schepje bovenop te doen.

Slechts twee dingen deed ik niet die week: het eerste was dat ik ook nu geen manuscripten las – al moesten volgens mijn advocaten die dingen altijd onverwijld per post worden teruggezonden, omdat ik later anders het risico liep dat iemand zou beweren dat ik een verhaal van hem gebruikt zou hebben (ik heb nooit begrepen waarom mensen me manuscripten sturen – per slot van rekening ben ik geen uitgever).

Het tweede wat ik niet deed, was in de atlas opzoeken waar Kazachstan ligt, ook al wist ik dat ik, om het vertrouwen van Michaïl te winnen, een beetje meer over zijn afkomst moest weten.

De mensen wachten geduldig het moment af waarop de deur opengaat naar de zaal in het achterste deel van het restaurant. Niets van de charme van de cafés van Saint-Germain des Prés, geen koffie met een glaasje water en geen goedgeklede, welbespraakte mensen. Niets van de elegantie van theaterfoyers, niets van de magie van voorstellingen die overal in de stad plaatsvinden, in kleine bistro's, met hun artiesten die steeds het beste van zichzelf geven – in de hoop dat zich ergens tussen het publiek een beroemde impresario schuilhoudt die dan na afloop naar hen toe komt, zegt dat ze geniaal zijn (wat ze zelf al dachten) en hen uitnodigt om in een of ander belangrijk cultureel centrum een voorstelling te geven.

Eigenlijk begrijp ik niet waarom het er zo vol is: in de bladen die gespecialiseerd zijn in de Parijse theater- en kunstwereld heb ik nooit enige verwijzing gezien.

Terwijl ik wacht, praat ik met de eigenaar van het restaurant – en ik kom te weten dat hij binnenkort de hele ruimte van het etablissement wil gaan gebruiken.

'Het publiek wordt met de week talrijker,' zegt hij. 'Aanvankelijk heb ik toegestemd omdat een journaliste me dat vroeg en als tegenprestatie beloofde iets over mijn restaurant te zullen schrijven. Ik stemde toe omdat de zaal op donderdag zelden gebruikt wordt. Nu benut men het wachten om te eten, en misschien brengt het wel het meest op van de hele week. Ik ben maar voor één ding bang: dat het een sekte is. Zoals u weet, zijn de wetten hier wat dat aangaat bijzonder streng.'

Ja, dat wist ik – er was zelfs ooit geïnsinueerd dat mijn boeken gelieerd waren aan een gevaarlijke stroming in het denken, aan een godsdienstige leer die niet harmonieerde met de algemeen aanvaarde normen en waarden. Frankrijk, zo'n vrijzinnig land in nagenoeg alle opzichten, koesterde met betrekking tot dit thema een soort paranoia. Onlangs was er een lijvig rapport verschenen over de 'hersenspoeling' die bepaalde groeperingen toepasten op naïeve mensen. Alsof mensen alles weten te kiezen – school, universiteit, tandpasta, auto's, films, huwelijkspartners – maar zich in geloofszaken laten manipuleren.

'Hoe is de publiciteit geregeld?' vraag ik.

'Geen flauw idee. Als ik het wist, zou ik dezelfde lui vragen om de publiciteit voor het restaurant te doen.'

En slechts om iedere twijfel bij hem weg te nemen, hij weet immers niet wie ik ben: 'Het is geen sekte, dat kan ik u verzekeren. Het zijn kunstenaars.'

De deur van de zaal wordt geopend, de mensen doen vijf euro in een mandje bij de ingang en gaan naar binnen. Binnen, onbeweeglijk op een geïmproviseerd podium, twee jongens en twee meisjes, in witte, gesteven, wijd uitstaande rokken die een grote cirkel rond hun lichaam vormen. Behalve deze vier zie ik een oudere man met een grote langwerpige trom, en een vrouw met een enorme bronzen schaal vol glazen kraaltjes; telkens als ze per ongeluk met haar instrument beweegt, horen we het ruisen van een metalige regen.

Een van de jongens is Michaïl, nu volkomen anders dan de jongen die ik op mijn signeermiddag ontmoette: zijn ogen, die gericht zijn op een onbepaald punt in de ruimte, hebben een bijzondere glans.

Het publiek maakt het zich gemakkelijk op de stoelen die door de hele zaal zijn neergezet. Jongeren die zo gekleed gaan dat je, als je hen op straat zou tegenkomen, zou denken dat het junks zijn. Managers of ambtenaren van middelbare leeftijd, met hun echtgenotes. Twee of drie kinderen van negen of tien, waarschijnlijk meegebracht door hun ouders. Een enkele bejaarde, die veel inspanning verricht moet hebben om hier te komen, het metrostation ligt immers vijf straten verder.

Ze drinken, roken en praten luid, alsof de mensen op het podium er niet zijn. Het gepraat wordt alsmaar luider, er wordt veel en uitbundig gelachen, de sfeer is vrolijk, feestelijk. Een sekte? Hoogstens een rokersgenootschap. Ik kijk onrustig om me heen, naar de vrouwen die er zijn, en meen voortdurend Esther te zien, maar steeds als ik dichterbij kom, blijkt het iemand anders – soms zonder enige fysieke gelijkenis met mijn vrouw (waarom raak ik er maar niet aan gewend om 'mijn ex' te zeggen?).

Ik vraag aan een goedgeklede vrouw wat dit voor iets is. Ze ziet er ongeduldig uit alsof een antwoord te veel gevraagd is – ze kijkt me aan alsof ik een groentje ben, iemand die nog nat achter de oren is.

'Verhalen over liefde,' zegt ze. 'Verhalen en energie.'

Verhalen en energie. Beter maar niet doorvragen, ook al maakt de vrouw volstrekt niet de indruk dat ze abnormaal zou zijn. Ik wil op iemand anders toestappen, maar bedenk dat ik verder maar beter mijn mond kan houden – ik zal er zo wel achter komen. Een man naast me kijkt me aan en glimlacht: 'Ik heb uw boeken gelezen. Ik kan wel raden waarom u hier bent.'

Ik schrik: zou hij weet hebben van de relatie tussen Michaïl en mijn vrouw – ik moet mezelf opnieuw corrigeren: de relatie tussen een van de mensen op het podium en mijn ex?

'Een schrijver, zoals u, kent de Tengri. Ze hebben een directe verwantschap met wat u "strijders van het licht" noemt.'

'Zonder meer,' antwoord ik opgelucht.

En ik denk: daar heb ik nog nooit van gehoord.

Twintig minuten later, als de zaal blauw staat van de rook, horen we de bronzen schaal opnieuw ruisen. Het praten houdt op als bij toverslag, en de sfeer van complete anarchie lijkt een religieuze aura te krijgen: zowel op het podium als in de zaal heerst stilte, het enige geluid komt uit het aanpalende restaurant.

Michaïl, die in trance lijkt te verkeren en zijn blik nog steeds gericht houdt op een onzichtbaar punt tegenover hem, begint:

'Zo luidt de Mongoolse mythe over de schepping van de wereld:

Er verscheen een wilde hond die blauw was en grijs
wiens lot hem was opgelegd door de hemel.
Zijn vrouw was een reegeit.'

Zijn stem klinkt anders, vrouwelijker, zekerder: 'Zo begint weer
een liefdesverhaal. De wilde hond met zijn moed, zijn kracht, de
reegeit met haar zachtheid, intuïtie, sierlijkheid. Jager en prooi
komen elkaar tegen, en beminnen elkaar. Volgens de wetten van
de natuur, zou de een de ander moeten vernietigen – maar in
de liefde is er geen goed of slecht, is er geen creatie en geen
destructie, er is beweging. En de liefde verandert de wetten van
de natuur.'

Hij maakt een gebaar met zijn hand en de in het wit geklede
figuren draaien rond om hun eigen as.

'In de steppen waar ik vandaan kom, is de wilde hond een
vrouwelijk dier. Gevoelig, in staat te jagen omdat hij zijn intu-
itie heeft ontwikkeld, maar tegelijkertijd schuchter. Hij maakt
niet gebruik van bruut geweld, maar van strategie. Moedig en
behoedzaam is hij, en vlug. Binnen een seconde schakelt hij van
een toestand van volledige ontspanning over naar de spanning
van het bespringen van zijn prooi.'

En de reegeit dan? denk ik, gewend als ik ben aan het schrijven van verhalen. Michaïl is eveneens gewend aan het vertellen
ervan, en hij beantwoordt de vraag die in de lucht hangt: 'De
reegeit heeft mannelijke eigenschappen: snelheid, gevoel voor
de omgeving. De twee reizen in hun symbolische werelden,
twee onmogelijkheden die elkaar ontmoeten, en omdat ze hun
aard en hun barrières overwinnen, maken ze ook de wereld mogelijk. Zo is de mythe der Mongolen: de liefde wordt geboren
uit naturen die verschillen. In de tegenstelling wint de liefde
aan kracht. In de confrontatie en de verandering blijft de liefde
bewaard.

We hebben ons leven. Het heeft lang geduurd voor de wereld was waar ze nu is, we hebben ons op de best mogelijke manier georganiseerd; het is niet ideaal, maar samenleven is mogelijk. Wel ontbreekt er iets – er ontbreekt altijd iets, en daarom zijn we hier vanavond bijeen: ieder van ons met de intentie de ander te helpen even stil te staan bij de zin van zijn existentie. Door verhalen te vertellen die we niet begrijpen, door dingen uit de werkelijkheid naar voren te brengen die we met de geijkte denkpatronen niet begrijpen, maar waarvoor we binnen een of twee generaties misschien een manier vinden om ze wél te begrijpen.

Toen de Italiaanse dichter Dante *De goddelijke komedie* schreef, zei hij:

Op de dag waarop de mens toestaat dat de ware liefde zich manifesteert, zal al wat ordelijk is veranderen in verwarring, en zal al wat we juist en waar achten opnieuw gewogen worden. De wereld zal een waarachtige wereld worden zodra de mens zal weten lief te hebben – tot die tijd zullen we leven in de veronderstelling dat we de liefde kennen, maar zonder de moed om haar tegemoet te treden zoals ze is.

De liefde is een wilde kracht. Wanneer we haar proberen te beteugelen, vernietigt ze ons. Wanneer we haar proberen gevangen te nemen, maakt zij ons tot slaaf. Wanneer we haar proberen te begrijpen, laat ze ons verdwaasd en verward achter.

Deze kracht is op aarde om ons vreugde te schenken, om ons te verenigen met God en met onze naaste; en toch, op de manier waarop wij tegenwoordig liefhebben, leven we een uur in angst voor elke minuut vrede.'

Michaïl pauzeerde even. Weer klonk het ruisen van de vreemde, metalen schaal.

'Zoals iedere donderdag gaan we geen verhalen over de liefde vertellen, maar over liefdeloosheid. We zullen zien wat er aan de oppervlakte is, en we zullen begrijpen wat eronder ligt:

de laag waar onze zeden en gewoontes, onze normen en waarden zich bevinden. Wanneer we erin slagen door deze laag heen te dringen, zullen we onder die laag onszelf tegenkomen. Wie begint?'

Verscheidene mensen staken hun hand op. Hij wees een meisje aan met een Arabisch uiterlijk. Zij richtte zich tot een man die alleen was, en aan de andere kant van de zaal stond.

'Aan jou een vraag: ben je ooit impotent geweest toen je met een vrouw in bed lag?'

De hele zaal lachte. Maar de man ging een rechtstreeks antwoord uit de weg.

'Vraag je dit omdat je vriendje impotent is?'

De zaal lachte opnieuw. Toen Michaïl aan het spreken was, had ik me afgevraagd of hier niet toch een sekte aan het ontstaan was, maar ik stelde me zo voor dat sekteleden op hun bijeenkomsten niet roken of drinken, en elkaar geen impertinente vragen stellen over hun seksleven.

'Nee,' zei het meisje met ferme stem. 'Maar het is hem wel eens overkomen. En ik weet zeker dat jij, als je mijn vraag serieus had genomen, gezegd zou hebben: "Ja, dat is mij wel eens overkomen." Er is geen man, waar ook ter wereld en in welke cultuur dan ook, die niet wel eens impotent is geweest, en meestal ook nog bij de vrouw naar wie hij het meest verlangde. Dat is normaal.'

Jawel, dat was normaal, en wie me dat antwoord had gegeven was een psychiater, toen ik meende dat ik een probleem had.

Het meisje ging verder: 'Ondertussen is het verhaal dat ons werd verteld, als volgt: een erectie krijgen lukt een man altijd. Lukt hem dat niet, dan denkt hij dat hij incapabel is, en de vrouw dat ze niet aantrekkelijk genoeg is. Omdat het onderwerp een taboe is, praat hij er niet met zijn vrienden over. Tegen de vrouw zegt hij het fameuze zinnetje: "Het is de eerste keer dat dit gebeurt." Hij schaamt zich, en meestal wendt hij zich dan af van deze vrouw met wie hij een uitstekende relatie had kunnen hebben, als hij zichzelf een tweede, derde of vierde kans zou gunnen. Als hij meer vertrouwen zou hebben in de liefde van zijn vrienden, als hij de waarheid zou spreken, zou hij horen dat hij niet de enige is. Als hij meer vertrouwen zou hebben in de liefde van die vrouw, zou hij zich niet vernederd voelen.'

Applaus. Sigaretten die opgestoken werden, alsof tal van mensen daar – mannen en vrouwen – zich bijzonder opgelucht voelden.

Michaïl wijst naar een meneer die eruitziet als een manager van een multinational.

'Ik ben advocaat, gespecialiseerd in litigieuze scheidingen.'

'Wat is litigieus?' wil iemand van de toehoorders weten.

'Als een van de twee niet akkoord gaat,' antwoordt de advocaat, die geïrriteerd is omdat hij onderbroken wordt, en hij kijkt alsof hij het absurd vindt dat iemand zo'n simpel woord niet kent.

'Ga door,' zegt Michaïl met een gezag dat ik hem op grond van onze kennismaking tijdens de signeermiddag nooit toegeschreven zou hebben.

De advocaat gehoorzaamt: 'Vandaag ontving ik een rapport van het bureau Human and Legal Resources in Londen. Daarin las ik het volgende:

A) tweederde van de werknemers heeft op zijn werk wel een soort affectieve relatie. Stel je voor! Op een kantoor waar drie mensen werken, betekent dat dat twee van hen een vorm van intiem contact hebben.

B) 10% zegt daarom zijn baan op, 40% heeft relaties die meer dan drie maanden duren, en in beroepen waarin men lang van huis is, krijgen minstens acht van de tien onderling een verhouding. Is dat niet ongelooflijk?'

'Het zijn statistieken, en die moeten we respecteren!' merkt een van de als gevaarlijke overvallers geklede jongeren op. 'Wij geloven allemaal in statistieken! Het betekent dat mijn moeder momenteel waarschijnlijk mijn vader bedriegt, en dat ligt dan niet aan haar, maar aan de statistieken!'

Weer werd er gelachen, weer werden er sigaretten opgestoken, weer was er opluchting, alsof het publiek dingen hoorde
die het gevreesd had te horen en alsof zoiets hen bevrijdde van
een soort angst. Ik denk aan Esther en aan Michaïl: 'in beroepen waarin men lang van huis is, acht van de tien'.

Ik denk aan mezelf en aan de vele keren dat dit inderdaad gebeurde. Per slot van rekening zijn het statistieken, we zijn niet
de enigen.

Er worden andere verhalen verteld – over jaloezie, verlaten
en verlaten worden, depressiviteit – maar ik kan me er niet meer
op concentreren. Mijn Zahir is terug, in alle hevigheid – ik bevind me in één ruimte samen met de man die me mijn vrouw
heeft afgepikt, al dacht ik een tijd lang dat ik me alleen maar bij
een of andere groepstherapie bevond. Mijn buurman, die me
had herkend, vraagt of ik het leuk vind. Ik ben blij dat hij iets
tegen me zegt, hij leidt mijn aandacht af van mijn Zahir. En ik
antwoord: 'Ik begrijp niet waartoe dit alles dient. Het lijkt wel
een zelfhulpgroep, zoals de AA, of een huwelijkscounseling.'

'Maar de verhalen die je hoort, dat is toch de werkelijkheid?'

'Misschien. Maar, zoals ik al zei, waartoe dient dit allemaal?'

'Dit is niet het belangrijkste deel van de avond – het is slechts
een manier om je niet alleen te voelen. Door over en weer, en
waar iedereen bij is, elkaar over ons leven te vertellen komen we
tot de ontdekking dat het merendeel van de mensen hetzelfde
ervaren heeft.'

'En wat is het nut daarvan?'

'Als we met meer zijn, voelen we ons sterker, is het makkelijker om te achterhalen waar we van het pad afgeweken zijn, en is
het makkelijker om van koers te veranderen. Maar zoals ik net
al zei, dit is slechts een intermezzo tussen wat de jongen in het
begin zei en het moment van het aanroepen van de energie.'

'Wie is hij, die jongen?'

Het gesprek wordt afgebroken door het geruis van de schaal.
Deze keer is het de oude man achter de trom, die spreekt.

'Het verstandelijke aspect is nu afgesloten. We gaan over naar het rituele, naar de emotie die alles kleurt en verandert. Voor degenen die vandaag hier voor het eerst zijn, deze dans ontwikkelt ons vermogen tot het aanvaarden van de Liefde. De Liefde is het enige wat onze intelligentie en creativiteit activeert, het is iets wat ons zuivert en bevrijdt.'

De sigaretten worden gedoofd, het gerinkel van de glazen stopt en opnieuw heerst er een vreemde stilte in de zaal.

Een van de meisjes zegt een gebed: 'Vrouwe, ter uwer ere zullen we dansen. Moge onze dans ons laten opstijgen naar de hoogte.'

Ze zei 'Vrouwe', of hoorde ik het niet goed?

Ze zei 'Vrouwe', zoveel is zeker.

Het andere meisje steekt vier kandelaars aan, de lampen gaan uit. De vier in het wit geklede figuren met hun wijduitstaande rokken komen van het podium af en mengen zich onder het publiek. Bijna een halfuur lang zingt de tweede jongen, die een stem heeft die uit zijn buik lijkt te komen, een lied met vele herhalingen, een monotoon lied, maar merkwaardig genoeg doet het me een beetje de Zahir vergeten, het maakt dat ik me ontspan, het bezorgt me een slaperig gevoel. Zelfs het kleine kind dat tijdens het deel van het 'hervertellen van de liefde' van de ene naar de andere kant van de zaal had lopen rennen, is nu rustig en staart naar het podium. Sommigen hebben hun ogen gesloten, anderen staren naar de grond, of naar een onzichtbaar, vast punt, zoals ik Michaïl had zien doen.

Wanneer de jongen met zingen ophoudt, zetten de percussie-instrumenten – de schaal en de trom – een ritme in dat veel weg heeft van wat ik ken van ceremonies van godsdiensten uit Afrika.

De in het wit geklede figuren draaien om hun eigen as – en het publiek, in die overvolle zaal, geeft hun de ruimte, zodat de ronddraaiende rokken bewegingen in de lucht kunnen beschrijven. De instrumenten voeren het ritme op, de vier wervelen steeds sneller rond en stoten daarbij geluiden uit die tot geen enkele bekende taal behoren – alsof ze rechtstreeks met de engelen aan het praten zijn of met de 'Vrouwe', zoals ze genoemd werd.

Mijn buurman is opgestaan, hij is ook aan het dansen geslagen en stamelt sonore, onbegrijpelijke zinnetjes. Tien of elf mensen in het publiek doen hetzelfde, de rest kijkt in eerbiedige bewondering toe.

Hoe lang de dans duurde weet ik niet, maar de muziek leek het ritme van mijn hart te volgen, en ik voelde een immense drang om me over te geven, vreemde dingen te zeggen, en te bewegen – de behoefte om mezelf in de hand te houden en me niet belachelijk te voelen voorkwam dat ik als een dwaas ging rondtollen. Tegelijkertijd was het alsof, zoals niet eerder was gebeurd, de gestalte van Esther, mijn Zahir, voor me stond, me toelachte en vroeg om de 'Vrouwe' te loven.

Het kostte me grote moeite om niet mee te gaan doen aan het ritueel dat ik niet kende, ik hoopte dat alles snel voorbij zou zijn. Ik probeerde me te concentreren op het doel waarvoor ik die avond daar was – praten met Michaïl, ervoor zorgen dat hij me naar mijn Zahir bracht – maar ik voelde dat ik onmogelijk nog langer op mijn stoel kon blijven zitten. Ik stond op en toen ik voorzichtig en verlegen de eerste stappen zette, hield de muziek abrupt op.

In de slechts door kaarsen verlichte ruimte hoorde je nu alleen de gierende ademhaling van degenen die gedanst hadden. Langzaam werd het schurende gehijg minder, de lampen gingen aan en alles scheen weer normaal. Je zag de glazen weer volgeschonken worden met bier, wijn, water en fris, de kinderen begonnen opnieuw te rennen en te roepen, en meteen was iedereen weer aan het kletsen – alsof het altijd zo was geweest.

'We naderen het einde van de bijeenkomst,' zei het meisje dat de kaarsen had aangestoken. 'Alma vertelt het eindverhaal.'

Alma was de vrouw die de schaal bespeelde. Ze sprak met een oosters accent.

'Een meester had een karbouw. De horens, die ver uiteen

stonden, brachten hem op de gedachte dat hij, als het hem lukte om ertussen te gaan zitten, hetzelfde zou ervaren als wanneer hij op een troon zou zitten. Op zekere dag, toen het beest lag te suffen, ging hij erop af en deed wat hij al zo lang wilde. Op datzelfde moment kwam de karbouw overeind en gooide hem ver van zich af.

Zijn vrouw, die het zag gebeuren, begon te huilen.

"Huil niet," zei de meester zodra hij bekomen was van de val. "Het doet dan wel pijn, maar ik heb mijn droom verwezenlijkt." '

De mensen begonnen naar buiten te gaan. Ik vroeg aan mijn buurman wat hij ervaren had.

'Dat weet u toch wel. Daar schrijft u zelf over!'

Ik wist het niet, maar ik kon niet anders dan doen alsof.

'Misschien dat ik het weet. Maar ik wil zekerheid hebben.'

Hij keek me aan alsof ik het inderdaad niet wist, en voor het eerst begon hij te twijfelen of ik wel de schrijver was die hij meende te kennen.

'Ik stond in contact met de energie van het Universum,' antwoordde hij. 'God doorstroomde mijn ziel.'

En hij vertrok, om niet te hoeven uitleggen wat hij zei.

In de lege zaal stonden nog slechts de vier acteurs, de twee muzikanten, en ik. De vrouwen zochten de toiletten op, misschien om zich om te kleden. De mannen trokken hun witte kleren uit in de zaal, en deden hun gewone kleren weer aan. Daarna stopten ze de kandelaars en de instrumenten in twee grote reistassen.

De oudere man, die tijdens de ceremonie de trom had bespeeld, telde het geld en verdeelde het in zes gelijke stapeltjes. Ik vermoed dat Michaïl toen pas mijn aanwezigheid bemerkte.

'Ik had wel gedacht dat u zou komen.'

'En ik stel me voor dat u wel weet waarom.'

'Sinds ik de goddelijke energie tot mijn lichaam toelaat, weet ik het waarom van alles. Ik weet het waarom van de liefde en van de oorlog. Ik weet waarom een man de vrouw zoekt van wie hij houdt.'

Het was erop of eronder, zo voelde het. Als hij wist dat ik gekomen was vanwege mijn Zahir, dan wist hij ook dat mijn komst een bedreiging vormde voor zijn verhouding met haar.

'We vechten om iets wat de moeite van het vechten waard is, ik stel voor dat we eens praten als twee mannen van eer.'

Michaïl leek een beetje te aarzelen. Ik vervolgde: 'Ik weet dat ik hier niet ongeschonden wegkom, net als de meester die tussen de horens van de stier wilde zitten: maar ik verdien het, althans dat vind ik. Ik verdien het om het leed dat ik heb veroorzaakt, al was het onbewust. Ik geloof niet dat Esther me verlaten zou hebben als ik haar liefde gerespecteerd had.'

'Je begrijpt er niets van,' zei Michaïl.

Dat zinnetje irriteerde me. Hoe kon een jongen van vijfentwintig tegen een man die gepokt en gemazeld was door het leven zeggen dat hij er niets van begreep? Maar ik moest mezelf beheersen, door het stof kruipen, doen wat nodig was: ik wilde en kon niet doorgaan met dit leven dat een leven vol spookbeelden was, ik wilde en kon niet toestaan dat mijn universum nog langer beheerst werd door de Zahir.

'Misschien begrijp ik het inderdaad niet: juist daarom ben ik hier. Om het te begrijpen. Om eindelijk te begrijpen wat er gebeurd is, en daardoor eindelijk vrij te kunnen zijn.'

'Je begreep het allemaal heel goed, en opeens niet meer; althans dat heeft Esther me verteld. Zoals dat bij alle getrouwde mannen gaat, er komt een moment waarop ze hun vrouw gaan zien als een onderdeel van het meubilair.'

Het lag op mijn lippen om te zeggen: dan zou ik graag hebben dat zij me dat zelf zou vertellen. Dat ze me de kans zou geven om mijn fouten te herstellen, en me niet zou verlaten voor een jongen van twintig en nog wat die over niet al te lange tijd hetzelfde zal doen als ik. Maar uit mijn mond kwam iets wat diplomatieker was: 'Ik geloof niet dat het zo is. Je hebt mijn boek gelezen, je kwam naar die signeermiddag toe omdat je weet hoe ik me voel, je wilde dat mijn hart vrede zou hebben. Maar die vrede is me niet vergund: heb je ooit gehoord van de Zahir?'

'Ik ben islamitisch opgevoed. Ik ken de idee van de Zahir.'

'Want, weet je, Esther is altijd en overal aanwezig in mijn leven. Ik heb gedacht dat ik me zou kunnen bevrijden van die voortdurende aanwezigheid door te schrijven wat ik voelde. Tegenwoordig hou ik van haar op een wat stillere manier, maar aan iets anders denken lukt me niet. Ik zal alles doen wat je wilt, maar leg me alsjeblieft uit waarom ze, toen ze verdween, dat op die manier heeft gedaan. Zoals jij zelf al zei, ik begrijp er niets van.'

Het was zwaar om daar de minnaar van mijn vrouw te staan smeken me te helpen, me te helpen om te begrijpen wat er was gebeurd. Als Michaïl niet naar die signeermiddag was gekomen, zou dat ogenblik in Vitória misschien afdoende zijn geweest, dat moment in de kathedraal, toen ik mijn liefde accepteerde en *Een tijd om te scheuren en een tijd om te herstellen* schreef. Maar het lot had andere plannen gesmeed – en het simpele gegeven dat ik mijn vrouw zou kunnen terugvinden, had het moeizaam herkregen evenwicht grondig verstoord.

'Laten we samen lunchen,' zei Michaïl na lang zwijgen. 'Je begrijpt er werkelijk niets van. Maar de goddelijke energie die vandaag door mijn lijf stroomde, draagt je een warm hart toe.'

We spraken af voor de volgende dag. Op de terugweg herinnerde ik me een gesprek dat Esther en ik hadden gehad, drie maanden voor haar verdwijning.

Een gesprek over goddelijke energie die door het lichaam stroomt.

'Echt, de blik in hun ogen is anders. Er bestaat zoiets als angst voor de dood – maar er bestaat ook zoiets als de idee van de doodsangst overstijgende zelfopoffering. Hun leven krijgt zin, omdat ze bereid zijn het voor iets op te offeren.'

'Heb je het over soldaten?'

'Ja. En ik heb het over iets wat ik vreselijk vind om te aanvaarden, maar waarvan ik niet net kan doen of ik het niet zie. Oorlog is een rite. Een rite van bloed, én een rite van liefde.'

'Je hebt je verstand verloren.'

'Misschien. Ik ben andere oorlogscorrespondenten tegengekomen. Ze trekken van het ene naar het andere land, alsof de dood een soort sleur is die bij hun leven hoort. Ze zijn voor niets bang, trotseren het gevaar zoals een soldaat dat doet. Alleen maar voor een stukje in de krant? Dat geloof ik niet. Ze kunnen niet meer zonder gevaar, zonder avontuur, de adrenaline in hun bloed. Een van hen, met vrouw en drie kinderen, vertelde me dat hij – ook al is hij dol op zijn gezin – zich toch het beste voelt als hij op het slagveld is. Een man die de hele tijd over zijn vrouw en kinderen praat.'

'Dat is echt onmogelijk te bevatten. Esther, ik wil me niet met je leven bemoeien, maar ik denk dat zulke ervaringen je uiteindelijk geen goed zullen doen.'

'Wat me geen goed zal doen is een zinloos leven leiden. In een oorlog weet iedereen dat hij iets belangrijks meemaakt.'

'Een historische gebeurtenis?'

'Nee, dat is onvoldoende om je leven voor te riskeren. Ervaren... wat de werkelijke essentie van de mens is.'

'Oorlog.'

'Nee, liefde.'

'Je bent net als zij aan het worden.'

'Ik denk het, ja.'

'Zeg tegen je nieuwsagentschap dat je ermee stopt, dat het genoeg is.'

'Dat kan ik niet. Het is alsof het een soort drug is. Als ik op het slagveld ben, leef ik op soldatenrantsoenen, slaap ik drie uur per nacht, word wakker, hoor het lawaai van schoten en weet dat de plek waar we zitten ieder moment getroffen kan worden door een handgranaat, en dat doet mij... leven, snap je? Léven. Houden van iedere minuut, iedere seconde. Voor verdriet, twijfels is geen plaats: wat overblijft is een enorme liefde voor het leven. Luister je wel?'

'Ik ben een en al oor.'

'Het is alsof... er een goddelijk licht is, daar, te midden van de gevechten, te midden van het ergste wat er is. De angst bestaat ervoor en erna, maar niet op het moment waarop er geschoten wordt. Want dan zie je de mens in al zijn uitersten: in staat tot de meest heroïsche en meest onmenselijke daden. Onder een regen van kogels rennen ze uit hun schuilplaats om een kameraad te ontzetten, en schieten daarbij op alles wat beweegt – kinderen, vrouwen, iedereen die zich in de gevechtslinie bevindt gaat eraan. Mensen van het platteland die in hun dorpje, waar nooit iets gebeurt, altijd eerlijke mensen waren, dringen nu musea binnen, vernielen dingen die de eeuwen doorstaan hebben, en stelen spullen die ze niet nodig hebben. Ze nemen foto's van de wreedheden die ze zelf hebben begaan, pronken daarmee in plaats van dat ze het proberen te verbergen. Het is een waanzinnige wereld.

Mensen die nooit enige loyaliteit konden opbrengen, die trouweloze mensen waren, voelen nu een soort kameraadschap en verbondenheid, en zijn niet tot verkeerde daden in staat. Oftewel, alles functioneert precies tegengesteld.'

'Heeft het je geholpen een antwoord te vinden op de vraag die Hans aan Fritz stelde in die bar in Tokio, zoals in het verhaal dat je me hebt verteld?'

'Ja. Het antwoord ligt besloten in een uitspraak van de jezuïet Teilhard de Chardin, die ook heeft gezegd dat de wereld omgeven is met een laag liefde. Hij zei: "We zijn al in staat de energie van de wind, van de zee, van de zon te beheersen. Maar als de mens de energie van de liefde weet te beheersen, zal dat even belangrijk zijn als ooit de ontdekking van het vuur." '

'En dat kon je alleen leren door naar het front te gaan?'

'Weet ik niet. Maar ik heb gezien dat in een oorlog, hoe paradoxaal dat ook klinkt, de mensen gelukkig zijn. Voor hen heeft het leven zin. Zoals ik eerder zei, het beschikken over de totale macht of het zich opofferen voor een gemeenschappelijke zaak geeft hun leven betekenis. Ze zijn in staat om grenzeloos lief te hebben, omdat ze niets meer te verliezen hebben. Een gewonde soldaat die ten dode opgeschreven is, vraagt de medische staf nooit om hem alsjeblieft te redden, zijn laatste woorden zijn meestal: "Zeg tegen mijn vrouw en kind dat ik van ze hou." Op het moment van totale wanhoop praten ze over liefde!'

'Oftewel, volgens jou ervaart de mens pas dat zijn leven zin heeft, als hij zich in een oorlog bevindt.'

'Maar oorlog is het altijd. We zijn altijd in gevecht verwikkeld met de dood, en we weten dat de dood uiteindelijk gaat winnen. In gewapende conflicten is dat zichtbaarder, maar in het dagelijkse leven gebeurt hetzelfde. We kunnen ons niet de luxe permitteren de hele tijd ongelukkig te zijn.'

'Wat wil je dat ik doe?'

'Ik heb je hulp nodig. En onder hulp versta ik niet dat je tegen me zegt: "Neem ontslag", want dat lost voor mij niets op. We moeten erachter zien te komen hoe we dat kunnen kanaliseren, hoe we de energie van deze pure, absolute liefde door ons lichaam kunnen laten stromen en verspreiden. De enige die me tot nu toe heeft kunnen volgen was een tolk die zegt dat hij openbaringen over deze energie heeft gehad, maar hij lijkt me een beetje buiten de werkelijkheid te staan.'

'Bedoel je misschien Gods liefde?'

'Als iemand in staat is om zijn partner onvoorwaardelijk en zonder restricties lief te hebben, draagt hij Gods liefde uit.

Gods liefde openbaart zich, hij zal zijn naaste liefhebben. Als hij zijn naaste liefheeft, zal hij zichzelf liefhebben. Als hij zichzelf liefheeft, keren de dingen terug op hun plek. De Geschiedenis verandert.

De Geschiedenis zal nooit veranderen vanwege politiek, of veroveringen, of theorieën, of oorlogen – dat alles is slechts herhaling, is iets wat we gezien hebben vanaf het begin der tijden. De geschiedenis zal veranderen wanneer we de energie van de liefde kunnen benutten, zoals we de energie van de wind benutten, van de zee, van het atoom.'

'Denk je dat wij tweeën de wereld kunnen redden?'

'Ik denk dat er meer mensen zijn die op dezelfde manier denken. Wil je me helpen?'

'Natuurlijk, als je me maar zegt wat ik moet doen.'

'Maar dat weet ik juist niet!'

De sympathieke pizzeria waar ik vanaf mijn allereerste reis naar Parijs regelmatig gekomen was, stond tegenwoordig vermeld in de annalen van mijn schrijversbestaan: de laatste keer dat ik er gegeten had, was geweest ter viering van het feit dat me door het Franse ministerie van Cultuur de medaille van Officier in de Kunsten en Letteren was uitgereikt – ook al hadden veel mensen een duurder en deftiger restaurant gepaster gevonden om zo'n belangrijke gebeurtenis te vieren. Maar Roberto, de eigenaar van de zaak, was een soort fetisj voor mij; steeds als ik in zijn restaurant kwam, gebeurde er iets goeds in mijn leven.

'Ik zou kunnen beginnen over minder zware dingen zoals de weerklank die mijn laatste boek vindt, of over de tegenstrijdige emoties die jouw theaterstuk bij me opriepen.'

'Het is geen theaterstuk, het is een bijeenkomst,' verbeterde hij. 'We vertellen verhalen en dansen voor de Liefdesenergie.'

'Ik zou van alles kunnen zeggen om je beter op je gemak te laten voelen. Maar we weten allebei waarom we hier zitten.'

'Vanwege je vrouw,' zei Michaïl, met een uitdagende houding, jongeren van zijn leeftijd eigen. Op geen enkele manier leek hij nog op de verlegen jongen van de signeersessie of op de spirituele leider van de 'bijeenkomst'.

'Je drukt je verkeerd uit: ze is niet mijn vrouw, ze is mijn ex-vrouw. Ik zou je om een gunst willen vragen: dat je me naar haar toe brengt. Zodat ze me recht in mijn gezicht kan zeggen waarom ze is weggegaan. Dan pas zal ik bevrijd worden van mijn Zahir. Gebeurt dat niet, dan blijf ik maar piekeren, dag en nacht, dag en nacht piekeren, en voortdurend ons verleden onder de loep nemen, niet honderden maar duizenden keren. Om er maar achter te komen op welk moment ik in de fout ben gegaan en onze wegen uit elkaar zijn gaan lopen.'

Hij lachte.

'Een goed idee om het verleden nog eens onder de loep te nemen, want op die manier veranderen de dingen.'

'Ja, perfect, maar ik laat liever de filosofische discussie achterwege. Ik weet ook wel dat jij net als alle jongeren precies weet hoe je de wereld moet verbeteren. Maar op een dag zul je even oud zijn als ik en zien dat het nog niet zo makkelijk is om dingen te veranderen. Daarover doorzeuren heeft nu geen nut. Wil je me de gunst doen waar ik je om vroeg?'

'Eerst wil ik je iets vragen: heeft ze afscheid genomen?'

'Nee.'

'Zei ze dat ze wegging?'

'Nee. Dat weet je toch.'

'Denk jij dat Esther, de persoon die ze is, in staat zou zijn om een man te verlaten met wie ze meer dan tien jaar heeft samengeleefd, zonder tevoren de confrontatie met hem aan te gaan en zonder enige uitleg te geven?'

'Dat is juist wat me het meest dwarszit. Maar wat wil je zeggen?'

Het gesprek werd onderbroken door Roberto, die onze bestelling kwam opnemen. Michaïl wilde een pizza napolitana, en ik gaf aan dat hij maar voor mij zou kiezen, dit was niet het moment om me te laten verteren door twijfel over wat ik zou eten. Het enige wat echt zo gauw mogelijk gebracht moest worden was een fles rode wijn. Roberto vroeg welke, ik mompelde iets, en hij begreep dat hij uit de buurt diende te blijven, me tijdens de lunch niets meer moest vragen, en zelf de noodzakelijke beslissingen moest nemen, om mij in staat te stellen me te concentreren op het gesprek met de jongeman die tegenover me zat.

De wijn was er binnen dertig seconden. Ik schonk de glazen vol.

'Wat is ze aan het doen?'

'Wil je het echt weten?'

Dat mijn vraag beantwoord werd met een wedervraag maakte me zenuwachtig.

'Ja.'

'Ze maakt tapijten. En ze geeft Franse les.'

Tapijten! Mijn vrouw (mijn ex-vrouw; man, alsjeblieft, wen daar toch eens aan!), wie het aan geld absoluut niet ontbrak, die een universitaire opleiding in de journalistiek had gevolgd, vier talen sprak, moest nu zien te overleven met tapijten knopen en lesgeven aan buitenlanders? Ik moest me in toom houden: ik mocht zijn mannelijke trots niet krenken, al vond ik het een schande dat hij Esther niet alles kon geven wat ze verdiende.

'Snap alsjeblieft wat ik al meer dan een jaar doormaak. Ik vorm geen enkele bedreiging voor jullie relatie. Twee uurtjes met haar, meer hoef ik niet. Of een uurtje, maakt niet uit.'

Michaïl scheen over mijn woorden na te denken.

'Je bent vergeten mijn vraag te beantwoorden,' zei hij met een glimlach. 'Denk jij dat Esther, de persoon die ze is, de man van haar leven zou verlaten zonder op zijn minst afscheid te nemen, en zonder uit te leggen waarom?'

'Nee, dat denk ik niet.'

'Nou dan, waarom dan dat verhaal van "ze heeft me verlaten"? Waarom zeg je dan tegen me "ik vorm geen bedreiging voor jullie relatie"?'

Dat verwarde me. Ik voelde iets wat je 'hoop' noemt – ook al wist ik niet waarop ik hoopte, en waar dat gevoel vandaan kwam.

'Wil je me vertellen dat...'

'Precies. Ik wil je vertellen dat ze jou volgens mij niet heeft verlaten, en mij evenmin. Ze is alleen verdwenen: voor een tijdje, of voor de rest van haar leven, maar we moeten dat allebei respecteren.'

Het was alsof er een licht schitterde, daar in die pizzeria die me altijd goede herinneringen schonk, goede verhalen. Ik wilde met alle hoop van de wereld geloven wat de jongen zei, de Zahir was nu aanwezig in alles om me heen.

'Jij weet waar ze is?'

'Ja. Maar ik moet haar zwijgen respecteren, hoewel ook ik

haar heel erg mis. De situatie is voor mij ook verwarrend: óf Esther is gelukkig omdat ze de Verterende Liefde heeft gevonden, óf ze wacht af en hoopt dat een van ons naar haar toe komt, óf ze heeft een nieuwe man gevonden, óf ze heeft afstand gedaan van de wereld. Hoe het ook zij, als jij besluit naar haar toe te gaan, kan ik je niet tegenhouden. Maar ik denk dat jij, in jouw geval, in de tussentijd zou moeten leren dat je niet alleen haar lichaam moet zoeken, maar ook haar ziel.'

Ik wilde lachen. Ik wilde hem omhelzen. Of ik wilde hem vermoorden – mijn emoties wisselden elkaar razendsnel af.

'Hebben jullie...'

'Of we met elkaar geslapen hebben? Dat gaat je niet aan. Maar ik heb in Esther de partner gevonden die ik zocht, iemand die me op weg hielp met de missie die me werd toevertrouwd, de engel die deuren opende, wegen en paden baande die ons – als de Vrouwe het wil – in staat zullen stellen om de liefdesenergie weer naar de Aarde te brengen. We hebben dezelfde missie.

En alleen maar om je wat meer gerust te stellen: ik heb een vriendin, het blonde meisje dat op het podium stond. Lucrecia heet ze, ze komt uit Italië.'

'En je liegt niet?'

'Nee, in naam van de Goddelijke Energie, het is de zuivere waarheid en niets anders.'

Hij haalde een donker lapje uit zijn zak.

'Zie je dit? Dit lapje is eigenlijk groen: het ziet er zwart uit vanwege het bloed, geronnen bloed. Ergens op de wereld heeft een soldaat toen hij op sterven lag, Esther gevraagd om hem zijn hemd uit te trekken, het hemd in lapjes te knippen en die uit te delen aan mensen die misschien de boodschap van zijn dood zouden kunnen begrijpen. Heb jij ook een lapje?'

'Esther heeft er tegen mij nooit iets over gezegd.'

'Als ze iemand treft van wie ze denkt dat hij voor die boodschap openstaat, geeft ze hem ook een beetje van het bloed van de soldaat.'

'Wat is die boodschap?'

'Als zij jou geen lapje heeft gegeven, geloof ik niet dat ik je daar iets over kan zeggen, al heeft ze me niet om geheimhouding gevraagd.'

'Ken je anderen die zo'n lapje hebben?'

'Iedereen die op het podium stond. We zijn bij elkaar omdat Esther ons heeft samengebracht.'

Ik moest voorzichtig te werk gaan, een band scheppen. Iets op de Bank van Wederdienst storten. Hem niet op stang jagen, geen ongeduld tonen. Vragen stellen over hemzelf, over zijn werk en over zijn land waar hij zo trots over gesproken had. Ik moest te weten zien te komen of wat hij me verteld had waar was, of dat hij andere intenties had. De zekerheid zien te krijgen dat hij nog contact had met Esther, of dat ook hij haar spoor was kwijtgeraakt. Zelfs al kwam hij uit zo'n ver oord waar men er misschien andere normen en waarden op nahield, ik wist dat de Bank van Wederdienst overal ter wereld actief was, een instelling was die geen grenzen kende.

Aan de ene kant wilde ik hem op zijn woord geloven. Aan de andere kant had mijn hart gebloed en geleden tijdens de vele, vele nachten waarin ik met open ogen had liggen wachten op het geluid van het ronddraaien van de sleutel in het slot, op Esther die zou binnenkomen en zonder iets te zeggen naast me zou gaan liggen. Als dat op een nacht zou gebeuren, dan zou ik – zo had ik mezelf beloofd – niets vragen, niets, ik zou haar kussen, 'slaap lekker, liefje' zeggen en de volgende dag zouden we samen wakker worden, de vingers verstrengeld, alsof deze nachtmerrie nooit had plaatsgevonden.

Roberto kwam met de pizza's – het leek wel of hij over een zesde zintuig beschikte, hij verscheen precies op het moment waarop een denkpauze mij meer dan welkom was.

Ik richtte mijn blik weer op Michaïl. Rustig nou maar, hou je hart onder controle of je krijgt een infarct. Ik dronk mijn glas in één teug leeg en zag hem hetzelfde doen.

Waarom was hij nerveus?

'Ik geloof je op je woord. Nu kunnen we nog wat praten.'

'Je gaat me vragen je mee te nemen naar de plek waar ze is.'

Hij had mijn spelletje door; ik moest opnieuw beginnen.

'Ja, klopt. Ik ga je proberen over te halen. Ik ga al het mogelijke doen om dat voor elkaar te krijgen. Maar ik heb geen haast, we hebben nog een hele pizza voor de boeg. Vertel me eens wat meer over jezelf.'

Het viel me op dat zijn handen trilden. Hij deed moeite om ze in bedwang te houden.

'Ik ben iemand met een missie. Tot nu toe ben ik er niet in geslaagd die te volbrengen. Maar ik dacht zo dat ik nog wel wat dagen heb.'

'En misschien kan ik je helpen.'

'Ja, dat kun je. Iedereen kan me helpen de Liefdesenergie over de wereld te verspreiden.'

'Ik kan meer doen dan dat.'

Ik wilde niet overdrijven, het moest er niet op gaan lijken dat ik erop uit was zijn loyaliteit te kopen. Voorzichtig – een mens kan nooit voorzichtig genoeg zijn. Misschien spreekt hij de waarheid, misschien liegt hij en probeert hij een slaatje te slaan uit mijn lijden.

'Ik ken maar één soort liefdesenergie,' ging ik verder, 'voor de vrouw die me verlaten heeft... of liever gezegd, die afstand zocht en op me wacht. Mocht ik haar kunnen weerzien, dan zal ik een gelukkig mens worden. En de wereld zal er beter op worden, omdat er een blije ziel extra is.'

Hij keek naar het plafond, keek naar de tafel, terwijl ik de stilte zo lang mogelijk liet voortduren.

'Ik hoor een stem,' zei hij uiteindelijk; mij aankijken durfde hij niet.

Dat ik in mijn boeken thema's aansnijd rond spiritualiteit, heeft het grote voordeel dat ik er altijd op voorbereid ben mensen tegen te komen die over een of andere gave beschikken. Sommige van die gaven zijn reëel, andere zijn fantasie, er zijn mensen die me een dienst willen bewijzen, er zijn er ook die me uitproberen. Ik heb al zo veel verbazingwekkende dingen gezien dat ik er niet meer aan twijfel dat er daadwerkelijk wonderen geschieden, dat alles mogelijk is, de mens is opnieuw begonnen dingen te ervaren die hij al vergeten was – de machten die hij in zich draagt.

Maar dit was nu niet het meest geschikte moment om dat onderwerp aan te snijden. Wat mij interesseerde was de Zahir, en niets anders. Ik wilde dat de Zahir weer Esther ging heten.

'Michaïl...'

'Michaïl is niet mijn echte naam, die is Oleg.'

'Oleg...'

'Ik heet Michaïl – ik heb die naam gekozen toen ik besloot tot een wedergeboorte voor het leven. De aartsengel die met zijn zwaard van vuur de weg baant zodat de "strijders van het licht" – zo noem jij ze toch? – elkaar kunnen ontmoeten. Dat is mijn missie.'

'Dat is ook de mijne.'

'Praat je niet liever over Esther?'

Hè? Bracht hij nou het gesprek weer op Esther terug, op het onderwerp waar het me eigenlijk om ging?

'Ik voel me niet goed,' zei hij – zijn blik werd wazig, dwaalde door het restaurant, alsof ik er niet was. 'Maar daar wil ik het niet over hebben. De stem...'

Er gebeurde iets vreemds, iets heel vreemds. Tot hoever zou hij gaan om indruk om me te maken? Zou hij me, zoals zo veel mensen eerder al deden, ten slotte vragen een boek te schrijven over zijn leven en over zijn krachten?

Als ik eenmaal een duidelijk doel voor ogen heb, ben ik tot alles bereid om het te bereiken – tenslotte was dat hetgeen ik in mijn boeken verkondigde, en ik kon mijn eigen woorden moeilijk verloochenen. En op dat moment had ik een doel: nog een keer in de ogen kijken van de Zahir. Michaïl had me het een en ander aan nieuwe informatie verschaft: hij was niet haar minnaar, zij had me niet verlaten, dat hij me haar terug zou brengen was een kwestie van tijd. Het was ook mogelijk dat de ontmoeting in de pizzeria een farce was; een jongen die niet weet hoe hij aan de kost moet komen, buit andermans verdriet uit om te bereiken wat hij wil.

Ik dronk nog een glas wijn in één teug leeg – Michaïl deed hetzelfde.

Voorzichtig, zei mijn intuïtie.

'Ja, ik wil het over Esther hebben. Maar ik wil ook meer van jou weten.'

'Nee, dat is niet waar. Je wilt bij me in het gevlij komen, me overhalen dingen te doen die ik eigenlijk al bereid was om te doen. Want je verdriet vertroebelt je blik: je denkt dat ik misschien lieg, dat ik een slaatje wil slaan uit de situatie.'

En al wist Michaïl precies wat ik op dat moment dacht, hij praatte harder dan fatsoenlijk was. De mensen begonnen zich om te draaien om te zien wat er aan de hand was.

'Je wilt alsmaar indruk op me maken, maar je moest eens weten hoezeer jouw boeken mijn leven bepaald hebben, hoeveel ik geleerd heb van wat daarin staat. Je verdriet heeft je blind gemaakt, kleinzielig, het heeft je met een obsessie opgezadeld: de Zahir. Jouw liefde voor Esther is voor mij niet de reden geweest om op je uitnodiging in te gaan en met je te lunchen: ik ben van jouw liefde niet overtuigd, ik denk dat het misschien alleen maar gekwetste trots is. De reden waarom ik hier ben...'

Zijn stem was nog luider geworden; zijn blik schoot alle kanten op, alsof hij zijn zelfbeheersing aan het verliezen was.

'De lichten...'

'Wat is er aan de hand?'

'De reden waarom ik hier ben, is haar liefde voor jou!'

'Gaat het wel goed met je?'

Roberto zag dat er iets mis was. Met een glimlach kwam hij op onze tafel toe en legde terloops zijn hand op de schouder van de jongen: 'Nou, zo te zien is mijn pizza vreselijk slecht. Jullie hoeven niet te betalen, ga maar.'

Het was de uitweg die we nodig hadden. We konden opstaan, vertrekken, en zo het troosteloze schouwspel voorkomen van iemand die, alleen maar om indruk te maken of om mensen in verlegenheid te brengen, midden in een pizzeria doet alsof hij door een geest bezeten wordt – hoewel ik een gewone theatervoorstelling minder zwaar vond dan zoiets.

'Voel je die wind?'

Op dat ogenblik wist ik zeker dat hij geen toneelstukje aan het opvoeren was: integendeel, hij spande zich enorm in om de controle over zichzelf niet te verliezen, hij werd langzamerhand panischer dan ik.

'De lichten, ik zie de lichten komen! Alsjeblieft, help me hier weg!'

Zijn lichaam begon te schokken en te schudden. Het verborgen houden was nu niet langer mogelijk, de gasten aan de andere tafels waren opgestaan.

'In Kazach...'

De zin kon hij niet afmaken. Hij stootte de tafel van zich af – pizza's, glazen, borden vlogen door de lucht en troffen de mensen aan de tafel naast ons. Zijn gezicht veranderde volkomen, zijn lichaam beefde en zijn ogen rolden in hun kassen. Zijn hoofd sloeg heftig achterover, en ik hoorde gekraak van botten. Aan een van de tafels stond een man op. Roberto greep Michaïl beet voor deze zou vallen, terwijl de man een lepel van de vloer griste en in Michaïls mond stak.

De scène zal niet meer dan een paar seconden geduurd hebben, maar voor mij leek het een eeuwigheid. In mijn fantasie zag ik de roddelpers alweer schrijven hoe de beroemde auteur – ondanks verzet van de critici genomineerd voor een belangrijke literatuurprijs – een spiritistische seance had uitgelokt in een pizzeria, enkel en alleen om zijn nieuwe boek te promoten. Mijn paranoia was niet te stoppen: vervolgens zouden ze ontdekken dat het medium en de man die met mijn vrouw verdwenen was, een en dezelfde persoon waren – alles zou opnieuw beginnen, en deze keer zou ik de moed noch de energie hebben om eenzelfde beproeving als eerst het hoofd te bieden.

Natuurlijk, aan de tafeltjes zaten wat kennissen, maar wie van hen was een echte vriend? Wie zou zijn mond kunnen houden over wat hij gezien had?

Michaïl hield op met beven, ontspande, Roberto zorgde ervoor dat hij niet van de stoel af gleed. De man nam zijn pols op, duwde zijn oogleden omhoog, en keek mij aan: 'Dat was vast niet de eerste keer. Hoe lang kent u hem?'

'Ze komen hier altijd,' antwoordde Roberto, toen hij zag dat ik geen enkele reactie vertoonde. 'Maar het is de eerste keer dat het en plein public gebeurt, al heb ik dit soort dingen wel vaker in mijn restaurant gehad.'

'Dat zag ik,' antwoordde de man. 'U raakte niet in paniek.'

Het was een opmerking die aan mij gericht was, ik zag er vast lijkbleek uit. De man ging terug naar zijn tafeltje, Roberto probeerde me op mijn gemak te stellen: 'Dat is de lijfarts van een heel beroemde actrice,' zei hij. 'Ik geloof dat jij even meer zorg kunt gebruiken dan je gast.'

Michaïl – of Oleg, of hoe dat schepsel tegenover mij ook mocht heten – kwam weer bij. Hij keek om zich heen, en in plaats van schaamte te tonen glimlachte hij een beetje bangig.

'Sorry,' zei hij, 'ik kon het niet onder controle houden.'

Ik probeerde me een houding te geven.

Roberto schoot me opnieuw te hulp: 'Maakt u zich geen zorgen. Onze schrijver hier heeft genoeg geld om de kapotte borden te betalen.'

Vervolgens richtte hij zich tot mij: 'Epilepsie. Gewoon een epileptische aanval, verder niets.'

We verlieten het restaurant, Michaïl stapte onmiddellijk in een taxi.

'Maar we zijn nog niet uitgepraat! Waar ga je heen?'

'Ik ben kapot nu. Maar je weet waar je me kunt vinden.'

Er zijn twee soorten werelden: die waarvan we dromen, en die welke werkelijkheid is.

In de wereld van mijn dromen had Michaïl de waarheid verteld, was alles niet meer dan een moeilijk moment in mijn leven, een elkaar verkeerd begrijpen, iets wat in iedere liefdesrelatie voorkomt. Esther zat geduldig op me te wachten, hoopte dat ik ontdekken zou wat er mis was gegaan in onze relatie, dat ik naar haar toe zou komen, vergeving zou vragen en dat we dan ons leven samen zouden hervatten.

In de wereld van mijn dromen hadden Michaïl en ik een rustig gesprek samen, vertrokken we uit de pizzeria, namen een taxi, belden aan bij het huis waar mijn ex-vrouw (of vrouw? Nu werd de twijfel omgekeerd) 's ochtends haar tapijten knoopte, 's middags Frans gaf en 's nachts in haar eentje sliep, net als ik hopend dat de bel ging, dat haar man binnenkwam met een bos bloemen, en haar meenam voor een beker warme chocolademelk in een hotel in de buurt van de Champs-Elysées.

In de werkelijke wereld zou iedere ontmoeting met Michaïl gespannen zijn – steeds de angst voor wat er in de pizzeria gebeurd was. Alles wat hij had verteld was een product van zijn fantasie, de waarheid was dat hij net zomin als ik wist waar Esther zich ophield. In de werkelijke wereld stond ik om 11.45 uur 's ochtends op het Gare du Nord te wachten op de trein uit Straatsburg om een belangrijke Amerikaanse acteur/regisseur af te halen die dolenthousiast was over het idee om een film te produceren, gebaseerd op een boek van mij.

Tot dan toe – ze hadden het steeds over een bewerking voor de film – was mijn antwoord onveranderlijk een 'ik heb geen belangstelling' geweest; ik geloof dat iedereen bij het lezen van een boek in zijn hoofd zijn eigen film creëert, je geeft de personages een gezicht, je richt de plaatsen van handeling in, hoort de stemmen, ruikt de geuren. En juist daarom zul je, wanneer je iets gaat zien wat gebaseerd is op een boek dat je leuk vond, altijd naar buiten komen met het gevoel dat je bedrogen bent, en zul je altijd zeggen: 'Het boek is beter dan de film.'

Dit keer had mijn literair agent hevig aangedrongen. Ze beweerde dat de acteur/producent 'ons soort' was, hij wilde iets totaal anders maken dan wat ze ons tot nu toe hadden voorgesteld. De afspraak was twee maanden eerder gemaakt, we moesten die avond dineren, de details bespreken, kijken of we echt op één lijn zaten.

Maar sinds twee weken was mijn agenda compleet veranderd: het was donderdag, ik moest en zou naar een Armeens restaurant, proberen opnieuw in contact te komen met een epileptische jongen die, naar hij me verzekerde, stemmen hoorde maar wel de enige was die wist waar de Zahir zich ophield. Ik interpreteerde dat als een teken om niet de rechten van het boek te verkopen, ik probeerde de afspraak met de acteur af te zeggen; hij was vasthoudend, zei dat het niet erg was, in plaats van te dineren konden we lunchen, de volgende dag: 'Een avond in je eentje in Parijs doorbrengen is voor niemand een ramp,' was zijn commentaar geweest, waarmee hij me alle argumenten uit handen had genomen.

In de wereld van mijn fantasie was Esther nog steeds mijn maatje, en haar liefde gaf me de kracht om door te gaan, mijn grenzen te verkennen.

In de bestaande wereld was zij een absolute obsessie die al mijn energie opslorpte, alle ruimte innam, me dwong tot een reusachtige krachtsinspanning om door te kunnen gaan met mijn leven, mijn werk, afspraken met producenten, interviews.

Hoe is het mogelijk dat het me zelfs na twee jaar nog niet gelukt was om haar te vergeten? Ik hield het niet nog langer vol om over haar en alles na te denken, alle mogelijkheden te analyseren, te proberen me eraan te onttrekken, me erbij neer te leggen, een boek te schrijven, yoga te doen, iets voor het goede doel te doen, vrienden te bezoeken, vrouwen te versieren, uit eten te gaan, naar de bioscoop te gaan (daarbij natuurlijk wel verfilmingen van literaire boeken te vermijden, steeds films uit te zoeken waarvan de scripts speciaal voor het witte doek geschreven waren) en naar toneel, ballet, voetbal. Wat ik ook deed, de Zahir won steeds de slag, steeds was hij aanwezig, steeds liet hij me denken: wat zou het fijn zijn als ze hier bij me was.

Ik keek op de stationsklok – nog vijftien minuten. In de wereld van mijn fantasie was Michaïl een bondgenoot. In de bestaande wereld had ik geen enkel concreet bewijs daarvan. En al was mijn verlangen om hem op zijn woord te geloven groot, hij kon een vermomde vijand zijn.

Weer begon ik me af te vragen wat ik me sinds jaar en dag afvroeg: waarom heeft ze me niets verteld? Zou het die vraag van Hans zijn? Zou Esther besloten hebben dat ze de wereld moest redden, zoals ze me in ons gesprek over liefde en oorlog had gesuggereerd, en was ze me aan het 'voorbereiden' om haar op die missie te vergezellen?

Mijn ogen waren strak gevestigd op de rails. Esther en ik, parallel aan elkaar lopend, zonder elkaar ooit weer aan te raken. Twee bestemmingen die...

Rails.

Wat was de afstand tussen de twee rails?

Om de Zahir te vergeten probeerde ik mijn licht op te steken bij een van de spoorwegmannen op het perron.

'De afstand tussen de rails is 143,5 centimeter, oftewel 4 voet en 8,5 duim,' antwoordde hij.

De man wekte de indruk vrede te hebben met zijn leven, trots te zijn op zijn beroep, en paste op geen enkele manier in Esthers idee-fixe dat wij allemaal in onze ziel een groot, verborgen verdriet met ons meedragen.

Maar was het antwoord dat hij gaf – 143,5 centimeter, of 4 voet en 8,5 duim – niet onzinnig?

Een absurde afstand. Logisch zou zijn: 150 centimeter. Of 5

voet. Een of ander helder, rond getal dat wagonconstructeurs en spoorwegemployés gemakkelijk konden onthouden.

'En waarom?' wilde ik van de man weten.

'Omdat de onderstellen van de wagons die maat hebben.'

'Maar de onderstellen van de wagons zijn toch zo vanwege de afstand tussen de rails, denkt u ook niet?'

'Meent u dat ik, alleen maar omdat ik op een station werk, alles over treinen zou moeten weten? De dingen zijn zo, omdat ze zo zijn.'

Hij was niet langer de man die gelukkig was en vrede had met zijn werk; hij wist een vraag te beantwoorden, maar een stap verder gaan kon hij niet. Ik maakte mijn excuses, en bleef de rest van de tijd naar de rails staan kijken, met het gevoel dat ze me iets duidelijk wilden maken.

Hoe vreemd het ook mag lijken, die rails schenen me iets te vertellen over mijn huwelijk – en over alle huwelijken.

De acteur arriveerde – een sympathiekere man dan ik verwacht had, ondanks al zijn roem. Ik liet hem achter in mijn favoriete hotel en ging terug naar huis. Tot mijn verrassing zat Marie daar op me te wachten, ze zei dat de opnames een week waren uitgesteld, vanwege het weer.

'Ik vermoed dat je naar het restaurant gaat vandaag, het is immers donderdag.'

'Wil je ook?'

'Ja. Ik ga met je mee, of ga je liever alleen?'

'Ja.'

'Ik heb besloten om toch te gaan; de man die bepaalt waar ik ga en sta moet nog geboren worden.'

'Weet jij waarom treinrails op 143,5 centimeter van elkaar liggen?'

'Dat kan ik proberen op te zoeken op het internet. Is het belangrijk?'

'Heel erg belangrijk.'

'Laten we die treinrails even laten rusten. Ik zat laatst te praten met vrienden die fans van je zijn. Ze denken dat iemand die zulke boeken schrijft als *Een tijd om te scheuren en een tijd om te herstellen*, of dat verhaal over de schaapherder of over de pelgrimsreis naar Santiago een wijs man moet zijn, die overal een antwoord op heeft.'

'Wat niet helemaal waar is, zoals je weet.'

'In hoeverre is het dan wel waar? Hoe kun jij je lezers dingen doorgeven die je niet weet?'

'Het zijn geen dingen die ik niet weet. Alles wat daar geschreven staat, zit in mijn ziel, maakt er deel van uit, het zijn lessen die ik in de loop van mijn leven heb geleerd en die ik voor mezelf probeer toe te passen. Ik ben een lezer van mijn eigen boeken. Ze geven me iets wat ik al wist, maar waarvan ik me niet bewust was.'

'En de lezer dan?'

'Ik denk dat hem hetzelfde overkomt. Een boek – we kunnen het ook hebben over een willekeurig ander iets, zoals een film, een liedje, een tuin, het uitzicht op een berg – een boek reveleert iets. En reveleren komt van het Latijnse *revelare*: de sluier ervan afhalen. Van iets wat er al is de sluier afhalen is iets heel anders dan anderen de geheimen bijbrengen voor een beter leven.

Op dit moment heb ik, zoals jij ook weet, liefdesverdriet. Dat kan enkel een afdalen in de hel zijn – maar het kan ook een ontsluieren zijn. Pas tijdens het schrijven van *Een tijd om te scheuren en een tijd om te herstellen* heb ik mijn eigen vermogen om lief te hebben gezien. Terwijl ik de woorden en de zinnen typte, heb ik het ervaren.'

'En het spirituele aspect dan? Dat wat op iedere pagina van al je boeken aanwezig lijkt te zijn?'

'Het idee dat je vanavond met me meegaat naar het Armeense restaurant begint me zo langzamerhand wel te bevallen. Want je zult drie belangrijke dingen ontdekken, of beter gezegd, je daarvan bewust worden. Een: zodra mensen besluiten om een probleem aan te pakken, beseffen ze dat ze tot veel meer in staat zijn dan ze dachten. Twee: alle energie, alle wijsheid komt uit dezelfde onbekende bron die we gewoonlijk God noemen. Wat ik in mijn leven – sinds ik begonnen ben aan wat ik als mijn weg beschouw – probeer, is deze energie te eren, er iedere dag mee in verbinding te treden, me te laten leiden door haar tekens, te leren aan de hand van de praktijk en het niet bij denken te laten.

Drie: niemand staat er alleen voor – er is altijd iemand anders die op dezelfde manier aan het piekeren of aan het denken is, zich op dezelfde manier ergens op verheugt, of op dezelfde manier lijdt. En dat geeft ons kracht om de uitdaging die ons wacht, beter aan te kunnen.'

'Dat geldt ook voor liefdesverdriet?'

'Dat geldt voor alles. Als het lijden zich aandient, is het beter het te aanvaarden, want met net te doen alsof het er niet is, gaat het niet weg. Als de tijden vrolijk zijn, geniet, aanvaard dat het zo is, zelfs al ben je bang dat het een keer ophoudt. Er zijn mensen die alleen door opoffering en zelfverloochening een binding aan kunnen gaan met het leven. Er zijn mensen die zich pas tot de mensheid voelen horen wanneer ze denken dat ze "gelukkig" zijn. Waarom vraag je me die dingen?'

'Omdat ik verliefd ben en bang ben voor het verdriet.'

'Wees niet bang; de enige manier om dat verdriet te voorkomen zou zijn dat je weigert om nog van iemand te houden.'

'Ik weet dat Esther er is. Je hebt me verder niets over jouw ontmoeting met die jongen in de pizzeria verteld, behalve dat hij een epileptische aanval kreeg. Dat is een slecht teken, voor mij althans, al kan het voor jou een goed teken zijn.'

'Voor mij is het misschien ook geen goed teken.'

'Weet je wat ik je graag zou vragen? Ik zou graag horen of jij van mij houdt zoals ik van jou. Maar ik durf het niet. Waarom heb ik toch altijd van die moeilijke relaties?

Omdat ik vind dat ik steeds maar weer een relatie met iemand moet aangaan – en zo word ik gedwongen om geweldig te zijn, intelligent, gevoelig, buitengewoon. Het voortdurende verleiden dwingt me het beste te geven van mezelf, en dat ervaar ik als positief. Bovendien vind ik het heel moeilijk om met mezelf te leven. Maar ik weet niet of dit wel de beste keuze is.'

'Wil je horen of ik, ook al heeft ze me zonder iets te zeggen verlaten, nog van die vrouw zou kunnen houden?'

'Ik heb je boek gelezen. Ik weet dat je daartoe in staat bent.'

'Wil je me vragen of ik, al hou ik dan van Esther, ook in staat ben om van jou te houden?'

'Die vraag zou ik niet durven stellen, want het antwoord kan mijn leven verwoesten.'

'Wil je weten of een mannen- of vrouwenhart van meer dan één persoon tegelijk kan houden?'

'Deze vraag is niet zo direct als de vorige, ik zou het fijn vinden als je me dan daarop antwoord gaf.'

'Ik denk het wel. Behalve wanneer een van de twee verandert in...'

'...een Zahir. Maar ik ga de strijd aan, ik vind jou de moeite waard om voor te vechten. Een man die in staat is van een vrouw te houden zoals jij van Esther hield – of houdt –, verdient mijn respect, is het vechten waard.

En om je te laten zien dat ik jou aan mijn zijde wil, om je te laten zien hoe belangrijk jij in mijn leven bent, ga ik maar eens meteen doen waar je me om vroeg, hoe absurd het ook mag zijn: uitzoeken waarom de treinrails 143,5 centimeter uit elkaar liggen.'

De eigenaar van het Armeense restaurant had precies gedaan wat hij de voorgaande week tegen me had gezegd: in plaats van de achterzaal was nu het hele restaurant bezet. Marie keek nieuwsgierig naar de mensen die er waren, af en toe maakte ze een opmerking over de enorme verschillen tussen hen.

'Waarom nemen ze hun kinderen mee? Dat is toch waanzin!'

'Misschien hebben ze geen oppas.'

Om negen uur exact betraden de zes figuren – twee muzikanten in oosterse kledij, en de vier jongeren in hun witte blousen en wijduitstaande rokken – het podium. Het bedienen werd onmiddellijk opgeschort, en de zaal werd stil.

'In de Mongoolse mythe over de schepping van de wereld komen een reegeit en een wilde hond elkaar tegen,' zei Michaïl, weer met een stem die niet de zijne was. 'Twee wezens met elk een andere aard: in de natuur doodt de wilde hond de reegeit om haar op te eten. In de Mongoolse mythe begrijpen beide dat om in een vijandige omgeving te kunnen overleven ze elkaars kwaliteiten nodig hebben en een verbond met elkaar moeten aangaan.

Daarom moeten ze eerst leren om van elkaar te houden. En om van elkaar te houden moeten ze ophouden te zijn wie ze zijn, of ze zullen nooit kunnen samenleven. Na verloop van tijd begint de wilde hond te aanvaarden dat zijn instinct, dat altijd op de strijd om te overleven was gericht, nu een hoger doel dient: iemand vinden met wie hij de wereld kan herscheppen.'

Hij pauzeerde even.

'Wanneer we dansen, draaien we rond om dezelfde Energie, ze stijgt op naar de Vrouwe en keert vervolgens met al haar kracht naar ons terug, op dezelfde manier als waarop het water uit de rivieren verdampt, verandert in een wolk en terugkeert in de vorm van regen. Vandaag gaat mijn verhaal over de cirkel van de liefde: op zekere ochtend klopte een boer hard op de poort van een klooster. Toen Broeder Portier opendeed, reikte hij hem een prachtige tros druiven aan.

"Beste Broeder Portier, dit zijn de mooiste druiven uit mijn wijngaard. Het is een cadeau."

"Hartelijk dank! Ik breng ze meteen naar Vader Abt, die heel blij zal zijn met deze gift."

"Nee, nee! Ze zijn voor u."

"Voor mij? Ik verdien zo'n mooi geschenk van de natuur niet."

"Altijd als ik aanklopte, deed u open. Wanneer ik steun nodig had omdat de oogst mislukt was door de droogte, gaf u me iedere dag een stuk brood en een glas wijn. Moge deze tros druiven u een beetje van de liefde van de zon, van de schoonheid van de regen en van het wonder Gods brengen."

Broeder Portier legde de tros voor zich neer en keek er de hele ochtend naar, vol bewondering: hij was werkelijk prachtig. Daarom besloot hij het cadeau door te geven aan Vader Abt, die hem altijd met wijze raad had bijgestaan.

De abt was heel blij met de druiven, maar herinnerde zich dat een van zijn medebroeders ziek was en dacht: ik geef hem die tros, wie weet brengt het wat vreugde in zijn leven.

Maar de druiven lagen niet lang bij de zieke op de kamer want deze dacht: Broeder Kok zorgt voor mij, hij geeft me het beste van het beste te eten. Ik weet zeker dat zoiets hem veel plezier zal doen. Toen Broeder Kok rond het middaguur de maaltijd bracht, gaf hij de druiven aan de kok.

"Ze zijn voor u. Omdat u altijd in de weer bent met de producten die de natuur ons verschaft, zult u weten wat u moet doen met dit werk van God."

Broeder Kok stond versteld van de schoonheid van de tros, en wees zijn hulpje op de volmaaktheid van de druiven. Zo volmaakt dat niemand ze beter zou weten te waarderen dan Broeder Koster, verantwoordelijk voor het bewaren van het Aller-heiligst Sacrament, en die door vele kloosterleden gezien werd als een heilig man.

Broeder Koster gaf op zijn beurt de druiven cadeau aan de jongste novice, zodat deze zou kunnen begrijpen dat Gods werk aanwezig is in de kleinste onderdelen van de schepping. Toen de novice de druiven aannam, vloeide zijn hart over van de Glorie van de Heer, want nooit eerder had hij zo'n mooie tros gezien. Op hetzelfde moment herinnerde hij zich de eerste keer dat hij aangekomen was bij het klooster, en hij herinnerde zich de man die toen voor hem de poort had opengedaan; daardoor mocht hij nu in deze gemeenschap verkeren, bij deze broeders die de wonderen Gods wisten te waarderen.

En zo bracht hij even voor het vallen van de avond de tros druiven naar Broeder Portier.

"Geniet ervan, want u brengt het overgrote deel van de tijd hier in uw eentje door. Deze druiven zullen u goed doen."

Broeder Portier begreep nu dat het cadeau echt voor hem bestemd was geweest. Hij genoot van de smaak van elke druif en sliep gelukkig in. Zo werd de cirkel gesloten: de cirkel van geluk en blijdschap die je altijd aantreft rond iedereen die in contact staat met de Liefdesenergie.'

De vrouw die Alma heette liet de bronzen schaal ruisen.

'Net als iedere donderdag luisteren we naar een verhaal over de liefde, en vertellen we verhalen over liefdeloosheid. We zullen zien wat er aan de oppervlakte is, en beetje bij beetje begrijpen wat eronder ligt: onze zeden en gewoontes, onze normen en waarden. Wanneer het ons lukt door deze laag heen te dringen, zullen we in staat zijn onszelf te vinden. Wie begint?'

Er gingen verscheidene handen omhoog en tot verbazing van Marie ook de mijne. Het kabaal begon opnieuw, de mensen verschoven op hun stoelen. Michaïl wees een vrouw aan, een grote, knappe vrouw met blauwe ogen.

'De afgelopen week ging ik bij een vriend langs die in de bergen woont vlak bij de grens, hij woont daar alleen. Het is iemand die de geneugten des levens zeer weet te waarderen, en meer dan eens heeft hij gezegd dat alle wijsheid die ze hem toedichten juist voortkomt uit het feit dat hij geen moment onbenut voorbij laat gaan.

Van aanvang aan vond mijn man het idee maar niks: hij wist wie die vriend was, en dat op vogels jagen en vrouwen versieren zijn favoriete hobby's waren. Maar ik maakte een crisis door, ik moest met deze vriend praten, alleen hij kon me helpen. Mijn man stelde een therapeut of een reis voor, we hadden woordenwisselingen, maakten ruzie, maar hoe ik thuis ook onder druk gezet werd, ik vertrok naar die vriend. Hij kwam me afhalen van het vliegveld, 's middags hadden we een lang gesprek, we aten, dronken, praatten nog wat, en ik ging slapen. De volgende dag werd ik wakker, we reden wat rond in de streek en hij zette me bij het vliegveld af.

Zodra ik thuis was, kwamen de vragen. Was hij alleen? Ja. Geen vriendin bij hem? Nee. Hebben jullie gedronken? Ja. Waarom wil je er niet over praten? Maar dat doe ik nu toch! Jullie waren dus met zijn tweetjes alleen in dat huis met uitzicht op de bergen, een romantische plek, toch? Ja. En toch is er niets gebeurd behalve dan dat jullie gepraat hebben? Nee. En jij denkt dat ik dat geloof? Waarom zou je dat niet geloven? Omdat het tegen de menselijke natuur ingaat – als een man en een vrouw samen zijn, samen drinken, elkaar intieme dingen vertellen, dan eindigen ze samen in bed!

Ik ben het met mijn man eens. Het gaat in tegen wat ze ons geleerd hebben. Hij zal het verhaal dat ik vertelde nooit ofte nimmer geloven, ook al is het de zuivere waarheid. Sindsdien is ons leven een kleine hel geworden. Het zal tijdelijk zijn, maar het is onzinnig lijden, een lijden dat alleen maar bestaat om wat ze ons verteld hebben: een man en een vrouw die bewondering voor elkaar hebben, belanden als de omstandigheden dat toelaten samen in bed.'

Applaus. Sigaretten die opgestoken worden. Gerinkel van flessen en glazen.

'Wat is dit?' fluistert Marie. 'Groepstherapie voor getrouwde stellen?'

'Het is een onderdeel van de "bijeenkomst". Niemand zegt of het goed is of verkeerd, ze vertellen alleen maar verhalen.'

'En waarom doen ze dat zo respectloos, in het openbaar, terwijl de mensen ondertussen zitten te roken en te drinken?'

'Misschien om het lichter te maken. En als iets lichter is, is het makkelijker. En als het makkelijker is, waarom het dan niet zo doen?'

'Makkelijker? Met allemaal onbekenden om haar heen die morgen misschien het verhaal aan haar echtgenoot vertellen?'

Iemand anders was begonnen te praten, en ik kon niet tegen Marie zeggen dat zoiets er niet toe deed: iedereen daar was gekomen om te praten over liefdeloosheid die zich als liefde vermomd had.

'Ik ben de man van de vrouw die zojuist aan het woord was,' zei een man die minstens twintig jaar ouder was dan het knappe, blonde meisje. 'Wat ze vertelde klopt allemaal. Maar er is iets wat zij niet weet, en wat ik niet tegen haar heb durven zeggen. Dat zal ik nu doen.

Toen ze naar de bergen was, kon ik 's nachts de slaap niet vatten, en ik begon me tot in detail voor te stellen wat er zich ginds afspeelde. Zij komt aan, het haardvuur knappert, ze doet haar jas uit, haar sweater uit, onder haar dunne hemdje draagt ze geen beha. Hij kan duidelijk de welving van haar borsten zien.

Zij doet net of ze niet in de gaten heeft dat hij kijkt. Ze zegt dat ze even in de keuken een nieuwe fles champagne gaat pakken. Ze heeft een nauwe spijkerbroek aan, loopt langzaam, en zelfs zonder om te draaien weet ze dat hij haar van top tot teen bekijkt. Ze komt terug, ze bepraten echt intieme dingen en dat geeft hun een gevoel van saamhorigheid.

Ze bespreken het onderwerp dat haar naar hem toe bracht tot in het intiemste detail. Haar mobiele telefoon gaat over – dat ben ik, ik wil weten of alles goed met haar is. Zij loopt naar hem toe, houdt de telefoon tegen zijn oor, samen luisteren ze naar wat ik te vertellen heb, lieve dingen, omdat ik weet dat het te laat is om wat voor druk dan ook uit te oefenen, ik kan beter net doen of ik me geen zorgen maak, zeggen dat ze maar van haar dagje in de bergen moet genieten, want de volgende dag moet ze alweer terug naar Parijs, voor de kinderen zorgen, boodschappen doen.

Ik leg op, en weet dat hij het gesprek heeft gehoord. Nu zitten ze – eerst zaten ze op aparte banken – heel dicht bij elkaar.

Toen stopte ik met fantaseren over wat er in de bergen gebeurde. Ik stond op, liep naar de kamer van mijn kinderen, daarna ging ik aan het raam staan, keek naar de stad, en weet je wat ik merkte? Dat ik opgewonden was geraakt van die fantasieën. Heel, heel erg opgewonden. Van het idee dat mijn vrouw op dat moment misschien een andere man kuste en met hem lag te vrijen.

Ik voelde me vreselijk slecht. Hoe kon ik daarvan opgewonden raken? De volgende dag praatte ik daar met twee vrienden over; natuurlijk kwam ik niet met mijn eigen verhaal, maar ik vroeg of zij ooit op een feest een andere man erop hadden betrapt dat hij in het decolleté van hun vrouw aan het loeren was, en of ze dat erotisch hadden gevonden. Ze gingen er niet op in – want dat onderwerp is een taboe. Maar ze zeiden allebei wel dat het prima is om te weten dat andere mannen jouw vrouw aantrekkelijk vinden, verder zeiden ze er niets over. Zou zoiets een fantasie zijn die iedere man heeft? Ik weet het niet. Onze week was een hel omdat ik niet begrijp wat ik voelde. Omdat ik het niet begrijp, geef ik haar de schuld iets veroorzaakt te hebben wat mijn wereld uit balans brengt.'

Dit keer werden er heel veel sigaretten opgestoken, maar geklapt werd er niet. Alsof het thema een taboe blééf, zelfs op die plek.

Terwijl ik mijn hand omhooghield vroeg ik me af of ik het eens was met wat de man zojuist gezegd had. Jawel: ik had een soortgelijke fantasie gehad over Esther en de soldaten op het slagveld, maar durfde dat niet te zeggen, niet eens tegen mezelf.

Michaïl keek mijn kant op, en gaf een teken.

Ik weet niet hoe het me lukte op te staan en het publiek in te kijken dat zichtbaar geschokt was door het verhaal van de man die opgewonden raakt bij de gedachte dat zijn vrouw door een ander wordt bezeten. Ze leken geen aandacht voor me te hebben, wat het me makkelijker maakte om van wal te steken.

'Sorry dat ik niet zo openhartig ben als de twee sprekers die me voorgingen, maar ik heb toch wel iets te vertellen. Vandaag was ik op het treinstation, en ik ontdekte dat de treinrails 143,5 centimeter, of 4 voet en 8,5 duim, van elkaar liggen. Waarom zo'n rare maat? Ik vroeg mijn vriendin uit te zoeken wat de reden is en ze vond de volgende: omdat ze in het begin, toen ze de eerste wagons bouwden, hetzelfde gereedschap gebruikten als bij de bouw van postkoetsen.

Waarom stonden de wielen van de koetsen dan op deze afstand van elkaar? Omdat de oude wegen die breedte hadden.

Wie heeft er ooit bepaald dat de wegen die breedte moesten hebben? En plotseling moeten we terug naar een ver en grijs verleden: de Romeinen, de eerste grote wegenbouwers, hebben dat bepaald. En wat was de reden? Hun strijdwagens werden getrokken door twee paarden – en wanneer we de paarden die in die tijd gebruikt werden naast elkaar zetten, komen we uit op een breedte van 143,5 centimeter.

Zodoende is de afstand tussen de rails die ik vandaag zag – en waar onze ultramoderne TGV over rijdt – uiteindelijk bepaald door de Romeinen. Toen de emigranten naar de Verenigde Staten trokken om daar spoorwegen aan te leggen, kwam het niet in hen op voor een andere breedte te kiezen, ze hielden dezelfde standaard aan. Het heeft zelfs consequenties gehad voor de bouw van de spaceshuttle: de Amerikaanse ingenieurs vonden dat de brandstoftanks breder moesten zijn, maar ze werden in Utah gebouwd, moesten per trein naar het Space Center in Florida vervoerd worden en de tunnels waren niet breed genoeg. Kortom, de Amerikanen moesten zich neerleggen bij iets wat de Romeinen als de ideale maat hadden vastgesteld.

En wat heeft dit nou te maken met het huwelijk?'

Ik pauzeerde even. Sommigen waren absoluut niet geïnteresseerd in zoiets als treinrails en begonnen te praten. Anderen waren een en al oor – onder wie Marie en Michaïl.

'Alles. Het heeft alles te maken met het huwelijk en met de twee verhalen die we net gehoord hebben. Ergens in de geschiedenis is er iemand geweest die gezegd heeft: wanneer twee mensen trouwen, moeten ze voor de rest van hun leven dezelfde blijven. Jullie gaan zij aan zij verder als twee treinrails, en houden de standaardafstand precies aan. Ook al heeft een van jullie de behoefte om soms een beetje van de ander af te wijken of een beetje dichterbij te komen, zoiets is tegen de regels. De regels luiden: wees verstandig, denk aan de toekomst, denk aan de kinderen. Jullie mogen niet meer veranderen, jullie moeten zijn als spoorrails: ze hebben dezelfde afstand ten opzichte van elkaar op het station van vertrek, halverwege en op het station van aankomst. Jullie mogen niet toelaten dat je liefde verandert, dat ze in het begin toeneemt, halverwege afneemt – dat is uiterst riskant. Dus, wanneer het enthousiasme van de eerste jaren voorbij is, moeten jullie dezelfde afstand houden, dezelfde eenzaamheid, dezelfde doelmatigheid. Jullie zijn ervoor om te zorgen dat de trein van de overleving van de soort richting toekomst gaat: de kinderen zijn alleen maar gelukkig als jullie blijven zoals jullie altijd zijn geweest – op 143,5 centimeter afstand van elkaar. Als jullie ontevreden zijn over iets wat maar nooit verandert, denk dan aan hen, aan de kinderen die jullie op de wereld hebben gezet.

Denk aan jullie buren. Laat ze zien dat jullie gelukkig zijn, ga barbecuen op zondag, kijk tv, zet je in voor de gemeenschap. Denk aan de maatschappij: doe net alsof en gedraag je zó dat iedereen denkt dat het koek en ei tussen jullie is. Kijk niet opzij, iemand kan naar jullie kijken en dus een van jullie verleiden, het kan scheiding tot gevolg hebben, crisis, depressiviteit.

Wanneer er foto's gemaakt worden, lach dan. Zet de foto's in de woonkamer zodat iedereen ze kan zien. Maai het gazon, doe aan sport – doe vooral aan sport om ondanks het ouder worden dezelfde mensen te kunnen blijven. Wanneer sport niet langer helpt, ga dan naar de plastisch chirurg. Maar vergeet nooit: ooit werden deze regels opgesteld en jullie moeten ze respecteren. Wie deze regels heeft gemaakt? Dat doet er niet toe en zo'n vraag stel je niet, want ze blijven voor eeuwig en altijd geldig, zelfs als jullie het er niet mee eens zijn.'

Ik ging zitten. Her en der enthousiast geklap, her en der onverschilligheid, en ikzelf die niet wist of ik te ver was gegaan. Marie keek me aan met een mengsel van verbazing en bewondering.

De vrouw op het podium liet de schaal klinken.

'Dans nu in naam van de liefde, in naam van de Vrouwe.'

Ik zei tegen Marie dat ik zo terugkwam, even buiten een sigaretje roken.

'Je kunt binnen roken.'

'Ik wil even alleen zijn.'

Al was de lente begonnen, het was winters koud, frisse lucht waar ik behoefte aan had. Waarom had ik dat hele verhaal verteld? Mijn huwelijk met Esther was nooit geweest zoals ik het beschreven had: twee rails, steeds zij aan zij, altijd gladjes, zonder oneffenheden, alsmaar rechtdoor. We hadden onze hoogtepunten en dieptepunten gehad, vaak had een van ons gedreigd om voorgoed op te stappen en toch waren we samen gebleven.

Tot twee jaar geleden.

Of tot het moment waarop zij het in haar hoofd kreeg te willen weten waarom ze ongelukkig was.

Zo'n vraag – waarom ben ik ongelukkig? – hoor je jezelf niet te stellen. Er zit een virus in dat alles kapotmaakt. Als we ons die vraag stellen, willen we erachter komen wat ons gelukkig maakt. Als er een groot verschil is tussen wat ons gelukkig maakt en wat we in ons leven meemaken, gooien we óf het roer in één keer om, óf we worden nog ongelukkiger.

En nu bevond ik me in precies die situatie: een vriendin die een echte persoonlijkheid was, werk dat begon te lopen, en de aan zekerheid grenzende waarschijnlijkheid dat alles mettertijd in balans zou komen. Ik moest me liever maar conformeren, aanvaarden wat het leven me bood, niet het voorbeeld volgen van Esther, geen aandacht schenken aan de ogen van mensen, me de woorden van Marie herinneren, en aan haar zijde een nieuw bestaan opbouwen.

Nee, zo mag ik niet denken. Als ik reageer op de manier die de mensen van mij verwachten, maak ik me tot hun slaaf. Om te voorkomen dat dit toch gebeurt, is er een enorme zelfbeheersing nodig, want een mens is steeds geneigd om iemand te behagen – en dan vooral zichzelf. Want als ik dat doe, raak ik niet alleen Esther kwijt, maar ook Marie, mijn werk, mijn toekomst, mijn zelfrespect en mijn respect voor alles wat ik gezegd en geschreven heb.

Toen ik zag dat het publiek begon weg te gaan, ging ik naar binnen. Michaïl kwam aanlopen, omgekleed en wel.

'Nog even over wat er in het restaurant is gebeurd...'

'Maak je geen zorgen,' antwoordde ik. 'Laten we een wandeling maken langs de Seine.'

Marie begreep de boodschap, zei dat ze die avond vroeg naar bed moest. Ik vroeg of we mee konden rijden in haar taxi tot bij de brug tegenover de Eiffeltoren – vanaf daar zou ik lopend naar huis kunnen. Ik overwoog om Michaïl te vragen waar hij woonde, maar bedacht dat de vraag opgevat zou kunnen worden als een poging om met eigen ogen te controleren of Esther bij hem was.

Onderweg vroeg Marie Michaïl wat de 'bijeenkomst' nou eigenlijk was, koppig vroeg ze door en steeds antwoordde hij: 'Een manier om de liefde terug te halen'. Hij greep de gelegenheid aan om te zeggen dat hij mijn verhaal over de treinrails leuk gevonden had.

'Op die manier is de liefde verloren gegaan,' zei hij, 'toen we heel precies regels zijn gaan vaststellen voor de liefde.'

'En wanneer is dat dan geweest?' vroeg Marie.

'Weet ik niet. Maar ik weet wel dat we ervoor kunnen zorgen dat de Energie terugkeert. En dat weet ik omdat de Liefde met me praat, steeds wanneer ik dans of de stem hoor.'

Marie wist niet wat dat was, 'de stem horen', maar we waren al bij de brug gekomen. We stapten uit, de nachtelijke kou van Parijs in, en begonnen onze wandeling.

'Je bent vast geschrokken van wat je zag. Het grootste gevaar is dat je tong dubbelslaat, waardoor je stikt; de eigenaar van het restaurant wist wat hij doen moest, dus is het in zijn pizzeria waarschijnlijk al eerder gebeurd. Het komt wel vaker voor. Maar zijn diagnose klopt niet: ik ben geen epilepticus. Het is mijn contact met de Energie.'

Natuurlijk was hij wel een epilepticus, maar tegen hem ingaan had geen nut. Ik probeerde normaal te reageren. Ik moest de situatie onder controle houden – ik was verbaasd dat hij zo makkelijk ingestemd had met dit gesprek.

'Ik heb je nodig. Ik zou je willen vragen iets te schrijven over hoe belangrijk de liefde is,' zei Michaïl.

'Maar iedereen weet hoe belangrijk de liefde is. Bijna alle boeken gaan daarover.'

'Dan formuleer ik het anders: ik zou je willen vragen iets te schrijven over de nieuwe Renaissance.'

'Wat is de nieuwe Renaissance?'

'Het is het momentum dat lijkt op wat zich voordeed in het Italië van de vijftiende en zestiende eeuw, wanneer genieën als Erasmus, Da Vinci, Michelangelo hun blikken niet langer richten op de beperkingen die het heden oplegt, op de onderdrukking die uitgaat van de conventies van de tijd waarin ze leven, maar teruggaan naar het verleden. Net als in die tijd gebeurde, keren wij nu terug naar magisch taalgebruik, naar de alchemie, naar de idee van de god-moeder, naar de vrijheid om datgene te doen wat we voor waar houden, en niet dat wat kerken en regeringen eisen. Net als in het Florence van 1500 ontdekken wij in onze tijd dat het verleden de antwoorden voor de toekomst bevat.

Kijk eens naar dat treinverhaal dat je vertelde: bij hoeveel andere dingen volgen we niet patronen, voorschriften, normen die we niet begrijpen? Zou jij dat thema niet eens in een boek kunnen aansnijden? Wat jij schrijft wordt immers gelezen.'

'Ik heb nog nooit onderhandeld over een boek,' antwoordde ik vanuit opnieuw de gedachte dat ik respect voor mezelf moest zien te houden. 'Als het onderwerp interessant is en me na aan het hart ligt, als de boot die Woord heet me naar dat eiland brengt, schrijf ik het misschien. Maar het heeft niets te maken met mijn zoektocht naar Esther.'

'Weet ik, en ik leg je geen voorwaarden op; ik draag alleen maar iets aan wat naar mijn mening belangrijk is.'

'Heeft ze icts tegen je gezegd over de Bank van Weder-dienst?'

'Ja. Maar daar heeft het niets mee te maken. Het heeft te ma-ken met een missie die ik in mijn eentje niet kan volbrengen.'

'Jouw missie is dat wat je in het Armeense restaurant doet?'

'Dat is maar een klein deel ervan. Op vrijdag doen we het-zelfde, met clochards. En op woensdag werken we met de nieu-we nomaden.'

Nieuwe nomaden? Ik kan hem beter nu niet onderbreken; de Michaïl die nu met me praatte, had niet het arrogante van in de pizzeria, niet het charismatische van in het restaurant, niet het onzekere van bij de signeersessie. Het was een normaal iemand, een kameraad met wie je de avond afsluit met een gesprek over de problematiek van het leven.

'Ik kan alleen maar schrijven over iets wat me innerlijk raakt,' hield ik vol.

'Zou je het leuk vinden om met ons mee te gaan en te praten met de clochards?'

Ik herinnerde me wat Esther ooit had verteld over de valse droefheid in de ogen van mensen die vast de zieligste wezens ter wereld waren.

'Laat me er even over nadenken.'

We naderden het Louvre, maar hij stopte en leunde op de muur langs de rivier. We keken naar de boten die passeerden, het licht van hun schijnwerpers deed pijn aan onze ogen.

'Kijk eens wat ze doen,' zei ik, want ik moest met iets op de proppen komen, omdat ik bang was dat hij het saai begon te vinden en naar huis zou gaan. 'Ze kijken naar wat de schijnwerpers beschijnen. Als ze thuiskomen, zeggen ze dat ze Parijs kennen. Morgen zien ze waarschijnlijk de Mona Lisa, en zeggen ze dat ze het Louvre bezocht hebben. Ze kennen Parijs niet en zijn niet in het Louvre geweest – het enige wat ze gedaan hebben was een boottochtje maken en een schilderij bekijken, één enkel schilderij. Wat is het verschil tussen naar een pornofilm kijken en vrijen? Hetzelfde als tussen zo in een boot een stad bekijken en er daadwerkelijk proberen achter te komen wat er zich afspeelt, naar cafés gaan, straten in lopen die niet in de reisgidsen staan, ronddolen om jezelf weer te vinden.'

'Ik bewonder je zelfbeheersing. Je bent naar mij toe gekomen met een vraag, je wacht het juiste moment af om hem te stellen, en ondertussen praat je over die boten. Voel je vrij, en zeg maar wat je wilt weten.'

In zijn stem klonk geen enkele agressie, en ik besloot het erop te wagen.

'Waar is Esther?'

'In fysiek opzicht ver hiervandaan, in Centraal-Azië. In spiritueel opzicht vlakbij, ze is dag en nacht bij me met haar glimlach en met haar enthousiaste woorden die in mijn geheugen gegrift staan. Zij is degene die me hierheen heeft gehaald. Ik was een arme jongen van eenentwintig zonder toekomst die in zijn dorp beschouwd werd als afwijkend, ziek, of als een sjamaan die een pact had gesloten met de duivel, en in de stad als een plattelandsjochie dat werk zocht.

Ik vertel je mijn verhaal later nog wel eens uitvoeriger, maar een belangrijk punt is dat ik Engels sprak en Esther mij in dienst nam als haar tolk. We bevonden ons bij de grens van het land dat zij binnen moest: de Amerikanen waren bezig daar tal van militaire bases aan te leggen, ze bereidden zich voor op de oorlog met Afghanistan, een visum krijgen was onmogelijk. Ik heb haar geholpen clandestien de bergen over te gaan. In de week die we samen doorbrachten maakte ze me duidelijk dat ik niet alleen stond, dat ze me begreep.

Ik vroeg haar wat ze zo ver van huis deed. Na wat ontwijkende antwoorden, vertelde ze mij wat ze jou vast wel verteld heeft: ze zocht de plek waar het geluk zich verborgen had. Ik sprak haar over mijn missie: bereiken dat de Liefdesenergie zich opnieuw over de aarde verbreidt. In wezen waren wij beiden op zoek naar hetzelfde.

Esther is naar de Franse ambassade gegaan en regelde een visum voor me – als tolk Kazachstaans, ook al spreekt in mijn land iedereen alleen maar Russisch. Ik ben hier komen wonen. We zagen elkaar steeds als ze terugkeerde van haar missies in het buitenland; nog twee keer zijn we samen naar Kazachstan gereisd; ze was erg in de Tengri-cultuur geïnteresseerd, en in een nomade die ze had leren kennen – en die, zo meende zij, op alles antwoord had.'

Ik wilde weten wat Tengri was, maar die vraag kon wachten. Michaïl ging verder, en in zijn ogen las ik hetzelfde heimwee naar Esther als ik had.

'We begonnen een project hier in Parijs – het idee om mensen eenmaal per week bij elkaar te brengen was van haar. Ze zei: "In relaties tussen mensen is er niets belangrijker dan met elkaar praten; maar de mensen doen dat niet meer – ze gaan niet meer zitten om met elkaar te praten en naar elkaar te luisteren. Ze gaan naar het theater, de bioscoop, kijken tv, luisteren naar de radio, lezen boeken, maar praten doen ze bijna niet. Als we de wereld willen veranderen, moeten we terug naar de tijd waarin de krijgers zich verzamelden rond het kampvuur en verhalen vertelden."'

Ik herinnerde me dat Esther herhaaldelijk zei dat alle belangrijke dingen in onze twee levens voortgekomen waren uit lange tweegesprekken aan een tafeltje in een café, of wanneer we aan het wandelen waren door straten en parken.

'Van mij is het idee om het op donderdag te doen, omdat dat in de cultuur waarin ik ben opgegroeid gebruikelijk is. Maar van haar komt het idee om er af en toe 's avonds in Parijs op uit te trekken: ze zei dat alleen clochards niet net doen of ze gelukkig zijn – integendeel, ze doen net of ze verdrietig zijn.

Ze heeft me jouw boeken laten lezen. Ik begreep dat jij, weliswaar misschien onbewust, dezelfde wereld voor ogen had als wij. Ik begreep dat ik niet alleen stond, ook al was ik de enige die de stem hoorde. Hoe meer mensen regelmatig naar de bijeenkomst kwamen, hoe meer vertrouwen ik erin kreeg dat ik mijn missie kon vervullen, een bijdrage kon leveren aan de terugkeer van de Energie, al was het daarvoor nodig tijdelijk terug te keren naar het verleden, naar het moment waarop ze is vertrokken – of zich verborgen heeft.'

'Waarom is Esther bij me weggegaan?'

Kon ik het echt alleen maar over Esther hebben? De vraag irriteerde Michaïl enigszins.

'Uit liefde. Vandaag gebruikte je het beeld van die rails: nou goed, zij is geen rail die naast je ligt. Zij volgt de regels niet, en ik stel me zo voor dat jij dat evenmin doet. Ik mis haar ook, en ik denk dat je dat wel weet.'

'Dus...'

'Dus, als je haar wilt zien, ik kan je zeggen waar ze is. Ik heb ook die impuls gevoeld, maar de stem zegt dat het nog niet zover is, dat niemand haar mag storen tijdens haar ontmoeting met de Liefdesenergie. Ik respecteer de stem, de stem beschermt ons: Esther, jou, mij.'

'Wanneer is het dan wel zover?'

'Misschien morgen, misschien over een jaar, misschien nooit – we moeten haar beslissing respecteren. De stem ís de Energie: daarom brengt ze mensen pas samen als ze allebei werkelijk op dat moment voorbereid zijn. Toch doen wij allemaal pogingen om dingen te forceren – alleen maar om vervolgens te horen wat we nooit willen horen: "Ga weg." Wie de stem niet respecteert, en vroeger dan wel later arriveert dan hij zou moeten, zal nooit bereiken wat hij wil.'

'Ik hoor haar liever zeggen "ga weg" dan alle dagen en nachten met de Zahir te moeten leven. Als zij dat zegt, houdt ze op een idee-fixe te zijn en verandert ze in een vrouw die leeft en denkt op een andere manier dan voorheen.'

'Dan is ze weliswaar niet langer de Zahir, maar wel een groot verlies. Als een man en een vrouw erin slagen een manifestatie van de Energie te zijn, helpen ze in feite alle andere mannen en vrouwen.'

'Je maakt me bang. Ik hou van haar. Jij weet dat ik van haar hou, en jij zegt me dat zij nog van mij houdt. Ik weet niet wat dat voorbereid zijn inhoudt, ik kan niet leven in dienst van wat anderen van me verwachten – zelfs al heet die ander Esther.'

'Wat ik begrepen heb uit mijn gesprekken met haar, is dat jij op een gegeven moment de weg bent kwijtgeraakt. Alles begon om jou te draaien, alleen maar om jou.'

'Dat is niet waar. Het stond haar vrij om haar eigen weg te creëren. Zij besloot om oorlogscorrespondente te worden, zelfs tegen mijn zin in. Ze vond dat ze moest onderzoeken waarom de mensen ongelukkig zijn, ook al bracht ik daartegen in dat je daar onmogelijk achter kunt komen. Wil ze soms dat ik weer een rail wordt evenwijdig aan een andere, en dat ik die stupide afstand bewaar, alleen maar omdat de Romeinen dat bepaald hebben?'

'Helemaal niet.'

Michaïl begon weer te lopen, ik volgde hem.

'Geloof jij dat ik een stem hoor?'

'Eerlijk gezegd weet ik dat niet. En nu we toch op deze plek zijn, wil ik je iets laten zien, goed?'

'Iedereen denkt dat het een epileptische aanval is, en voor mijn part denken ze zo: dat is makkelijker. Maar die stem praat tegen mij al sinds ik een klein kind was en toen ik de Vrouwe zag.'

'Welke Vrouwe?'

'Vertel ik je later nog wel.'

'Altijd als ik jou iets vraag is je antwoord: "Vertel ik je later nog wel."'

'De stem vertelt me nu iets. Ik weet dat je angstig bent of geschrokken. In de pizzeria toen ik de warme luchtstroom voelde en de lichten zag, wist ik dat het de symptomen waren van mijn verbinding met de Macht. Ik wist dat zij daar was om ons beiden te helpen.

Als jij meent dat alles wat ik zeg alleen maar te maken heeft met de gestoordheid van een epilepticus die een slaatje wil slaan uit de gevoelens van een beroemd schrijver, dan geef ik je morgen een kaart met daarop de plek waar zij zich bevindt en kun je haar gaan opzoeken. Maar de stem vertelt ons nu iets.'

'Mag ik weten wát, of vertel je me dat later nog wel eens?'

'Zo meteen: ik begrijp haar boodschap nog niet goed.'

'Maar beloof me toch maar het adres en de kaart te geven.'

'Beloof ik. In naam van de Goddelijke Liefdesenergie, dat beloof ik. Wat zei je precies dat je me wilde laten zien?'

Ik wees naar een verguld standbeeld – een meisje op een paard.

'Dat daar. Zij hoorde stemmen. Zolang de mensen geloof hechtten aan wat ze zei, ging alles goed. Toen ze aan het twijfelen sloegen, begon de andere kant te winnen.'

Jeanne d'Arc, de Maagd van Orléans, de heldin van de Honderdjarige Oorlog, die op haar zeventiende benoemd werd tot aanvoerder van de troepen omdat ze... stemmen hoorde. De stemmen vertelden haar wat de beste strategie was om de Engelsen te verslaan. Twee jaar later werd ze veroordeeld tot de brandstapel, beschuldigd van hekserij. In een van mijn boeken had ik een gedeelte van het verhoor gebruikt, dat gedateerd was op 24 februari 1431:

Toen werd ze ondervraagd door Dr. Jean Beaupère. Gevraagd of ze een stem had gehoord, antwoordde ze: 'Ik heb haar drie keer ge-

*hoord, gisteren en vandaag. 's Ochtends, tijdens de vespers en toen
ze het Ave Maria luidden.'*
*Gevraagd of de stem zich in haar slaapkamer bevond, antwoordde
ze dat ze dat niet wist, maar dat ze door haar was gewekt. Ze bevond zich niet in de slaapkamer, maar in het kasteel.*
*Ze vroeg aan de stem wat ze moest doen, en de stem zei haar dat ze
moest opstaan en haar handpalmen tegen elkaar houden.*
*Toen zei ze [Jeanne d'Arc] tegen de bisschop die haar ondervroeg:
'U beweert dat u mijn rechter bent. Let daarom heel goed op wat u
gaat doen, omdat ik door God gezonden ben, en u in gevaar bent.
De stem openbaarde me dingen die ik aan de koning moet zeggen
maar niet aan u. Deze stem die ik (sinds lange tijd) hoor komt van
God, en ik ben banger om tegen de stemmen in te gaan dan tegen
u.'*

'Je wilt toch niet insinueren dat...'

'Dat jij een tweede Jeanne d'Arc bent? Denk ik niet. Zij stierf
toen ze negentien was, en jij bent al vijfentwintig. Zij voerde het
bevel over het Franse leger, en uit wat jij me zelf hebt verteld,
begrijp ik dat jij niet eens het bevel voert over je eigen leven.'

We gingen op de muur langs de Seine zitten.

'Ik geloof in tekenen,' drong ik aan. 'Ik geloof in lotsbestem-
ming. Ik geloof dat mensen iedere dag een kans krijgen om – bij
alles wat ze doen – te weten welke beslissing ze het beste kunnen nemen. Ik geloof dat ik gefaald heb, dat ik op een bepaald
moment mijn verbinding met de vrouw van wie ik hield ben
kwijtgeraakt. En het enige wat ik nu wil is aan deze cyclus een
einde maken; daarom wil ik de kaart en wil ik naar haar toe.'

Hij keek me aan, hij leek in trance te zijn, alsof hij op het
podium in het restaurant stond. Ik zag een nieuwe epileptische
aanval aankomen – midden in de nacht, op een nagenoeg verlaten plek.

'Het visioen heeft me macht gegeven. Een macht die bijna
zichtbaar is, voelbaar. Ik kan hem hanteren maar ben hem niet
de baas.'

'Het is laat voor een gesprek als dit. Ik ben moe, en jij ook. Ik zou graag hebben dat je me de landkaart gaf en aanwees waar Esther zich bevindt.'

'De stem... ik breng je de kaart morgenmiddag. Waar kan ik hem afleveren?'

Ik gaf hem mijn adres, en ik verbaasde me erover dat hij niet wist waar ik met Esther had gewoond.

'Je denkt dat ik geslapen heb met jouw vrouw, toch?'

'Zoiets zou ik nooit vragen. Het gaat me niet aan.'

'Maar je hebt het wel gevraagd, toen we in de pizzeria waren.'

Dat was ik vergeten. Natuurlijk ging het me wel aan, maar zijn antwoord interesseerde me niet meer.

Michaïls ogen veranderden. Ik zocht in mijn zakken naar iets wat ik, mocht hij een aanval krijgen, in zijn mond kon stoppen. Maar hij leek kalm, had de situatie onder controle.

'Op dit moment hoor ik de stem. Morgen pak ik de kaart, aantekeningen, vliegverbindingen, en kom naar jouw huis. Ik geloof dat ze je verwacht. Ik geloof dat de wereld gelukkiger wordt als twee mensen gelukkiger worden, ook al zijn het er maar twee. Maar helaas zegt de stem mij dat wij elkaar morgen niet zullen treffen.'

'Ik heb alleen een lunchafspraak met een acteur uit de Verenigde Staten, die net is aangekomen, en die kan ik onmogelijk afzeggen. De rest van de dag zal ik er zijn en op je wachten.'

'Maar de stem zegt dat.'

'Verbiedt ze je soms me te helpen Esther terug te vinden?'

'Nee, geloof ik niet. Het was juist de stem die me ertoe heeft aangezet om naar jouw signeersessie te gaan. Vanaf toen wist ik min of meer hoe alles zou gaan – ik had immers *Een tijd om te scheuren en een tijd om te herstellen* gelezen – en zo is het dan ook werkelijk gegaan.'

'Dus', en ik stierf bijna van angst dat hij alsnog van gedachten zou veranderen, 'we doen zoals afgesproken. Ik heb tijd vanaf twee uur 's middags.'

'Maar de stem zegt dat het nog niet zover is.'

'Je hebt het me beloofd.'

'Oké.'

Hij gaf me een hand en zei dat hij morgen aan het eind van de dag zou langskomen. Zijn laatste woorden die avond waren: 'De stem zegt dat ze het alleen maar zal toestaan als het juiste moment gekomen is.'

Wat mij betreft, de enige stem die ik hoorde toen ik terug-liep naar mijn appartement, was die van Esther, en zij had het over de liefde. Terwijl ik me het gesprek met haar herinnerde, begreep ik dat ze doelde op ons huwelijk.

'Toen ik vijftien was, was ik vreselijk nieuwsgierig naar seks. Maar seks was een zonde en verboden. Ik kon niet begrijpen waarom het zondig was. Jij? Heb jij een idee waarom religies – zelfs de primitiefste religies en culturen – seks beschouwen als iets verbodens?'

'Jij denkt ook altijd aan van die merkwaardige dingen. Waarom is seks verboden?'

'Om het voedsel.'

'Voedsel?'

'Duizenden jaren geleden trokken stammen van hot naar her, bedreven vrijelijk de liefde, kregen kinderen, en hoe groter een stam werd, hoe meer kans hij maakte om te verdwijnen – ze vochten onderling om voedsel, slachtten hun kinderen en vervolgens hun vrouwen, want die waren het zwakst. Alleen de sterksten bleven over en dat waren allemaal mannen. Maar zonder vrouwen lukte het de mannen niet om de soort in stand te houden.

Toen besloot iemand die gezien had wat er bij een naburige stam was gebeurd, dat dit bij de zijne moest worden voorkomen. Hij verzon een verhaal: de goden wilden niet dat de mannen met alle vrouwen de liefde bedreven. Dat mocht slechts met één vrouw, hooguit met twee. Sommigen waren impotent, anderen onvruchtbaar, een deel van de stam had geen kinderen om natuurlijke redenen, maar van partner wisselen mochten ze niet.

Iedereen geloofde het, want degene die het zei sprak in naam van de goden. Deze persoon was waarschijnlijk iemand die zich anders gedroeg, die misvormd was, een ziekte had die krampen veroorzaakte, een speciale gave had, iets wat hem van de anderen onderscheidde, want zo kreeg je ook de eerste leiders. Binnen enkele jaren werd de stam sterker – een juist aantal mannen dat in staat was om iedereen te voeden, een juist aantal vrouwen dat in staat was tot voortplanting, een juist aantal kinderen dat borg stond voor een langzame toename van het aantal jagers en vrouwen die voor de voortplanting zorgden. Weet je wat een vrouw binnen het huwelijk het grootste genoegen verschaft?'

'Seks.'

'Nee, fout: eten. Haar man zien eten. Dat is het moment van triomf voor de vrouw, omdat ze de hele dag aan de warme maaltijd denkt. En misschien komt het wel daardoor, door een of andere geschiedenis die in het verleden verborgen ligt – de honger, de dreiging dat de soort uitsterft, en de manier die men vindt om te overleven.'

'Wij hebben geen kinderen, voel je dat als een gemis?'

'Het is er niet van gekomen, het is gewoon niet gebeurd, toch? Hoe kan ik iets missen wat er nooit is geweest?'

'Denk je dat het ons huwelijk veranderd zou hebben?'

'Hoe kan ik dat nou weten? Als ik naar mijn vrienden kijk: zijn ze gelukkiger omdat ze kinderen hebben? Sommigen wel, anderen niet echt. Misschien dat ze wel gelukkig zijn met hun kinderen, maar het heeft hun relatie niet beter of slechter gemaakt. Ze vinden nog steeds dat ze het recht hebben elkaars gangen na te gaan. En ook dat de belofte "voor altijd gelukkig te zijn" gestand moet worden gedaan, zelfs als het ten koste gaat van het geluk van alledag.'

'De oorlog doet je geen goed, Esther. Hij brengt je in contact met een werkelijkheid die wel erg verschilt van ons leven hier. Ik weet dat ik sterfelijk ben; daarom beleef ik iedere dag als een wonder. Maar dat besef dwingt me niet om alsmaar te denken aan liefde, geluk, seks, voedsel, het huwelijk.'

'De oorlog zet mij niet aan tot denken. Ik besta simpelweg, meer niet. Wanneer ik me realiseer dat ik ieder moment door een verdwaalde kogel getroffen kan worden, denk ik: wat fijn dat ik me geen zorgen hoef te maken over wat er met mijn kind zal gebeuren. Maar ik denk ook: wat jammer, ik ga dood en er zal niets van me overblijven. Ik ben alleen maar in staat geweest het leven te verliezen, maar een leven op de wereld zetten heb ik niet gekund.'

'Is er iets mis met ons? Ik vraag dat omdat ik soms de indruk heb dat je dingen tegen me wilt zeggen, maar dat uiteindelijk niet doorzet.'

'Ja, er is iets mis. We hebben de plicht om samen gelukkig te zijn. Jij vindt dat je alles wat je bent aan mij te danken hebt, ik vind dat ik me bevoorrecht moet voelen dat ik met iemand als jij mijn leven deel.'

'Ik heb de vrouw van wie ik hou, iets wat ik niet eens altijd zie, en dan nog stel ik mezelf de vraag: wat is er mis met mij?'

'Fijn dat je het begrijpt. Er is niets mis met jou en met mij ook niet, die vraag stel ik mezelf ook. Wat er mis is, zit hem in de manier waarop we tegenwoordig onze liefde uiten. Als we zouden accepteren dat de liefde problemen veroorzaakt, dan zouden we met die problemen kunnen leven, en gelukkig zijn. Het zou een voortdurende strijd zijn, maar dat zou ons actief, levendig, enthousiast houden, er zou nog een wereld te winnen zijn. Maar we stevenen af op een punt waar het allemaal rustiger wordt. Waar de liefde ophoudt problemen te veroorzaken, niet langer confrontaties oproept – en alleen maar een oplossing wordt.'

'Wat is daar mis mee?'

'Alles. Ik voel dat de liefdesenergie, ofwel de hartstocht, opgehouden is met stromen, en niet langer door mijn lijf en door mijn ziel raast.'

'Maar er is toch nog wel iets van over, toch?'

'Vind je? Moeten alle huwelijken zo eindigen dat de hartstocht het veld ruimt voor iets wat ze "een rijpe relatie" noemen? Ik heb jou nodig. Ik mis je. En soms ben ik jaloers. Ik denk er graag aan wat je zult gaan eten, hoewel je soms niet eens aandacht hebt voor wat je eet. Maar het plezier ontbreekt, de jeu is ervan af.'

'Vind ik niet. Als je ver weg bent, wil ik je dicht bij me hebben. Als een van ons op reis is, denk ik alsmaar aan de gesprekken die we bij terugkomst zullen hebben. Ik bel iedere dag om te horen hoe het met je is, dan heb ik behoefte om je stem te horen. Ik ben nog steeds verliefd op je, echt.'

'Dat is met mij niet anders. Maar wat gebeurt er als we bij elkaar zijn? We bekvechten, maken ruzie om niks, de een wil de ander veranderen, zijn idee van de werkelijkheid opleggen. Jij eist dingen van mij die geen enkele zin hebben, en ik doe al niet anders. En af en toe zeggen we diep in onszelf: wat zou het fijn zijn om vrij te zijn en geen enkele binding te hebben.'

'Klopt. En op zulke momenten voel ik me verloren, omdat ik weet dat ik met de vrouw ben die ik begeer.'

'En ik met de man die ik altijd aan mijn zij heb willen hebben.'

'Denk je dat je zoiets kunt veranderen?'

'Hoe ouder ik word, hoe minder mannen er naar me kijken en hoe vaker ik denk: ik kan alles beter maar laten zoals het is. Ik weet dat ik me misschien de rest van mijn leven voor de gek hou. Ondertussen is het zo dat ik iedere keer als ik in een oorlogsgebied ben, zie dat er een grotere liefde bestaat, een die vele malen groter is dan de haat die maakt dat mensen elkaar afslachten. En dan, alléén dan, denk ik dat het kan veranderen.'

'Je kunt niet voortdurend in een oorlogsgebied leven.'

'En ik kan evenmin voortdurend in dat soort vrede leven als die ik bij jou vind. Een vrede die het enige belangrijke dat ik heb kapotmaakt: mijn relatie met jou. Ook al blijft de liefde even intens.'

'Miljoenen mensen worstelen met hetzelfde, ze verzetten zich dapper, en laten zulke depressieve ogenblikken voorbijgaan. Ze doorstaan een, twee, drie crises en vinden ten slotte de rust.'

'Je weet dat het niet zo is. Anders zou je die boeken van jou niet geschreven hebben.'

Ik had besloten met de Amerikaanse acteur in de pizzeria van Roberto te lunchen – ik wilde er zo snel mogelijk naar terug om de slechte indruk die ik de vorige keer wellicht had gemaakt, uit te wissen. Voor ik wegging waarschuwde ik mijn huishoudster en de portier van het complex waar ik woonde: mocht ik niet op de aangegeven tijd terug zijn en mocht er in de tussentijd een Mongools uitziende jongen komen met een pakje voor mij, of ze hem dan alsjeblieft, alsjeblieft zouden willen vragen naar boven te gaan en in de kamer te wachten, en of ze hem dan van alles wilden voorzien. Mocht de jongen niet kunnen wachten, hem dan te vragen bij een van hen beiden het pakket dat hij me kwam brengen achter te laten.

En hem er vooral niet weer mee laten vertrekken!

Ik nam een taxi en liet hem stoppen op de boulevard Saint Germain, op de hoek met de rue des Saints-Pères. Het motregende, maar het was niet meer dan dertig meter lopen naar het restaurant – met zijn bescheiden uithangbord en breed glimlachende Roberto, die af en toe naar buiten liep om een sigaret te roken. Een vrouw met kinderwagen kwam over het smalle trottoir mijn kant uit, en omdat er geen plaats voor ons allebei was, stapte ik de stoep af om haar te laten passeren.

En vervolgens zag ik de wereld langzaam, in slowmotion, een reuzenzwaai maken: de grond werd de lucht, de lucht werd de grond, ik kon details van het bovenste deel van het gebouw op de hoek zien – vele malen was ik erlangs gekomen, maar ik had nooit naar boven gekeken. Ik herinner me het gevoel van verbazing, de wind die hard in mijn oren blies, het geblaf van een hond in de verte; toen werd alles donker.

Ik werd met grote snelheid een zwart gat in geduwd, een tunnel, en aan het einde ervan kon ik een wit licht onderscheiden.

Voor ik daar was aangeland trokken onzichtbare handen me met grof geweld weer terug, en ik werd wakker van stemmen en geschreeuw om me heen: waarschijnlijk duurde alles niet langer dan een paar seconden. Ik proefde bloed in mijn mond, nam de geur van nat asfalt waar, en onmiddellijk besefte ik dat ik een ongeluk had gehad. Ik was bij bewustzijn en tegelijkertijd ook niet, ik probeerde me te bewegen maar slaagde daar niet in, ik zag iemand languit naast me op de grond liggen – ik rook parfum, ik vermoedde dat het de vrouw was die met haar baby over de stoep liep: o God!

Iemand kwam op me af en probeerde me op te tillen, ik schreeuwde dat ze me niet moesten aanraken, het was gevaarlijk om nu aan me te komen; iets wat ik had opgestoken uit zomaar een gesprek ergens ooit, als er in mijn nek iets gebroken was, kon iedere verkeerde beweging me voorgoed verlamd maken.

Ik vocht om bij bewustzijn te blijven, wachtte op de pijn die niet kwam, ik probeerde me te bewegen en vond dat ik dat maar beter niet kon doen – het was alsof ik verkrampte, verstijfde. Nog een keer zei ik dat ze niet aan me moesten komen, ik hoorde de sirene in de verte, en ik begreep dat ik mocht slapen, ik hoefde niet meer te vechten om mijn leven te redden, het leven was gedaan of niet, de beslissing was niet langer aan mij maar aan de artsen, de verplegers, het lot of wat ook, aan God.

Ik hoorde de stem van een meisje dat me haar naam zei, die ik meteen vergat. Ze vroeg me rustig te blijven en verzekerde me dat ik niet dood zou gaan. Ik wilde haar op haar woord geloven, smeekte haar bij me te blijven, maar meteen daarna was ze weg; ik zag hoe ze iets plastic-achtigs op mijn hals legden en een masker op mijn gezicht, en toen sliep ik alweer, dit keer droomloos.

Toen ik weer bij bewustzijn kwam, hoorde ik een verschrikkelijk gezoem, voor de rest was het stil en aardedonker. Plotseling voelde ik hoe alles schokte en ik was ervan overtuigd dat ze mijn kist aan het dragen waren, ik zou levend begraven worden!

Ik wilde tegen de wanden slaan, maar ik kon geen spier in beweging krijgen. Een tijd lang – er leek geen eind aan te komen – voelde ik dat ik naar voren werd geduwd, ik had nergens meer controle over, en toen verzamelde ik alle kracht die ik nog in me had en slaakte een gil die in die gesloten ruimte weerkaatst werd, naar mijn oren terugkwam en me bijna doof maakte – maar ik wist dat ik met die schreeuw gered was, want onmiddellijk verscheen er een licht bij mijn voeten: ze hadden ontdekt dat ik niet dood was!

Het licht – het gezegende licht dat me redde van de ergste foltering, de verstikkingsdood – bescheen stukje bij beetje mijn lichaam, eindelijk haalden ze het deksel van de kist, ik was klam van het zweet, voelde een immense pijn, maar ik was tevreden, opgelucht, ze hadden hun fout ontdekt en ik was maar wat blij dat ik naar deze wereld mocht terugkeren.

Ten slotte bereikte het licht mijn ogen: een zachte hand raakte de mijne aan en een engelengezicht veegde het zweet van mijn voorhoofd: 'Maakt u zich geen zorgen,' zei het engelengezicht, blond haar, smetteloos witte kleren. 'Ik ben geen engel, u bent niet dood, dit is geen doodskist maar een MRI-scanner, een apparaat om eventueel letsel te ontdekken. Zo te zien is er niets ernstigs, maar u zult wel ter observatie hier moeten blijven.'

'Niet eens iets gebroken?'

'Overal schaafwonden. Als ik u een spiegel zou geven, zou

u schrikken van hoe u eruitziet; maar binnen een paar dagen is het weg.'

Ik wilde opstaan, maar zij hield me vriendelijk tegen. Toen voelde ik een stekende hoofdpijn, ik kreunde.

'U heeft een ongeluk gehad, dan is zoiets normaal, denkt u ook niet?'

'Ik denk dat jullie me voor de gek houden,' bracht ik met moeite uit, 'ik ben oud genoeg, ik heb het nodige meegemaakt, ik kan bepaalde berichten heus wel aan zonder in paniek te raken. Een bloedvat in mijn hersenen staat op barsten.'

Er verschenen twee verplegers, die me op een brancard legden. Ik merkte dat ik een orthopedisch geval om mijn hals droeg.

'We hoorden dat u heeft gesmeekt dat ze u met rust zouden laten en niet zouden verleggen,' zei de engel. 'Goed van u dat u dat gedaan heeft. U zult dit kraagje een tijd om moeten houden, maar als zich verder geen onaangename verrassingen voordoen – we weten nu eenmaal nooit hoe de gevolgen zijn – dan bent u er met de schrik van afgekomen en heeft u vreselijk geluk gehad.'

'Hoe lang gaat het duren? Ik kan hier niet blijven.'

Niemand gaf antwoord. Marie stond buiten de radiologie-ruimte op me te wachten, ze glimlachte – zo te zien hadden de medici gezegd dat er in principe niets ernstigs was. Ze streelde mijn haar, verborg de afschuw die ze ongetwijfeld voelde toen ze mijn uiterlijk zag.

Vervolgens ging het door de gang van het ziekenhuis, een kleine processie: Marie, twee verplegers die de brancard duwden, en de witte engel. Mijn hoofdpijn werd steeds erger.

'Zuster, mijn hoofd...'

'Ik ben geen zuster, ik ben de behandelend arts, uw huisarts zal zo wel hier zijn. Maar maakt u zich geen zorgen over uw hoofd: bij een ongeluk sluit een organisme alle bloedvaten, een afweermechanisme, om bloedingen tegen te gaan. Zodra het in de gaten heeft dat het gevaar geweken is, gaan de vaten weer open, het bloed begint weer te stromen, en zoiets doet pijn. Meer is het niet. Maar hoe het ook zij, ik kan u wel iets geven om te slapen, als u wilt.'

Ik sloeg het af. En uit een duister hoekje van mijn ziel dook de zin op die ik de vorige dag gehoord had en die ik me nu herinnerde: 'De stem zegt dat ze het alleen maar zal toestaan als het juiste moment gekomen is.'

Michaïl kon dit niet weten. Wat er op de hoek van de boulevard Saint Germain en de rue des Saints-Pères was gebeurd, kon onmogelijk het gevolg zijn van een universele samenzwering, van iets wat de goden tevoren bepaald hadden. Die hadden het vast te druk met deze in zorgelijke omstandigheden verkerende, zijn ondergang tegemoet stormende planeet. Onmogelijk dat ze dat grootse werk hadden neergelegd alleen maar om te verhinderen dat ik naar de Zahir zou vertrekken. Die jongen kon absoluut de toekomst niet voorspellen, tenzij hij... echt een stem hoorde, er een plan was en alles veel belangrijker was dan ik vermoedde.

Het begon me allemaal te veel te worden: de glimlach van Marie, de mogelijkheid dat iemand een stem hoorde, de pijn die steeds ondraaglijker werd.

'Dokter, doet u toch maar: ik wil slapen, ik hou de pijn niet vol.'

Ze zei iets tegen een van de verplegers die de brancard duwden. Hij ging weg en was weer terug nog voor we in de kamer waren. Ik voelde een prik in mijn arm en was meteen in slaap.

Toen ik wakker werd, wilde ik precies weten wat er was voorgevallen, of de vrouw die ik naast me had zien liggen het ook had gered, wat er met haar baby was gebeurd. Marie zei dat ik moest slapen, maar dokter Louit, mijn huisarts en vriend, was al gearriveerd en vond dat ze het met een gerust hart konden vertellen. Ik was overreden door een motor: het lichaam dat ik op de grond had zien liggen was van de motorrijder, hij was naar hetzelfde ziekenhuis vervoerd en had evenveel geluk gehad als ik – alleen maar schaafwonden. Uit het politieonderzoek meteen na het ongeluk was gebleken dat ik me op straat bevond toen het ongeluk gebeurde, en dus het leven van de motorrijder in gevaar had gebracht.

Oftewel, naar alle waarschijnlijkheid was ik degene die de schuld droeg van alles, maar de jonge motorrijder had besloten geen aangifte te doen. Marie was hem gaan opzoeken, ze hadden wat gepraat, en ze was te weten gekomen dat hij immigrant was en werkte zonder arbeidsvergunning; hij was bang om iets tegen de politie te vertellen. Vierentwintig uur later was hij uit het ziekenhuis ontslagen: op het moment van het ongeluk had hij een helm gedragen, iets wat de kans op hersenletsel aanzienlijk verminderde.

'Je zei dat hij een dag later uit het ziekenhuis was? Wil je zeggen dat ik hier al langer ben?'

'Drie dagen. Na de MRI-scan heeft de arts me gebeld en toestemming gevraagd om door te gaan met de kalmeringsmiddelen. Omdat ik vond dat je de laatste tijd erg gespannen, geïrriteerd en depressief was, heb ik haar die toestemming gegeven.'

'En wat gaat er nu gebeuren?'

'In principe nog twee dagen ziekenhuis en drie weken met die kraag om je nek: de kritieke achtenveertig uur zijn al voorbij. Desalniettemin hoeft er maar iets in je lichaam zich alsnog niet te willen voegen en we hebben een probleem. Maar dat zijn zorgen voor later, als het zich werkelijk voordoet – het heeft geen zin om je daarover op voorhand druk te gaan maken.'

'Anders gezegd, ik kan nog altijd doodgaan?'

'Zoals jij vast wel weet kunnen we dat allemaal en zullen we dat ook zeker doen.'

'Ik bedoel: kan ik nog doodgaan door dat ongeluk?'

Dokter Louit zweeg even.

'Ja. Er bestaat altijd de mogelijkheid dat er zich een bloedprop heeft gevormd die ze met hun apparatuur niet hebben kunnen detecteren en die ieder moment kan losschieten, met een embolie als gevolg. Er bestaat ook een kans dat er een cel op hol is geslagen, wat een begin van kanker kan zijn.'

'Dat soort dingen moet u niet zeggen,' kwam Marie tussen-beide.

'We zijn al vijf jaar vrienden. Hij stelt me een vraag en ik geef hem antwoord. Maar jullie moeten me nu excuseren, ik moet terug naar mijn praktijk. Geneeskunde is anders dan jullie denken. Als je een kind naar de winkel stuurt om vijf appels te halen en het komt met maar twee appels thuis, is in jullie wereld de conclusie dat hij de ontbrekende drie wel opgegeten zal hebben.

In mijn wereld bestaan er nog andere mogelijkheden: hij kan ze inderdaad opgegeten hebben, maar hij kan ook bestolen zijn, hij kan te weinig geld bij zich gehad hebben, hij kan ze onder-weg verloren hebben, iemand tegengekomen zijn die honger had en met wie hij de appels heeft gedeeld, enzovoort. In mijn wereld is alles mogelijk, en is alles relatief.'

'Wat weet je over epilepsie?'

Marie begreep meteen dat ik het over Michaïl had – en uit haar reactie bleek een zeker ongenoegen: geen seconde later zei ze dat ze op moest stappen, want ze had een filmopname.

Maar dokter Louit, die weliswaar zijn spullen al had gepakt om weg te gaan, gaf toch nog even antwoord op mijn vraag.

'Het gaat om een teveel aan elektrische impulsen in een be-paald deel van de hersenen. Dat teveel veroorzaakt krampen van meer of minder ernstige aard. Er bestaat nog geen studie die daarover uitsluitsel biedt, maar ze denken dat de aanvallen zich voordoen wanneer iemand onder grote spanning staat. Maar maak je daarover geen zorgen: ook al kan het eerste symptoom van deze ziekte op willekeurig welke leeftijd optreden, epilepsie kan moeilijk veroorzaakt worden door een verkeersongeval.'

'Waar wordt epilepsie dan wel door veroorzaakt?'

'Ik ben geen specialist, maar als je daar prijs op stelt, kan ik me informeren.'

'Graag. Ik heb nog een vraag, maar denk alsjeblieft niet dat mijn hersenen aangetast zijn door het ongeluk. Is het mogelijk dat epileptici stemmen horen en voelen aankomen wat er gaat gebeuren?'

'Heeft iemand tegen jou gezegd dat dit ongeluk zou gebeuren?'

'Niet precies met zoveel woorden. Maar ik heb het wel zo begrepen.'

'Sorry, maar ik kan niet langer blijven, ik ga Marie een lift geven. Wat die epilepsie aangaat, ik zal me erover informeren.'

Al was ik nog zo geschrokken van het ongeval, tijdens de twee dagen dat Marie weg was, nam de Zahir zijn oude plaats weer in. Ik wist dat er, als de jongen woord had gehouden, thuis een envelop op me lag te wachten met daarin Esthers adres – maar vooralsnog was ik te zeer aangeslagen.

En wat als Michaïl de waarheid sprak over die stem?

Ik probeerde me de details te herinneren: ik was van de stoep gestapt, had automatisch links-rechts-links gekeken, gezien dat er een auto passeerde, maar ook gezien dat hij op veilige afstand reed. Toch werd ik geraakt, misschien door een motor die bezig was die auto in te halen en zich buiten mijn gezichtsveld bevond.

Ik geloof in tekenen. Na de Camino de Santiago was alles volkomen veranderd: wat we moeten leren bevindt zich altijd binnen ons blikveld, we hoeven alleen maar eerbiedig en aandachtig om ons heen te kijken om te weten waar God ons naartoe wil leiden, en welke stap we vervolgens het beste kunnen doen. Ik leerde ook eerbied te hebben voor het mysterie: zoals Einstein zei, God dobbelt niet met het heelal, alles is onderling verbonden en heeft een zin. Hoewel deze zin vrijwel voortdurend verborgen is, ervaren we hem als we ons dicht in de buurt bevinden van wat onze ware missie op aarde is, als in de dingen die we doen de energie van de bezieling werkzaam is.

Als dat zo is, is alles oké. Als het niet zo is, kunnen we beter meteen het roer omgooien.

Wanneer we op de goede weg zijn, volgen we de tekenen, af

en toe doen we een misstap, de godheid schiet ons te hulp en voorkomt dat we een fout begaan. Zou het ongeluk een teken zijn? Zou Michaïl de dag tevoren een teken dat voor mij was bestemd, voorvoeld hebben?

Ik besloot dat het antwoord op deze vraag 'ja' was.

En misschien dat ik daarom, omdat ik mijn lot aanvaardde en me liet leiden door een hogere macht, bemerkte dat de Zahir gaandeweg die dag zijn intensiteit begon te verliezen. Ik wist dat ik alleen maar een envelop hoefde openmaken, haar adres lezen, en bij haar aanbellen.

Maar de tekenen gaven aan dat het niet het moment was. Als Esther echt zo belangrijk in mijn leven was als ik me voorstelde, als ze – zoals de jongen had gezegd – nog steeds van me hield, waarom dan de zaak forceren en vervolgens weer in dezelfde, oude fouten vervallen.

Hoe een herhaling van fouten voorkomen?

Door beter zicht te krijgen op mezelf, op wat er veranderd was, op wat de oorzaak was van deze plotselinge blokkade van een voorheen zo vrolijke weg.

Was dat voldoende?

Nee, ik moest ook weten wie Esther was – welke veranderingen ze doorlopen had tijdens al die jaren dat we samen waren geweest.

En kon ik volstaan met het beantwoorden van die twee vragen?

Er was nog een derde: waarom had het lot ons samengebracht?

Omdat het me in de ziekenhuiskamer niet aan vrije tijd ontbrak, begon ik aan een recapitulatie van mijn leven, de grote lijnen. Ik had altijd zowel avontuur als zekerheid gezocht, steeds tegelijkertijd – ook al wist ik dat die twee dingen niet samengingen. Hoewel ik zeker was van mijn liefde voor Esther, werd ik om de haverklap verliefd op andere vrouwen, alleen maar omdat flirten een van de leukste dingen is die er in dit leven zijn.

Had ik mijn liefde voor mijn vrouw wel weten te tonen? Misschien een tijd lang wel, maar niet altijd. Waarom niet? Omdat ik het niet nodig vond, ze wist het vast en zeker, ze had geen reden om aan mijn gevoelens te twijfelen.

Ik herinner me dat iemand me jaren geleden eens vroeg wat de vrouwen met wie ik in de loop van mijn leven een relatie had gehad, met elkaar gemeen hadden. Het antwoord was eenvoudig: MIJ. En toen ik dat in de gaten had, zag ik wat een tijd ik tijdens mijn zoektocht naar de ware had verdaan – de vrouwen veranderden, en ik bleef steeds dezelfde en trok geen enkel profijt van wat we samen ervaren hadden. Ik had vele vrouwen gehad, maar steeds bleef ik wachten op de ware. Ik manipuleerde hen, zij manipuleerden mij, en verder ging de relatie niet – tot Esther kwam en zij mijn visie op relaties volledig veranderde.

Ik dacht met tederheid aan mijn ex-vrouw: het was niet langer een obsessie om haar te vinden, om te weten te komen waarom ze zonder enige uitleg verdwenen was. *Een tijd om te scheuren en een tijd om te herstellen* was een ware verhandeling over mijn huwelijk, maar vooral was het boek een getuigschrift dat ik mezelf gegeven had: ik ben in staat om lief te hebben, om iemand te missen. Esther verdiende veel meer dan woorden; maar zelfs woorden, eenvoudige woorden, waren er nooit gezegd toen we bij elkaar waren.

Het is belangrijk om te weten wanneer een fase haar einde nadert. Een cyclus beëindigen, een deur dichtdoen, een hoofdstuk afsluiten – welke naam we eraan geven is niet van belang. Van belang is dat we de momenten uit ons leven die al voorbij zijn achterlaten in het verleden. Stukje bij beetje drong het besef tot me door dat een terugkeer naar wat achter me lag onmogelijk was, dat ik niet bij machte was de dingen weer te laten worden zoals ze ooit waren: de twee voorbije jaren, die voor mij een eindeloze hel waren geweest, begonnen me nu hun ware betekenis te tonen.

Die betekenis reikte veel verder dan mijn huwelijk: iedere man, iedere vrouw is verbonden met de energie die menigeen liefde noemt, maar die in werkelijkheid de oermaterie is waaruit het universum werd opgebouwd. Het is energie die niet gemanipuleerd kan worden: zij is het die ons leidt, en al wat we in dit leven leren danken we aan haar. Als we haar proberen te richten op wat wij willen, is het resultaat wanhoop, frustratie, desillusie – want ze is vrij en ontembaar.

We zullen de rest van ons leven doorbrengen met te zeggen dat we van die en die houden, van dat en dat, terwijl we in werkelijkheid alleen maar bezig zijn met lijden omdat we, in plaats van deze energie in al haar volheid te aanvaarden, haar proberen in te perken om haar maar in het leventje te kunnen persen dat wij voor onszelf voor ogen hebben.

Hoe meer ik aan zulke dingen dacht, hoe meer de Zahir zijn kracht verloor, en hoe dichter ik bij mezelf kwam. Ik bereidde me voor op een langdurige inspanning, die veel zwijgen, meditatie en volharding van me zou vergen. Het ongeluk had me laten beseffen dat ik iets waarvoor de 'tijd om te herstellen' nog niet was gekomen, niet mocht forceren.

Ik herinnerde me wat dokter Louit had gezegd: na een trauma als dit kon de dood ieder ogenblik aankloppen. En als dat echt zo was? Als mijn hart er over tien minuten eens mee op zou houden?

Een verpleger kwam mijn kamer in met het avondeten, en ik vroeg: 'Heb jij al eens aan je begrafenis gedacht?'

'U redt het wel, u ziet er al stukken beter uit,' antwoordde hij, 'maakt u zich geen zorgen.'

'Dat doe ik ook niet, ik weet dat ik dit overleef, een stem heeft me dat verteld.'

Ik had het met opzet over een 'stem', alleen maar om hem uit zijn tent te lokken. Hij keek me wantrouwend aan, alsof hij overwoog een nieuw onderzoek aan te kaarten, om na te gaan of mijn hersenen niet toch beschadigd waren.

'Ik weet dat ik dit overleef,' zei ik nog eens. 'Misschien een dag, een jaar, dertig of veertig jaar. Maar ondanks alle wetenschappelijke vooruitgang zal ik op een dag deze wereld verlaten en begraven worden. Daar lag ik net aan te denken, en ik was benieuwd of jij daar al eens over hebt nagedacht.'

'Nee, nooit. En dat wil ik ook niet. Maar als u dat zo vraagt, het is wel iets wat me vreselijk bang maakt, het besef dat aan alles een einde komt.'

'Of we het nou willen of niet, of we het ermee eens zijn of niet, zo is het nu eenmaal, zo is de werkelijkheid, en niemand die daaraan ontkomt. Hoe zou je het vinden om daar even samen over te praten?'

'Ik moet naar andere patiënten toe,' zei hij, en hij zette het eten op tafel en haastte zich de deur uit alsof hij op de vlucht sloeg. Niet voor mij, maar voor mijn woorden.

Als de verpleger het er niet over wilde hebben, waarom er niet in mijn eentje over nagedacht? Er schoot me een fragment te binnen uit een gedicht dat ik als kind had geleerd:

Wanneer hij komt, door niemand gewenst,
Ben ik misschien bang, of ik lach en zeg:
Mijn dag was mooi, de nacht mag komen,
Het veld is geploegd, de tafel gedekt,
Het huis aan kant en alles op zijn plek.

Alles op zijn plek, was het maar waar! En wat zou mijn grafschrift zijn? Zowel Esther als ik had ooit een testament laten opmaken, waarin onder andere stond dat we gecremeerd wilden worden – mijn as zou verspreid worden door de wind op een plek die Cebreiro heette en aan de Camino de Santiago lag, en haar as zou in zee gestrooid worden. Dus de bekende steen met inscriptie zou ontbreken.

Maar als ik een tekst zou mogen kiezen? Dan wilde ik dat ze erop zouden zetten: LEVEND IS HIJ GESTORVEN.

Dat mocht een absurd grafschrift lijken, maar ik kende tal van mensen die al opgehouden waren met leven, ook al gingen ze door met werken, eten en hadden ze hun gewone sociale bezigheden. Ze deden alles op de automatische piloot, zonder oog te hebben voor het magische moment dat iedere dag in zich draagt, zonder ook maar een moment stil te staan bij het wonder dat het leven is, zonder te beseffen dat de volgende minuut hun laatste op deze planeet kan zijn.

Het had geen zin zoiets uit te willen leggen aan de verpleger – temeer omdat degene die het etensbord kwam ophalen iemand anders was die vervolgens krampachtig een gesprek begon, misschien in opdracht van de een of andere arts. Hij wilde weten of ik me mijn naam herinnerde, of ik wist welk jaar het was, hoe de president van de Verenigde Staten heette en andere zaken. Vragen die alleen zin hebben wanneer het erom gaat vast te stellen of iemand geestelijk gezond is. En dat alles omdat ik een vraag had gesteld waar geen mens omheen kan: heb je al eens aan je begrafenis gedacht? Besef je wel dat je vroeg of laat dood zult gaan?

Die avond viel ik met een glimlach in slaap. De Zahir was aan het verdwijnen, Esther keerde terug, en als ik vandaag zou moeten sterven, dan had ik – ondanks alles wat er in mijn leven was voorgevallen, ondanks al mijn nederlagen, het verdwijnen van de vrouw die ik liefhad, het onrecht dat ik had ondergaan en anderen had aangedaan – toch volop geleefd tot de allerlaatste minuut, en kon ik zonder ook maar even te aarzelen beweren: *Mijn dag was mooi, de nacht mag komen.*

Twee dagen later was ik thuis. Marie ging het middageten klaarmaken, ik wierp een blik op de post die zich had opgehoopt. De intercom ging over, het was de portier, die zei dat de envelop die ik de vorige week had verwacht, afgegeven was en op mijn bureau moest liggen.

Ik bedankte hem en in tegenstelling tot wat ik me voorheen had voorgesteld, haastte ik me niet naar mijn bureau om de envelop open te maken. We aten, ik vroeg Marie hoe de filmopnames gingen en zij wilde weten wat mijn plannen waren – vooral omdat ik vanwege die halskraag niet zomaar de deur uit kon. Ze zei dat ze, als ik daar behoefte aan had, bij mij in Parijs kon blijven zolang het nodig was.

'Ik heb een kort optreden voor een Koreaanse tv-zender, maar dat kan ik uitstellen of gewoon afzeggen. Natuurlijk alleen maar als je behoefte hebt aan mijn gezelschap.'

'Ja, heel fijn om te weten dat je bij me kunt zijn.'

Met een glimlach op haar gezicht pakte ze daarop de telefoon en belde haar impresariaat met de vraag of ze haar afspraken konden verzetten. Ik hoorde haar zeggen: 'Nee, niet zeggen dat ik ziek ben, ik ben bijgelovig, iedere keer als ik die smoes gebruik, beland ik in bed; zeg maar dat ik voor mijn lief moet zorgen.'

Er was een reeks dringende zaken: uitgestelde interviews, uitnodigingen waarop gereageerd moest worden, bedankbriefjes voor de telefoontjes en de boeketten die ik ontvangen had, columns, voorwoorden, aanbevelingsbrieven. Marie was de hele dag samen met mijn agente bezig mijn agenda te reorganiseren om ervoor te zorgen dat geen vraag of verzoek onbeantwoord bleef. 's Avonds aten we thuis en we praatten nu eens over interessante dan weer over banale zaken – net als ieder ander stel.

Na een paar glazen wijn kwam ze met de opmerking dat ik veranderd was.

'Het is net alsof het zo dicht bij de dood zijn je een beetje het leven heeft teruggegeven,' zei ze.

'Dat zal met iedereen zo gaan.'

'Maar, als ik zo vrij mag zijn – en ik wil geen ruzie beginnen of een crisis uitlokken uit jaloezie –, sinds je thuis bent, heb je het nog met geen woord over Esther gehad. Dat was ook het geval toen je *Een tijd om te scheuren en een tijd om te herstellen* af had. Het boek functioneerde als een soort therapie, die helaas te kort duurde.'

'Wil je zeggen dat het ongeluk iets in mijn hersenen veroorzaakt kan hebben?'

Het klonk niet agressief, desalniettemin veranderde ze van onderwerp en ze vertelde hoe bang ze was geweest tijdens een helikoptervlucht van Monaco naar Cannes. Op het eind van de avond lagen we in bed en we vrijden, weliswaar met de nodige problemen vanwege die halskraag van mij, maar we vrijden en voelden ons heel dicht bij elkaar.

Vier dagen later was de gigantische stapel papier die op mijn bureau had gelegen verdwenen. Er lag alleen nog een grote, witte envelop met mijn naam en huisnummer. Marie gebaarde dat ze hem wilde openmaken, maar ik zei nee, dat kan later wel.

Ze zei niets – misschien bevatte de envelop informatie over mijn bankrekeningen of een vertrouwelijke brief, wellicht van een verliefde vrouw. Ik zei ook niets, pakte de envelop van mijn bureau en zette hem tussen de boeken. Als hij de hele tijd in mijn blikveld bleef liggen, zou de Zahir ten slotte terugkeren.

De liefde die ik voor Esther voelde was niet minder geworden; in het ziekenhuis had ik me iedere dag wel iets interessants herinnerd: niet zozeer de gesprekken die we hadden gehad, maar de momenten waarop we samen waren en zwegen. Ik herinnerde me de ogen van het jonge meisje dat brandde van verlangen naar avontuur, van de vrouw die trots was op het succes van haar man, van de journaliste die geïnteresseerd was in ieder onderwerp waarover ze schreef, en – vanaf een bepaalde tijd – van de echtgenote die geen plek meer in mijn leven leek te hebben. Ze had een triest waas in haar ogen gekregen nog voor ze had gevraagd of ze oorlogscorrespondente mocht worden; een verdrietige blik die veranderd bleek in een vrolijke als ze terugkwam van het slagveld, maar na een paar dagen weer was als voorheen.

Op een middag ging de telefoon.

'Het is die jongen,' zei Marie terwijl ze me de telefoon doorgaf.

Aan de andere kant van de lijn hoorde ik de stem van Michaïl, die eerst zei hoezeer hij betreurde wat mij was overkomen, en me vervolgens vroeg of ik de envelop had ontvangen.

'Ja, die heb ik hier.'

'En, ben je van plan naar haar toe te gaan?'

Marie hoorde het gesprek, ik vond het beter om op een ander onderwerp over te gaan.

'Daar hebben we het nog wel over.'

'Het is niet dat je me iets schuldig bent, maar je had beloofd me te helpen.'

'Ik kom mijn beloftes na, net als jij. Zodra ik weer fit ben, zien we elkaar.'

Hij gaf me het nummer van zijn mobiele telefoon en we hingen op. Ik zag dat Marie erg ontdaan was.

'Alles blijft dus bij het oude,' was haar commentaar.

'Nee. Alles is veranderd.'

Ik had duidelijker moeten zijn, moeten zeggen dat ik nog zin had om haar te zien, dat ik wist waar ze zich bevond. Als de tijd er rijp voor was, zou ik de trein pakken, de taxi, het vliegtuig, welk vervoermiddel dan ook, alleen maar om bij haar te zijn. Maar dat betekende dat ik de vrouw zou verliezen met wie ik leefde, Marie, die alles van me accepteerde, die al het mogelijke deed om me te laten zien hoe belangrijk ik voor haar was.

Een laffe houding natuurlijk. Ik schaamde me, maar het leven was niet anders, en toch, op de een of andere onverklaarbare manier, hield ik ook van Marie.

Ik zweeg ook omdat ik steeds in tekenen had geloofd, en toen ik me de uren van zwijgen herinnerde aan de zijde van mijn vrouw, wist ik dat – of er nou stemmen waren of niet, en of er nou verklaringen voor waren of niet – het tijdstip van weerzien nog niet was gekomen. Onze gesprekken toen we samen waren, deden er stuk voor stuk minder toe dan ons zwijgen. Daarop moest ik me nu concentreren, omdat het me de ruimte zou geven tot het begrijpen van de tijden waarin de dingen goed waren gegaan, en van het moment waarop ze fout begonnen te gaan.

Marie zat me aan te kijken. Ik was niet fair tegenover haar terwijl ze alles deed om mij te winnen, mocht ik daarmee doorgaan? Ik begon me ongemakkelijk te voelen, maar alles vertellen was onmogelijk, tenzij... tenzij ik een indirecte manier vond om te zeggen wat ik voelde.

'Marie, stel twee brandweermannen gaan een bos in om een brandje te blussen. Als ze daarmee klaar zijn, het bos uit komen en naar een beekje lopen, zit het gezicht van de een onder de as, en is dat van de ander smetteloos schoon. Nou is mijn vraag aan jou: wie van de twee gaat zijn gezicht wassen?'

'Gekke vraag: natuurlijk degene die onder de as zit.'

'Nee, mis: degene die een vuil gezicht heeft, zal de ander aankijken en denken dat hij er net zo uitziet. En omgekeerd: degene die een schoon gezicht heeft, ziet dat zijn kameraad een en al roet is, en denkt bij zichzelf: ik ben vast ook vuil, ik moet me wassen.'

'Wat wil je daarmee zeggen?'

'Dit: in de tijd dat ik in het ziekenhuis lag, kwam ik erachter dat ik voortdurend mezelf zocht in de vrouwen van wie ik hield. Ik keek naar hun schone, mooie gezichten en zag mezelf daarin weerspiegeld. Die vrouwen op hun beurt keken naar mij, zagen de as op mijn gezicht, en hoe intelligent en zelfverzekerd ze ook waren, uiteindelijk zagen ze zichzelf ook weerspiegeld in mij en vonden ze zichzelf slechter dan ze waren. Probeer alsjeblieft te voorkomen dat jou dat overkomt.'

Ik had er graag aan toegevoegd: want zoiets is Esther overkomen. En dat begreep ik pas toen ik me de veranderingen in haar blik herinnerde. Ik absorbeerde voortdurend haar licht, haar energie, omdat die me gelukkig en zelfverzekerd maakte, en de kracht gaf om door te gaan. Ze zag mij, en voelde zich alsmaar lelijker en onbetekenender worden, omdat mijn carrière in de loop der jaren – de carrière die zij in zo'n grote mate had helpen verwezenlijken – onze relatie langzamerhand naar het tweede plan verdreven had.

Dus, wilde ik haar weerzien, dan moest mijn gezicht even schoon zijn als het hare. Voor ik haar zou ontmoeten, moest ik mezelf ontmoeten.

De draad van Ariadne

'Ik word geboren in een dorpje, op een paar kilometer van een dorp dat nauwelijks groter is maar dat een school heeft en een museum, gewijd aan een dichter die daar vele jaren geleden leefde. Mijn vader is bijna zeventig, mijn moeder vijfentwintig. Ze hebben elkaar kort tevoren leren kennen. Hij komt uit Rusland en verkoopt tapijten, ontmoet haar en besluit om voor haar alles in de steek te laten. Ze kan zijn dochter zijn, maar in werkelijkheid gedraagt ze zich als zijn moeder, ze helpt hem te slapen – iets wat hij niet meer goed kan sinds hij op zijn zeventiende naar Stalingrad werd gestuurd om er te vechten tegen de Duitsers, in een van de langste en bloedigste veldslagen van de Tweede Wereldoorlog. Van zijn bataljon van drieduizend man overleven er slechts drie.'

Merkwaardig dat hij de verleden tijd niet gebruikt, niet zegt: 'Ik werd geboren in een dorpje.' Alles lijkt te gebeuren in het hier en nu.

'Mijn vader in Stalingrad: hij en zijn beste vriend, ook een jonge jongen, worden als ze terugkomen van een verkenningspatrouille verrast door een schotenwisseling. Ze laten zich in een granaatkrater vallen. Daar liggen ze twee dagen in de sneeuw en in het slijk, zonder eten, geen vuur om zich te warmen. Ze horen Russen praten in een gebouw vlakbij, daar moeten ze naartoe, weten ze, maar het schieten houdt niet op, er hangt een geur van bloed en gewonden schreeuwen dag en nacht om hulp. Plotseling wordt het stil. De vriend van mijn vader denkt dat de Duitsers zich teruggetrokken hebben en staat op. Mijn vader probeert hem bij zijn benen te grijpen, schreeuwt "liggen!" Maar te laat: een kogel heeft zijn schedel doorboord.

169

Er gaan nog twee dagen voorbij, mijn vader is nu alleen, het lijk van zijn vriend naast zich. Hij zegt alsmaar "liggen!", kan er niet mee stoppen. Eindelijk wordt hij door iemand verlost, naar het gebouw gebracht. Er is geen eten, alleen munitie en tabak. Ze eten tabaksbladeren. Een week later beginnen ze vlees van hun dode, bevroren kameraden te eten. Een derde bataljon arriveert en schiet zich een weg naar hen toe, de overlevenden worden verlost, de gewonden verzorgd, die vervolgens meteen terugkeren naar het front – Stalingrad mag niet vallen, de toekomst van Rusland staat op het spel. Na vier maanden hevige gevechten, kannibalisme, geamputeerde bevroren ledematen, geven de Duitsers zich ten slotte over – het is het begin van het einde van Hitler en zijn Derde Rijk. Mijn vader keert te voet terug naar zijn dorp, op bijna duizend kilometer van Stalingrad. Hij merkt dat hij niet kan slapen, hij droomt alle nachten over zijn kameraad die gered had kunnen worden.

Twee jaar later is de oorlog afgelopen. Hij krijgt een medaille, maar geen werk. Hij neemt deel aan herdenkingen maar heeft nauwelijks te eten. Hij wordt gezien als een van de helden van Stalingrad, maar kan alleen overleven door het doen van kleine klussen, wat niet meer oplevert dan een habbekrats. Uiteindelijk biedt iemand hem een baan aan als tapijtverkoper. Omdat hij last heeft van slapeloosheid, reist hij altijd 's nachts, leert smokkelaars kennen, het lukt hem hun vertrouwen te winnen en het geld begint binnen te stromen.

Dat wordt ontdekt door de communistische overheid, die hem beschuldigt van handeldrijven met criminelen, en ook al is hij een oorlogsheld, hij krijgt tien jaar Siberië, als "volksverrader". Als hij wordt vrijgelaten, is hij al oud, en het enige waar hij verstand van heeft, zijn tapijten. Hij slaagt erin zijn oude contacten weer op te nemen, iemand geeft hem wat kleden om te verkopen, maar er zijn geen kopers voor: het zijn moeilijke tijden. Hij besluit om opnieuw ver weg te gaan, bedelt onderweg en eindigt in Kazachstan.

Hij is oud, alleen, maar moet werken om te kunnen eten.

Overdag is het her en der klussen en 's nachts is het heel weinig slapen, telkens wordt hij wakker van zijn eigen geschreeuw: "Liggen!" Maar ondanks de slapeloosheid, de gebrekkige voeding, de frustraties, de lichamelijke uitputting, de sigaretten die hij rookt wanneer hij maar kan, ondanks alles wat er is gebeurd, is hij zo gezond als een vis.

Op een dag komt hij in een dorpje een meisje tegen. Ze woont bij haar ouders en neemt hem mee naar haar huis – gastvrijheid is in die streek een belangrijke traditie. Ze laten hem slapen in de woonkamer, maar allemaal worden ze wakker van zijn geschreeuw: "Liggen!" Het meisje gaat naar hem toe, prevelt een gebed, strijkt met haar hand over zijn hoofd en voor het eerst in vele tientallen jaren slaapt hij rustig.

De volgende dag zegt ze dat ze als klein kind een droom heeft gehad – een heel oude man zou haar een zoon schenken. Ze wachtte jarenlang, er was een aantal mannen die naar haar hand dongen, maar geen was naar haar zin. Haar ouders maakten zich grote zorgen, ze zagen hun dochter niet graag alleen blijven en uitgestoten worden door de gemeenschap.

Ze vraagt of hij met haar wil trouwen. Hij is verbaasd, ze zou zijn kleindochter kunnen zijn, hij geeft geen antwoord. Als de zon ondergaat, vraagt zij in het gastenkamertje van de familie of ze voor het slapen met haar hand over zijn hoofd zal strijken. Hij heeft een tweede rustige nacht.

De volgende ochtend begint ze opnieuw over trouwen, ditmaal met haar ouders erbij die met alles blijken in te stemmen – als hun dochter maar een man vindt en zo de familie niet te schande maakt. Ze verspreiden het verhaal dat het weliswaar een oude man uit verre streken is, maar dat hij in werkelijkheid een steenrijke tapijthandelaar is die de luxe en het comfort moe was en op zoek naar avontuur alles achtergelaten heeft. De mensen zijn onder de indruk, vermoeden grote bruidsschatten, dikke bankrekeningen, en ze denken wat een geluk mijn moeder wel niet heeft dat ze iemand ontmoet heeft die haar weg zal halen uit dit oord aan het einde der wereld. Mijn vader hoort de verhalen. Hij is verbaasd maar ook blij. Hij heeft zovele jaren in zijn eentje geleefd, gereisd, geleden, nooit zijn familie weergevonden en hij begrijpt dat hij voor het eerst in zijn leven misschien een thuis zal hebben. Hij neemt het aanzoek aan en liegt mee over zijn verleden. Ze trouwen volgens de islamitische traditie en twee maanden later is ze zwanger van mij.

Ik maak mijn vader tot mijn zevende mee: hij sliep goed, werkte op het veld, ging op jacht, sprak met de andere inwoners van het dorp over zijn bezittingen en landerijen, keek naar mijn moeder alsof zij het enige goede was wat hem was overkomen. Ik denk dat ik de zoon ben van een rijk man, maar op een goede dag vertelt hij me 's avonds voor de haard over zijn verleden en waarom hij trouwde, en vraagt me dat geheim te houden. Hij zegt dat hij niet lang meer te leven heeft. Vier maanden later blaast hij in de armen van mijn moeder zijn laatste adem uit, met een glimlach om zijn mond, alsof zijn leven absoluut niet tragisch is geweest. Hij sterft als een gelukkig mens.'

Michaïl vertelt zijn verhaal tijdens een lentenacht die heel fris is maar beslist niet zo ijs- en ijskoud als het in Stalingrad kon zijn waar de temperatuur tot min vijfendertig kon dalen. We zijn bij clochards die rond een provisorisch vuurtje zitten om zich te warmen. Ik was daar verzeild geraakt na een tweede telefoontje van hem, bedoeld om mij mijn belofte te laten nakomen. Tijdens dat telefoongesprek vroeg hij niets over de envelop die hij bij mij thuis had afgegeven, alsof hij al wist – misschien door de 'stem' – dat ik besloten had de tekens te volgen, de dingen gewoon te laten gebeuren en me zo te onttrekken aan de macht van de Zahir.

Toen hij me vroeg om naar een van de gewelddadigste voorsteden van Parijs te komen en hem daar te ontmoeten, schrok ik. Normaal gesproken zou ik zeggen dat ik het te druk had, of zou ik proberen hem ervan te overtuigen dat we veel beter naar een café konden gaan, een comfortabele omgeving die je nodig hebt om belangrijke dingen te kunnen bespreken. Ik was nog

172

steeds bang dat hij in het bijzijn van anderen een nieuwe aanval zou krijgen, maar ik wist nu wel wat ik moest doen. Liever zoiets dan het risico lopen overvallen te worden met zo'n orthopedische kraag om, waardoor ik mezelf met geen mogelijkheid zou kunnen verdedigen.

Michaïl drong aan: dat ik de clochards zou ontmoeten was belangrijk, ze hoorden bij zijn leven en bij het leven van Esther. In het ziekenhuis was het me ten slotte duidelijk geworden dat er in mijn leven iets fout zat, en dat ik dringend moest veranderen.

Wat moest ik doen om te veranderen?

Verschillende dingen. Bijvoorbeeld naar plekken gaan waar het gevaarlijk is, mensen ontmoeten die zich aan de rand van de samenleving bevinden.

Er is een mythe over een Griekse held, Theseus, die een labyrint in gaat om een monster te doden. Zijn geliefde, Ariadne, geeft hem het uiteinde van een draad mee die beetje bij beetje afwikkelt zodat Theseus altijd de weg terug zal vinden. Toen ik daar tussen die mensen zat en naar Michaïls verhaal luisterde, realiseerde ik me dat ik sinds lang niets geproefd had wat met wat ik nu meemaakte te vergelijken viel – de smaak van het onbekende, van het avontuur. Wie weet lag voor mij de draad van Ariadne juist te wachten op plaatsen waar ik nooit naartoe zou gaan, als ik er niet absoluut van overtuigd was dat ik een grote, een gigantische inspanning wilde leveren om mijn geschiedenis en mijn leven een andere wending te geven.

Michaïl ging verder met zijn verhaal – en ik zag de hele groep aandachtig luisteren: de beste ontmoetingen hebben niet altijd plaats aan elegante tafels in centraal verwarmde restaurants.

'Iedere dag moet ik bijna een uur lopen naar school. Onderweg zie ik de vrouwen die water halen, de eindeloze steppe, de Russische soldaten die voorbijrijden in lange treinen, de besneeuwde bergen waarachter, zo vertelt iemand mij, een reusachtig land schuilgaat dat China heet. Het dorp waar ik naartoe loop, bestaat uit een museum – gewijd aan de plaatselijke dichter –, een school, een moskee en drie of vier straten. We leren dat er een droom is, een ideaal: we moeten strijden voor de overwinning van het communisme en de idee dat alle mensen gelijk zijn. Ik geloof niet in die droom, omdat er zelfs in dat armoedige plaatsje grote verschillen bestaan – de vertegenwoordigers van de communistische partij staan boven de anderen en gaan af en toe naar de grote stad, Almati, en komen terug beladen met dozen vol exotisch eten, met cadeaus voor hun kinderen, en dure kleren.

Op een goede middag loop ik naar huis terug en ik merk dat het hevig begint te waaien, ik zie lichten om mij heen en vervolgens ben ik een paar seconden buiten bewustzijn. Als ik weer bijkom, lig ik op de grond, en ik zie een wit meisje, met witte kleren aan en een blauwe ceintuur om, in de lucht zweven. Ze glimlacht, zegt niets en verdwijnt.

Ik ga er als een haas vandoor, hol naar mijn moeder, stoor haar bij haar werk, en vertel wat er gebeurd is. Ze schrikt zich een ongeluk en smeekt me om het nooit ofte nimmer aan iemand anders te vertellen. Ze legt me uit – op een manier waarop je iets ingewikkelds het best aan een jongen van acht kunt uitleggen – dat het een hallucinatie is. Ik hou vol dat ik het meisje echt heb gezien, ik kan haar haarscherp beschrijven. Ik voeg eraan toe dat ik niet bang was en dat ik gauw naar huis ben gekomen omdat ik wilde dat zij meteen wist wat er gebeurd was.

De volgende dag, op de terugweg van school, kijk ik of ik het meisje zie, maar ze is er niet. Een week lang gebeurt er niets, en ik begin te geloven dat mijn moeder gelijk heeft: ik ben vast zonder het te willen in slaap gevallen en heb het gedroomd.

Maar wanneer ik op een ochtend heel vroeg naar school ga, zie ik het meisje opnieuw, ze zweeft in de lucht, een wit licht om haar heen: ik ben niet gevallen en ik heb tevoren ook geen lichten gezien. We kijken elkaar een tijdje aan, ze glimlacht, ik glimlach terug, ik vraag hoe ze heet maar krijg geen antwoord. Op school vraag ik mijn schoolkameraden of ze ooit een meisje

174

hebben gezien dat in de lucht zweeft. Ze moeten allemaal lachen.

Tijdens de les word ik bij het hoofd geroepen. Hij zegt dat ik
waarschijnlijk een of ander psychisch probleem heb – er bestaan
geen visioenen: er is geen andere werkelijkheid dan die we zien,
en de godsdienst is uitgevonden om de mensen voor de gek te
houden. Ik vraag hoe het dan zit met de moskee in het dorp; hij
zegt dat er alleen maar oude, bijgelovige mensen komen, onwe-
tende, werkloze lui die niet de fut hebben om te helpen met de
wederopbouw van de socialistische wereld. En hij dreigt: als ik
dat soort dingen nog eens zeg, word ik van school gestuurd. Ik
schrik en vraag hem om alsjeblieft niets tegen mijn moeder te
zeggen; dat belooft hij, als ik tegen mijn kameraden zeg dat ik
het verhaal heb verzonnen.

Hij komt zijn belofte na en ik de mijne. Mijn vrienden hech-
ten weinig belang aan het voorval, ze vragen niet eens of ik ze
naar de plek wil brengen waar het meisje is. Maar vanaf die dag
blijft ze verschijnen, een maand lang. Soms val ik vlak daarvoor
flauw, soms gebeurt er niets. We praten niet, we zijn telkens alleen maar bij elkaar, tot zij weer besluit om weg te gaan. Mijn
moeder wordt ongerust, ik kom niet altijd meer op dezelfde tijd
thuis. Op een avond wil ze van me horen wat ik tussen school
en mijn thuiskomst doe: ik vertel opnieuw het verhaal van het
meisje.

In plaats van me weer op mijn kop te geven zegt ze tot mijn
verbazing dat ze met me mee naar de plek gaat. De volgende
ochtend staan we vroeg op, komen daar, het meisje verschijnt,
maar zij kan haar niet zien. Mijn moeder zegt me dan het meisje
een vraag over mijn vader te stellen. Ik begrijp de vraag niet,
maar ik doe wat ze zegt: en dan hoor ik voor de eerste keer de
"stem". Het meisje beweegt haar lippen niet, maar ik weet dat
ze tegen me praat: ze vertelt dat het mijn vader heel goed gaat,
hij beschermt ons, en het leed dat hij ondervond in de tijd die
hij op aarde doorbracht wordt nu goedgemaakt. Ze stelt voor
dat ik mijn moeder vraag of ze nog weet van het straalkacheltje.

Ik herhaal wat ik heb gehoord, zij begint te huilen, zegt dat toen mijn vader nog leefde hij heel graag een straalkacheltje had gehad, om zich aan te warmen, vanwege zijn tijd in de oorlog. Het meisje vraagt of ik de volgende keer als ik langskom aan het struikje, dat er staat, een reep stof wil knopen, en een vraag wil stellen.

Een heel jaar lang blijf ik visioenen houden. Mijn moeder praat erover met haar hartsvriendinnen, die er met andere vriendinnen over praten, en nu hangt dat struikje vol met linten. Alles gebeurt in het diepste geheim: de vrouwen stellen vragen over hun dierbaren die verdwenen zijn, ik luister naar de antwoorden van de "stem", en geef de boodschappen door. Meestal gaat het ze goed – maar in twee gevallen "vraagt" het meisje de groep om naar een heuvel in de buurt te gaan en bij zonsopgang een stil gebed te doen voor het zielenheil van deze mensen. Ze vertellen me dat ik soms in trance raak, op de grond val, onbegrijpelijke dingen zeg – maar ik kan me er nooit iets van herinneren. Ik weet alleen wanneer de trance eraan komt: ik voel een warme wind en ik zie bolvormige lichten om me heen.

Als ik op een dag met een groep naar het meisje toe ga, worden we tegengehouden door een politieversperring. De vrouwen protesteren, gillen, maar we kunnen er niet langs. Ik word naar school gebracht, waar het hoofd me meedeelt dat ik zojuist van school ben gestuurd vanwege het aanzetten tot rebellie en het bevorderen van bijgeloof.

Op de terugweg zie ik dat de struik vernield is en dat de linten her en der verspreid liggen. Ik ga op de grond zitten, ik voel me eenzaam en huil, want het waren de gelukkigste dagen van mijn leven. Op dat ogenblik verschijnt het meisje weer. Ze zegt dat ik me geen zorgen moet maken, dat alles zo beschikt was, ook de vernieling van de struik. En dat ze me vanaf nu de rest van mijn levensdagen zal vergezellen, en me altijd zal zeggen wat ik moet doen.'

'Heeft ze nooit gezegd hoe ze heet?' vraagt een van de clochards.

'Nooit. Maar het is ook niet belangrijk, ik weet wanneer ze tegen me praat.'

'Zouden wij nu iets mogen horen over onze doden?'

'Nee. Dat gebeurde alleen maar in die tijd, nu heb ik een andere missie. Mag ik verder gaan met het verhaal?'

'Je moet,' zeg ik. 'Maar voor je verder gaat wil ik je iets vertellen. In het zuidwesten van Frankrijk ligt een plaats die Lourdes heet; een hele tijd geleden heeft een herderin daar een meisje gezien dat overeen lijkt te komen met dat van jouw visioenen.'

'Je vergist je,' zegt een oude clochard die een ijzeren poot heeft. 'Die herderin, Bernadette heette ze, heeft de Maagd Maria gezien.'

'Omdat ik een boek over verschijningen heb geschreven, heb ik daar onderzoek naar gedaan,' antwoord ik. 'Ik heb alles gelezen wat er aan het eind van de negentiende eeuw is gepubliceerd, ik heb toegang verkregen tot de vele verklaringen die Bernadette heeft afgelegd, tegenover de politie, de Kerk, de geleerden. Ze beweert geen enkele keer dat ze een vrouw heeft gezien: ze heeft haar hele leven volgehouden dat het een meisje was. En ze heeft zich vreselijk geërgerd over het standbeeld dat ze in de grot hebben geplaatst; ze zegt dat het geen enkele gelijkenis heeft met het visioen – zij had een kind gezien, en geen mevrouw. Maar de Kerk heeft zich het verhaal toegeëigend, de visioenen, de plek, en heeft de verschijning veranderd in de Moeder van Jezus. De waarheid werd vergeten; hang voortdurend dezelfde leugen op en de leugen wordt uiteindelijk de waarheid. Het enige verschil is dat het "kleine meisje" – zoals Bernadette alsmaar zei – gezegd heeft hoe ze heette.'

'Hoe heette ze dan?' vraagt Michaïl.

' "Ik ben de Onbevlekte Ontvangenis." Dat is geen naam zoals Beatriz, Maria, of Isabelle. Ze beschrijft zichzelf als een feit, een gebeurtenis, iets wat we zouden kunnen vertalen met "ik ben de bevalling zonder seks". Maar ga verder met je verhaal, Michaïl.'

'Mag ik je iets vragen voor hij verder vertelt?' zegt een clochard die ongeveer van mijn leeftijd zal zijn. 'Je zei daarnet dat je een boek hebt geschreven: wat is de titel, als ik vragen mag?'

'Ik heb er meer geschreven.'

En ik noem de titel van het boek waarin ik het verhaal van Bernadette en haar visioen beschrijf.

'Ben jij dan niet de man van die journaliste?'

'Ben jij de man van Esther?' Een vrouwelijke clochard in bonte kleren, een groene hoed en paarse jas, kijkt me met grote ogen aan.

Ik weet niet wat ik moet antwoorden.

'Waarom zien we haar de laatste tijd niet meer?' zegt een ander. 'Als ze maar niet dood is! Ze kwam altijd op plaatsen waar het gevaarlijk was, ik heb haar meer dan eens gezegd dat niet te doen! Kijk, dit heb ik van haar gekregen!'

Ze laat een bebloed lapje zien, eenzelfde als de andere lapjes: een stukje van het hemd van de dode soldaat.

'Ze is niet dood,' antwoord ik. 'Maar dat ze hier kwam, dat verbaast me.'

'Waarom? Omdat we anders zijn?'

'Je vat het verkeerd op, ik spreek geen oordeel over jullie uit. Ik ben verrast, ik ben blij om dat te weten.'

Maar de wodka om de kou te verdrijven, mist zijn uitwerking niet, op geen van ons.

'Wat een ironische opmerkingen,' zegt een potige man met lang haar en een stoppelbaard. 'Oprotten! Je vindt ons vast geen fijn gezelschap, dan kan je maar het beste oprotten.'

Toevallig heb ik ook een slok op, dat geeft moed.

'Wat zijn jullie voor mensen? En wat is dit voor een leven, dat jullie gekozen hebben? Jullie zijn gezond, jullie kunnen werken, maar doen liever niets!'

'We zijn mensen die er niets mee te maken willen hebben, snap je? Die niets te maken willen hebben met de wereld die op instorten staat, met de mensen die bang zijn om iets te verliezen, die over straat lopen alsof alles in orde is, terwijl het dat niet is, echt niet! Jij bedelt toch ook? Of bedel je soms niet om een aalmoes voor je baas en voor de man van wie je huis is?'

'Schaam je je niet dat je je leven aan het vergooien bent?' vraagt de vrouw in het paars.

'Wie zei dat ik mijn leven aan het vergooien ben? Ik doe wat ik wil!'

De potige man reageert onmiddellijk: 'En wat wil je dan? Een leven aan de top? Wie zegt je dat het boven op de berg beter is dan beneden in het dal? Wij hebben geen ambities volgens jou, weten niet wat we van het leven willen volgens jou, zo is het toch? Maar die vrouw van jou, die had in de gaten dat wij echt heel goed weten wat we van het leven willen! En weet je wat wij willen? Rust! En vrije tijd! En niet gedwongen zijn om mee te gaan met de mode – we stellen onze eigen normen wel! We drinken wanneer we zin hebben, we slapen waar ons dat het beste uitkomt! Niemand hier heeft voor een slavenbestaan gekozen, en daar zijn we trots op, ook al vinden jullie ons maar zielige mensen!'

De stemming begint agressief te worden. Michaïl komt tussenbeide: Willen jullie de rest van mijn verhaal horen, of wil je dat we nu opstappen?'

'Hij met zijn kritiek!' zegt de man met het ijzeren been. 'Hij is hierheen gekomen om over ons te oordelen, alsof hij God zelf is!'

Er wordt wat gemompeld, iemand slaat op mijn schouder, ik deel sigaretten uit, de wodka komt weer langs. De gemoederen komen langzaam tot bedaren, ik ben nog steeds verbaasd en geschokt door het feit dat die mensen Esther kennen – zo te zien kenden ze haar beter dan ik, zij hebben een bebloed lapje gekregen.

Michaïl gaat verder met zijn verhaal:

'Nu kon ik niet meer naar school en om op de paarden – de trots van onze streek en ons land – te passen was ik nog te jong, zodoende ga ik werken als schaapherder. Meteen de eerste week gaat een van mijn schapen dood, en dan wordt er gefluisterd dat ik iemand ben op wie een vloek rust, omdat ik de zoon ben van een man die uit een ver land was gekomen, die mijn moeder weelde en rijkdom had beloofd, en ons uiteindelijk met niets had achtergelaten. Ook al beweerden de communisten dat godsdienst slechts een manier was om wanhopige mensen valse hoop te geven, ook al had iedereen op school geleerd dat er niets bovennatuurlijks bestaat, en dat alles wat onze ogen niet kunnen zien slechts een product is van de menselijke fantasie, de oude zeden en gewoonten blijven ongeschonden, worden van mond tot mond overgeleverd, van generatie op generatie.

Sinds de struik is vernield, kan ik het meisje niet meer zien, maar ik hoor nog wel steeds haar stem; ik vraag haar om me te helpen bij het hoeden van de kuddes, ze zegt dat ik geduld moet hebben, er komen zware tijden, maar voor ik tweeëntwintig ben zal ik een vrouw ontmoeten uit een ver land, die me mee zal nemen om de wereld te leren kennen. Ze zegt ook tegen me dat mij een missie wacht, en die missie is de ware liefdesenergie over de aarde te helpen verspreiden.

De eigenaar van de schapen raakt onder de indruk van de alsmaar groeiende stroom geruchten over mij – en wie ze hem vertelt, wie mijn leven probeert te verwoesten zijn juist degenen die het meisje een jaar lang had geholpen. Op een dag besluit hij naar het kantoor van de communistische partij in het naburige dorp te gaan, en hij ontdekt dat mijn moeder en ik beiden beschouwd worden als vijanden van het volk. Ik word onmiddellijk ontslagen. Maar veel invloed op ons leven heeft het niet, mijn moeder werkt immers als borduurster voor een bedrijf in de grootste stad van de streek. Daar weet niemand dat we vijanden van het volk en van de arbeidersklasse zijn. Het enige wat de directie van de fabriek wil is dat ze door blijft borduren, van zonsopgang tot zonsondergang.

Omdat ik vrij ben en alle tijd van de wereld heb, zwerf ik door de steppe, ga met de jagers mee – die weliswaar ook mijn verhaal kennen, maar me magische krachten toedichten: steeds als ik bij ze ben komen ze vossen tegen. Ik breng hele dagen door in het museum van de dichter, bekijk zijn spullen, lees zijn boeken, luister naar mensen die daar zijn verzen komen instuderen. Af en toe voel ik de wind, zie de lichten, val op de grond, en dan bericht de stem me steeds over tamelijk concrete zaken zoals droogteperiodes, besmettelijke ziektes onder het vee, de komst van handelaren. Ik vertel het aan niemand, behalve aan mijn moeder, die zich steeds meer zorgen begint te maken.

Als er weer eens een dokter onze streek aandoet, neemt mijn moeder me mee naar zijn spreekuur; hij luistert aandachtig naar mijn verhaal, schrijft dingen op, kijkt met een instrument in mijn ogen, beluistert mijn hart, tikt met een hamertje tegen mijn knie en stelt als diagnose een bepaalde vorm van epilepsie. Hij zegt dat het niet besmettelijk is, de aanvallen zullen met de jaren afnemen.

Ik weet dat het geen ziekte is, maar ik doe maar net alsof ik het geloof om mijn moeder gerust te stellen. De directeur van het museum, die me wanhopige pogingen ziet doen om iets te leren, heeft medelijden, en hij gaat me lesgeven in plaats van de meesters op school. Ik krijg les in aardrijkskunde, over literatuur, en hij leert me ook Engels, wat in de toekomst het belangrijkst zou zijn. Op een middag vraagt de stem me om tegen de directeur te zeggen dat hij binnenkort een hoge post zal krijgen. Als ik dat zeg, volgt er een verlegen lachje, meer niet, en dan een onomwonden antwoord: daar is niet de geringste kans op, hij heeft zich immers nooit bij de communistische partij aangesloten; hij is overtuigd moslim.

Ik ben vijftien. Twee maanden na ons gesprek merk ik dat er verandering in de lucht hangt: de oude, altijd zo arrogante overheidsdienaren zijn vriendelijker dan ooit en vragen me of ik weer naar school wil. Lange treinen met Russische soldaten rijden richting grens. Op een goede middag, als ik zit te leren aan de schrijftafel van de dichter, komt de directeur haastig binnenlopen, en hij kijkt me verbaasd en enigszins ongemakkelijk aan: hij zegt dat het laatste wat er had kunnen gebeuren – de val van het communistische bewind –, zich nu in ongelooflijk tempo aan het voltrekken is. De vroegere sovjetrepublieken zijn bezig zich om te vormen tot onafhankelijke landen, de berichten die uit Almati komen, spreken van de vorming van een nieuwe regering, en hij is aangewezen om de provincie te besturen!

In plaats van me te omhelzen en blij te zijn, vraagt hij me hoe ik wist dat dit gebeuren ging; had ik iemand iets horen zeggen? Was ik soms door de geheime dienst aangenomen om hem te bespioneren, omdat hij geen partijlid was? Of – en erger kon niet – had ik ooit in mijn leven een pact met de duivel gesloten?

Ik antwoord dat hij mijn verhaal toch kent: de verschijningen van het meisje, de stem, de aanvallen die me in staat stelden dingen te horen die niemand weet. Hij zegt dat het gewoon een ziekte is; er is maar één profeet, Mohammed, en alles wat er gezegd moet worden is al geopenbaard. Maar desondanks, gaat hij verder, is de duivel nog steeds onder ons en gebruikt hij alle mogelijke listen – zoals die zogenaamde gave van mij om in de toekomst te zien – om de zwakken te misleiden en de mensen van het ware geloof af te brengen. Hij had me een baan gegeven omdat de islam de gelovige tot liefdadigheid verplicht, maar nu had hij spijt als haren op zijn hoofd: ik was óf een instrument van de geheime dienst óf een gezant van de duivel.

Ik word op staande voet ontslagen.

Waren het voorheen al geen gemakkelijke tijden, nu wordt het nog zwaarder. De textielfabriek waar mijn moeder werkt en die eerst aan de staat toebehoorde, gaat over in particuliere handen – de nieuwe eigenaren hebben andere inzichten, ze reorganiseren het bedrijf, het kost mijn moeder haar baan. Twee maanden later weten we niet meer hoe we rond moeten komen, er zit niets anders op dan weg te gaan uit ons dorp, waar ik mijn leven lang gewoond heb, om elders werk te zoeken.

Mijn grootouders weigeren te vertrekken; ze sterven liever van de honger dan hun geboortegrond te verlaten. Mijn moeder en ik gaan naar Almati, de eerste grote stad die ik in mijn leven

zie. Ik ben onder de indruk van de auto's, de reusachtige flatge-
bouwen, de lichtreclames, de roltrappen en vooral van de liften.
Mama vindt een baan als winkeljuffrouw, en ik als hulpmonteur
bij een benzinestation. Een groot deel van ons geld wordt naar
mijn grootouders gestuurd, maar er blijft voldoende over om
van te eten en naar dingen te gaan waar ik nog nooit ben geweest: naar de bioscoop, naar de kermis, voetbalwedstrijden.

Nu we verhuisd zijn blijven de aanvallen uit, maar ik hoor
ook de stem niet meer, en voel niet langer de aanwezigheid van
het meisje. Ik vind het beter zo, en mijn onzichtbare vriendin,
die vanaf mijn achtste bij me was, mis ik niet. Almati is een
fascinerende stad en ik ben druk bezig om de kost te verdienen;
ik merk dat ik het met een beetje slimheid een heel eind kan
brengen. Tot die zondagavond, als ik heel zenuwachtig bij het
enige raam van ons woninkje zit en naar beneden kijk naar het
onverharde steegje waaraan onze flat ligt. De dag tevoren had
ik een deuk in een auto gereden toen ik aan het manoeuvreren
was in de garage, en ik ben bang dat ik ontslagen word, zo bang
dat ik de hele dag niet heb kunnen eten.

Plotseling voel ik opnieuw de wind, zie ik de lichten. Naar
mijn moeder later vertelde, viel ik op de grond, sprak ik een
vreemde taal en leek de trance langer te duren dan normaal; ik
herinner me dat tijdens de trance de stem me nogmaals zegt dat
ik een missie heb. Als ik bijkom, voel ik weer haar aanwezigheid
en hoewel ik haar niet zie, kan ik wel met haar praten

Maar het interesseert me niet meer; met het veranderen van
woonplaats, veranderde ik ook van wereld. Toch vraag ik wat
mijn missie is: de stem antwoordt dat mijn missie die van alle
mensen is: de wereld doordrenken met de energie van de totale
liefde. Ik stel een vraag over het enige wat me op dat ogenblik
interesseert: de deuk in de auto en hoe de reactie van de eigenaar zal zijn. Ze zegt dat ik me geen zorgen moet maken – dat ik
de waarheid moet vertellen, en dat hij het wel zal begrijpen.

Ik werk vijf jaar bij het benzinestation. Ik maak vrienden,
heb mijn eerste vriendinnetjes, seks wordt belangrijk, ik doe

mee aan vechtpartijen op straat – kortom, ik heb een normale jeugd. Ik krijg een aantal aanvallen: in het begin reageren mijn vrienden geschokt, maar ik kom met het verzinsel dat zoiets te maken heeft met "hogere machten" en zij krijgen respect voor me. Ze vragen me om hulp, nemen me in vertrouwen en vertellen me over hun liefdesproblemen, over hun moeizame relaties met hun familie, maar ik vraag niets aan de stem – de ervaring toentertijd bij de struik had me erg getraumatiseerd en me geleerd dat we als we iemand helpen ondank ons loon is.

Als mijn vrienden aandringen, verzin ik dat ik lid ben van een "geheim genootschap" – op dat moment is het zo dat, na tientallen jaren van godsdienstonderdrukking, zaken als mystiek en esoterie in Almati enorm populair aan het worden zijn. Er verschijnen diverse boeken over de "hogere machten", er duiken goeroes en meesters op uit India en China, en er is een gevarieerd aanbod van cursussen zelfvervolmaking. Ik volg er een of twee, en constateer dat ik er niets van opsteek; het enige waar ik werkelijk vertrouwen in heb is de stem, maar ik heb het te druk om aandacht te schenken aan wat ze zegt.

Op een dag stopt er bij de garage waar ik werk een vrouw in een FWD en vraagt me haar tank vol te gooien. Ze praat tegen me in het Russisch, heel moeizaam en met een heel sterk accent. Ik antwoord in het Engels. Ze schijnt opgelucht en vraagt of ik misschien een tolk weet, want ze wil het binnenland in.

Zodra ze dat zegt, is het meisje ineens alom aanwezig, en ik begrijp dat deze vrouw de persoon is op wie ik mijn hele leven heb gewacht. Daar staat mijn kans om weg te komen, dit mag ik me niet laten ontgaan: ik zeg dat ík het wel kan doen, als zij dat wil. De vrouw zegt dat ik een baan heb en dat ze een ouder, meer ervaren iemand zoekt die vrij is en op reis kan. Ik zeg dat ik overal in de steppe en in de bergen de weg weet, en beweer dat mijn baan maar tijdelijk is. Ik smeek haar om me een kans te geven; ze stribbelt tegen, maar noteert me toch voor een gesprek in het duurste hotel van de stad.

We treffen elkaar in de grote zaal; ze test mijn kennis van de taal, stelt een hele rits vragen over de geografie van Centraal-Azië, ze wil weten wie ik ben en waar ik vandaan kom. Ze is wantrouwig, vertelt niet wat ze precies doet, en niet waar ze naartoe wil reizen. Ik doe mijn uiterste best, maar ik zie dat ze niet overtuigd is.

En tot mijn verbazing merk ik dat ik zomaar verliefd op haar ben geworden, terwijl ik haar nauwelijks een paar uur ken. Ik duw mijn verlangens weg en vertrouw opnieuw op de stem; ik roep de hulp in van het onzichtbare meisje, bid dat zij me verlicht, beloof dat ik de missie die zij me heeft toevertrouwd zal uitvoeren, als ik die baan krijg. Ze heeft me immers ooit gezegd dat er een vrouw zou komen die me mee zou nemen naar een ver land, en ze stond aan mijn zijde toen de vrouw stopte om te tanken, ik heb een positief antwoord nodig.

Nadat de vrouw me intensief ondervraagd heeft, krijg ik de indruk dat ik haar vertrouwen begin te winnen: ze waarschuwt me dat wat ze wil volstrekt illegaal is. Ze verklaart dat ze journaliste is, dat ze een reportage wil maken over de Amerikaanse bases die in een buurland worden aangelegd en moeten dienen als steunpunten in de oorlog die op uitbreken staat. Omdat haar een visum geweigerd is, moeten we de grens te voet oversteken, op plaatsen die niet bewaakt worden – haar contacten hebben haar een kaart gegeven en haar laten zien hoe we moeten gaan, maar ze zegt dat ze me die informatie pas zal geven wanneer we uit Almati vertrokken zijn. Als ik nog steeds zin heb om met haar mee te gaan, moet ik over twee dagen om elf uur 's ochtends in het hotel zijn. Ze belooft me niet meer dan een week salaris. Wat ze niet weet is dat ik een vaste baan heb, dat ik voldoende verdien om mijn moeder en mijn grootouders te helpen, en dat mijn baas vertrouwen in me heeft ook al heeft hij me drie of vier krampaanvallen zien hebben, of "epileptische aanvallen", zoals hij de momenten noemt waarop ik in verbinding sta met een onbekende wereld.

Voordat ze afscheid neemt, vertelt de vrouw me hoe ze heet – Esther – en ze waarschuwt me dat, mocht ik besluiten om haar aan te geven bij de politie, zij opgepakt en gedeporteerd zal worden. Ze zegt ook dat er zich in het leven ogenblikken voordoen waarop we blind moeten varen op onze intuïtie, en dat zij dat nu doet. Ze hoeft zich geen zorgen te maken, zeg ik, en ik voel de verleiding opkomen om over de stem en de aanwezigheid te vertellen, maar hou toch liever mijn mond. Ik ga naar huis, praat met mijn moeder, zeg dat ik een nieuwe baan heb, als tolk, en dat ik meer ga verdienen. Ik moet wel een tijd lang weg. Ze schijnt zich geen zorgen te maken; alles om me heen loopt alsof het altijd al zo gepland was, en alsof het alleen een kwestie is van het juiste moment afwachten.

Ik slaap slecht, de volgende dag ben ik vroeger dan anders op het benzinestation. Ik zeg dat het me spijt maar dat ik een nieuwe baan heb gevonden. Mijn baas merkt op dat ze er vroeg of laat achter zullen komen dat ik een ziekte heb, hij zegt dat het heel riskant is om vastigheid op te geven voor iets onzekers – maar evenals mijn moeder gaat hij zonder verdere bezwaren akkoord, alsof de stem de mensen met wie ik die dag moet praten gunstig stemt, het allemaal makkelijker maakt en me helpt de eerste stap te zetten.

In het hotel leg ik haar uit dat, mochten ze ons oppakken, het enige wat haar kan overkomen is dat zij naar haar eigen land wordt uitgewezen, maar dat ik misschien wel voor jaren achter de tralies verdwijn. Dus het risico dat ik loop is vele malen groter, zij moet vertrouwen in me hebben. Ze begrijpt wat ik wil zeggen. We rijden twee dagen, aan de andere kant van de grens staat een groep mannen op haar te wachten, ze verdwijnt en komt niet veel later terug, gefrustreerd, geïrriteerd. De oorlog staat op uitbreken, alle wegen worden bewaakt, als ze verder gaat wordt ze opgepakt als spion.

We beginnen aan de terugweg. Esther, die eerst blaakte van het zelfvertrouwen, maakt nu een verdrietige en verwarde indruk. Om haar af te leiden, draag ik verzen voor van de dichter die in de buurt van mijn dorp woonde, en ondertussen spookt het door mijn hoofd dat over achtenveertig uur alles voorbij zal zijn. Maar ik wil vertrouwen op de stem, ik moet hoe dan ook zien te voorkomen dat Esther even plotseling verdwenen is als ze gekomen is; misschien moet ik haar duidelijk maken dat ik steeds op haar heb gewacht, dat zij belangrijk is voor mij.

Als we 's avonds onze slaapzakken dicht bij een paar rotsblokken hebben uitgerold, probeer ik haar hand te pakken. Ze duwt mijn hand zachtjes weg, en zegt dat ze getrouwd is. Ik besef dat ik een blunder heb begaan, dat ik onnadenkend gehandeld heb. Omdat ik niets meer te verliezen heb, begin ik te praten over de visioenen uit mijn kinderjaren, over mijn missie de liefde te verspreiden, over de diagnose van de dokter die het over epilepsie had.

Tot mijn verbazing begrijpt ze helemaal wat ik zeg. Ze vertelt een beetje over haar leven, zegt dat ze van haar man houdt, en hij ook van haar, maar dat er in de loop der jaren iets belangrijks verloren is gegaan, en ze is liever ver weg, nu ze haar huwelijk langzaam uiteen ziet vallen. Ze had alles in het leven, maar was niet gelukkig; ze zou de rest van haar leven kunnen doen alsof dat gevoel van ongelukkig zijn niet bestaat, maar ze is doodsbang dat ze dan in een depressie raakt en er nooit meer uit komt.

Dus heeft ze besloten de boel de boel te laten en het avontuur te zoeken, dingen te zoeken waardoor ze niet langer hoeft te denken aan die langzaam afkalvende liefde; maar hoe meer ze zoekt, hoe meer ze het spoor bijster raakt en hoe eenzamer ze zich voelt. Ze denkt dat ze voorgoed de richting kwijt is, en wat we zojuist hebben meegemaakt toont haar dat ze waarschijnlijk op de verkeerde weg is, dat ze beter maar terug kan keren naar de vertrouwde weg van weleer.

Ik zeg dat we een ander pad kunnen proberen, dat minder bewaakt is, ik ken smokkelaars in Almati die ons kunnen helpen – maar het komt me voor dat ze niet langer de energie, de wil heeft om door te gaan.

Dan vraagt de stem me haar aan de Aarde te wijden. Zonder precies te weten wat ik aan het doen ben, sta ik op, maak de rugzak open, doop mijn vingers in het flesje olie dat we bij ons hebben om mee te koken, leg mijn hand op haar voorhoofd, bid in stilte, en op het einde vraag ik haar haar zoektocht voort te zetten, omdat ze belangrijk is voor iedereen, voor ons allen. De stem zei tegen me, en ik herhaalde het tegen haar, dat als één mens verandert, dat inhoudt dat het hele mensdom verandert. Ze omhelst me, ik voel dat de Aarde haar zegent, zo blijven we zitten, tegen elkaar aan, urenlang.

Ten slotte vraag ik of ze gelooft wat ik haar heb verteld over de stem die ik hoor. Zij zegt ja en nee. Ze gelooft dat ieder van ons een kracht bezit die we nooit gebruiken, en daarbij denkt ze dat ik in contact gekomen ben met deze kracht door mijn epileptische aanvallen. Maar dat we zoiets samen kunnen uitzoeken; ze was van plan om ten noorden van Almati een nomade te gaan interviewen, van wie iedereen zei dat hij over magische krachten beschikte; ze zou het fijn vinden als ik mee zou gaan. Als ze me zegt hoe hij heet, realiseer ik me dat ik zijn kleinzoon ken, en ik vermoed dat dit alles iets makkelijker maakt.

In Almati stoppen we om benzine te tanken en wat levensmiddelen te kopen, en we rijden door naar een klein dorpje dicht bij een meer dat aangelegd is door het sovjetbewind. We komen aan in het gehucht waar de nomade woont, en al zeg ik tegen een van zijn knechten dat ik zijn kleinzoon ken, toch moeten we uren wachten, er staat een hele menigte, allemaal mensen die stuk voor stuk de raad willen horen van een man die ze als heilig beschouwen.

Eindelijk is het onze beurt: tijdens het vertalen van het interview en later tijdens het lezen en vele malen herlezen van de reportage als die is gepubliceerd, leer ik tal van dingen die ik altijd al wilde weten.

Esther vraagt waarom mensen verdrietig zijn.

"Dat is nogal simpel," zegt de oude man. "Ze zitten vast aan hun persoonlijke verhaal. Ze menen allemaal dat het doel van dit leven erin bestaat een bepaald plan te volgen. Niemand vraagt zich af of dit plan wel het zijne is, of dat het geschapen werd door andere mensen. Ze slaan ervaringen, herinneringen, dingen, ideeën van de anderen op, meer dan ze kunnen dragen. En dus vergeten ze hun dromen."

Esther merkt op dat veel mensen tegen haar zeggen: "Jij hebt geluk, je weet wat je van het leven wilt: maar ik, ik weet niet wat ik wil."

"Natuurlijk weten ze dat wel," antwoordt de nomade. "Hoeveel mensen zijn er niet die voortdurend zulke opmerkingen maken als 'ik heb nooit gedaan wat ik wilde, maar zo zit de werkelijkheid nou eenmaal in elkaar'. Als ze zeggen dat ze niet hebben gedaan wat ze wilden, dan wisten ze dus heel goed wat ze wilden. Wat betreft de werkelijkheid waar zij het over hebben, die is niets anders dan het verhaal dat de anderen verteld hebben over de wereld, over hoe wij ons in de wereld dienen te gedragen.

En hoeveel mensen zijn er niet die iets ergers zeggen: 'Ik ben gelukkig omdat ik me opoffer voor de mensen van wie ik hou.'

Denkt u dat mensen die van ons houden willen dat wij lijden, lijden omwille van hen? Vindt u dat de liefde een bron van lijden is?"

"Om eerlijk te zijn, ja."

"Maar zo hoort het niet te zijn."

"Als ik het verhaal vergeet dat ze me verteld hebben, vergeet ik ook de heel belangrijke dingen die het leven me leerde. Waarom heb ik dan moeite gedaan om zoveel te leren? Heb ik me dan voor niets ingespannen om ervaring op te doen en daar baat bij te hebben bij mijn carrière, in het omgaan met mijn man en met al mijn psychische problemen?"

"Kennis die je hebt opgedaan, dient om te koken, om niet meer uit te geven dan er binnenkomt, om je te beschutten tegen het winterse weer, een aantal grenzen te respecteren, te weten waar bepaalde bussen en treinen naartoe rijden. Maar gelooft u dat uw liefdes uit het verleden u geleerd hebben om beter lief te hebben?"

"Ze leerden me te weten wat ik wil."

"Dat was mijn vraag niet. Hebben uw liefdes uit het verleden u geleerd beter van uw man te houden?"

"Integendeel. Om me volledig aan hem te kunnen geven moest ik de littekens vergeten die door andere mannen veroorzaakt waren. Bedoelt u dat soms?"

"Wil de ware liefdesenergie door je ziel kunnen stromen, dan moet je zijn als een pasgeboren kind. Waarom zijn mensen ongelukkig? Omdat ze deze energie willen opsluiten, iets wat onmogelijk is. Je persoonlijke verhaal vergeten betekent dat je dit kanaal schoonhoudt, betekent dat je toelaat dat deze energie zich iedere dag manifesteert zoals zij wil, betekent dat je jezelf de kans geeft om door haar geleid te worden."

"Erg romantisch, maar erg moeilijk. Want deze energie leidt zonder meer tot zaken als afspraken, kinderen, een sociale situatie..."

"...en een tijd later tot wanhoop, angst, eenzaamheid, en de poging te controleren wat niet te controleren is. Volgens de traditie van de steppen, die Tengri genoemd wordt, moest je om in alle volheid te kunnen leven voortdurend in beweging zijn, want alleen op die manier was iedere dag anders dan de voorgaande. Wanneer ze langs steden kwamen, dachten de nomaden: die arme mensen, dat ze hier moeten wonen, voor hen is alles altijd hetzelfde. En misschien dat de stadsmensen naar de nomaden keken en dachten: die arme mensen, ze vinden maar geen plek om te wonen. De nomaden hadden geen verleden, alleen maar het heden, en daarom waren ze altijd gelukkig – totdat de communistische overheid hen dwong te stoppen met reizen, en hen gevangenzette in de collectieve boerderijen. Vanaf toen begonnen ze langzamerhand te geloven in het verhaal dat volgens de samenleving het juiste is. Tegenwoordig zijn de nomaden hun kracht kwijt."

"Er is tegenwoordig niemand die zijn hele leven kan reizen."

"Fysiek gezien niet, nee. Maar wel op het spirituele vlak. Telkens verder gaan, afstand nemen van je persoonlijke verhaal, van datgene wat ze ons gedwongen hebben om te zijn."

"Wat moeten we doen om het verhaal dat ze ons verteld hebben, achter ons te laten?"

"Hardop herhalen, alsmaar, tot in de kleinste details. En gaandeweg, terwijl we bezig zijn het verhaal te vertellen, nemen we afscheid van wat en wie we waren, en op die manier – en dat zult u zien, als u besluit het te proberen – scheppen we ruimte voor een nieuwe, onbekende wereld. We moeten het oude verhaal herhalen, alsmaar herhalen, tot het niet langer belangrijk voor ons is."

"Is dat alles?"

"Op één dingetje na: wanneer we op die manier ruimte creëren, moeten we voorkomen dat we onszelf met een gevoel van leegte opzadelen, en daarom moeten we zorgen dat we die ruimte snel – al is het maar provisorisch – opvullen."

"Hoe?"

"Met verhalen die anders zijn, door dingen te doen waar we ons niet aan durven wagen of die we niet willen. Op die manier veranderen we. Op die manier groeit de liefde. En wanneer de liefde groeit, groeien wij mee."

"Dat betekent ook dat we dingen die belangrijk zijn kunnen verliezen."

"Nee, nooit. Belangrijke dingen blijven – wat weggaat zijn de dingen die we voor belangrijk hielden, maar nutteloos zijn – zoals de valse macht om de liefdesenergie te controleren."

De oude man zegt dat haar tijd om is, en hij andere mensen te woord moet staan. Al dringt ze nog zo aan, hij laat zich niet vermurwen, maar stelt voor dat Esther nog eens terugkomt, dan zal hij haar meer leren.

Esther is nog een week in Almati en belooft dat ze terugkomt. In die week vertel ik haar heel vaak mijn verhaal en zij vertelt me heel vaak over haar leven – en we begrijpen dat de oude man gelijk heeft, er gaat iets uit ons weg, we zijn lichter, al kunnen we niet zeggen dat we gelukkiger zijn.

Maar de oude man heeft de raad gegeven de lege ruimte snel te vullen. Voor ze vertrekt, vraagt ze of ik niet naar Frankrijk wil komen, zodat we het proces van vergeten kunnen voortzetten. Ze heeft niemand met wie ze dit kan delen, met haar man kan ze niet praten, in de mensen van haar werk heeft ze geen vertrouwen; ze heeft iemand van buiten nodig, iemand van ver, die nooit deel uitmaakte van haar persoonlijke verhaal.

Ik stem toe – en dan pas heb ik het over wat de stem me voorspeld heeft. Ik zeg ook dat ik de taal niet spreek, en dat mijn werkervaring zich beperkt tot het hoeden van schapen en het werken op benzinestations.

Op het vliegveld drukt ze me op het hart een intensieve taalcursus Frans te gaan doen. Ik vraag waarom ze me heeft uitgenodigd. Ze herhaalt wat ze me al heeft gezegd, ze bekent dat ze bang is voor de ruimte die vrijkomt hoe meer ze haar persoonlijke verhaal vergeet, ze vreest dat alles terugkomt, heftiger dan voorheen, en dat ze zich dan niet meer van haar verleden zal kunnen bevrijden. Om het ticket of de visa hoef ik me niet te bekommeren, zij regelt het allemaal. Voor ze door de paspoortcontrole gaat, kijkt ze me glimlachend aan en zegt dat zij ook op mij had gewacht, ook al wist ze dat niet: de voorbije dagen waren de vrolijkste van de laatste drie jaar geweest.

Ik ga 's nachts werken, als uitsmijter in een stripteaseclub, en overdag ben ik in de weer met Frans leren. Opvallend is dat de aanvallen minder worden, maar de aanwezigheid eveneens. Ik vertel mijn moeder dat ik naar het buitenland kan, dat ik ben uitgenodigd, ze vindt me maar onnozel en zegt dat die vrouw nooit meer iets van zich zal laten horen.

Een jaar later komt Esther in Almati: de verwachte oorlog heeft plaatsgevonden en over de geheime Amerikaanse bases heeft iemand anders een artikel gepubliceerd, maar het interview met de oude man was een groot succes geworden, en nu wilden ze een lange reportage over het verdwijnen van de nomaden. Bovendien, zegt ze, is het al zo lang geleden dat ik tegen iemand verhalen heb verteld, ik dreig opnieuw in een depressie te raken.

Ik help haar in contact te komen met de paar stammen die nog rondtrekken, met plaatselijke sjamanen, met de Tengri-traditie. Ik spreek vloeiend Frans: tijdens een etentje laat ze me de papieren van het consulaat invullen, ze regelt het visum, koopt het ticket, en ik vertrek naar Parijs. Wij hadden beiden gemerkt dat naarmate we onze hoofden ontdeden van oude, doorleefde verhalen, er nieuwe ruimte ontstond, er een mysterieuze vreugde binnenkwam, onze intuïtie zich ontwikkelde, we moediger werden, meer risico namen, dingen deden die we voor verkeerd dan wel juist hielden – maar déden. Onze dagen waren intenser, leken langer.

Bij aankomst hier vraag ik haar waar ik ga werken, maar ze heeft al plannen: van een caféhouder heeft ze gedaan gekregen dat ik één keer per week in zijn etablissement mag optreden, ze heeft gezegd dat er in mijn land een bijzondere vorm van theater bestaat, waarbij mensen over hun eigen leven praten en hun hoofd leegmaken.

In het begin is het heel moeilijk om de paar bezoekers ertoe te bewegen om mee te doen, maar de grootste drinkebroers raken enthousiast, en vervolgens gaat het verhaal als een lopend vuurtje door de wijk. RUIL JE OUDE VERHAAL IN VOOR EEN NIEUW, zo luidt het kleine, handgeschreven affiche op het raam, en de mensen die altijd in zijn voor iets nieuws, beginnen te komen.

Op zekere avond ervaar ik iets vreemds: niet ik ben degene die daar in de hoek van het café op het kleine, geïmproviseerde podium staat, het is de aanwezigheid. En in plaats van de legendes van mijn land te vertellen om meteen daarop voor te stellen dat zij met hun verhalen komen, geef ik door wat de stem me vraagt. Als ik dat heb gedaan, staat een van de toeschouwers huilend op en begint intieme dingen uit zijn huwelijk te vertellen, en plein public.

De week daarop gebeurt hetzelfde – de stem praat via mij, verzoekt het publiek om alleen maar verhalen over liefdeloosheid te vertellen. De energie in de lucht is zo ánders, dat de normaal toch gereserveerde Fransen in het openbaar hun persoonlijke dingen beginnen te bespreken. Het is ook de periode van mijn leven waarin ik er het best in slaag de aanvallen te beheersen: wanneer ik lichten zie en de wind voel, maar ik ben op het podium, dan raak ik in trance, verlies het bewustzijn, zonder dat het iemand opvalt. De "epilepsiecrises" krijg ik pas op momenten van grote psychische spanning.

Anderen komen erbij: drie jonge mensen van mijn leeftijd die niets anders te doen hadden dan door de wereld te reizen – nomaden uit de westerse wereld. Een muzikantenechtpaar uit Kazachstan dat gehoord heeft over het "succes" van een jonge landgenoot, vraagt om mee te mogen doen met het spektakel, ook al omdat ze geen werk kunnen krijgen. Er komt percussie bij. Het café wordt te klein, en we vinden een ruimte in het restaurant waar we tegenwoordig optreden, maar die ook al te klein aan het worden is, want als mensen hun verhalen vertellen, voelen ze zich moediger. Tijdens het dansen worden ze geraakt door de energie, ze beginnen radicaal te veranderen, het verdriet verdwijnt uit hun leven, ze gaan weer op avontuur, hun liefde – die in theorie bedreigd zou worden door zovele veranderingen – wordt sterker, ze raden onze bijeenkomst aan aan hun vrienden.

Esther blijft reizen om haar artikelen te schrijven, maar telkens als ze in Parijs is, komt ze naar ons toe. Op een avond zegt ze tegen me dat het werk in het restaurant niet genoeg is, het bereikt alleen de mensen die geld hebben om het evenement bij te wonen. We moeten werken met jongeren. Waar zijn deze jongeren, vraag ik. Ze trekken rond, reizen, hebben alles opgegeven, kleden zich als clochards of figuren uit een sciencefictionfilm.

Ook zegt ze dat clochards geen persoonlijk verhaal hebben, waarom gaan we niet naar hen toe, kijken wat we van hen leren. En zo ben ik bij jullie gekomen.

Dit zijn de dingen die ik heb beleefd. Jullie hebben nooit

gevraagd wie ik ben, wat ik doe, want het interesseert je niet. Maar vandaag besloot ik het te vertellen, vanwege de beroemde schrijver die hier bij ons is.'

'Maar je hebt het over je verleden,' zei de vrouw met de jas en hoed die niet bij elkaar pasten, 'hoewel de oude nomade...'

'Wat is een nomade?' onderbreekt iemand haar.

'Iemand net als wij,' antwoordt zij, trots dat ze de betekenis van het woord weet. 'Vrije mensen die in staat zijn te leven met slechts datgene wat ze in staat zijn te dragen.'

Ik verbeter haar: 'Zo is het niet helemaal. Ze zijn niet arm.'

'Wat weet jij van armoede?' Opnieuw kijkt de grote, agressieve man – dit keer met meer wodka in zijn bloed – me recht in de ogen. 'Denk je dat armoede hetzelfde is als geen geld hebben? Vind je dat wij zielige mensen zijn, alleen maar omdat we aalmoezen vragen aan bijvoorbeeld rijke schrijvers, getrouwde mensen die zich schuldig voelen, toeristen die Parijs een vuile stad vinden, idealistische jongeren die denken dat ze de wereld kunnen redden? Als er iemand arm is, ben jij het wel: je hebt niets te zeggen over je eigen tijd, je hebt niet het recht om te doen wat je wilt, bent verplicht regels te volgen die jijzelf niet hebt verzonnen en die je niet begrijpt.'

Weer komt Michaïl tussenbeide, en hij richt zich tot de vrouw met de bonte jas en hoed: 'Wat wilde u nou precies weten?'

'Ik wilde weten waarom jij je verhaal vertelt, als de oude nomade heeft gezegd dat je het moet vergeten.'

'Het is mijn verhaal niet langer: telkens als ik het heb over dingen die ik heb meegemaakt, voel ik me alsof ik verslag uitbreng over iets wat volledig los van me staat. Het enige wat in het heden voortduurt is de stem, de aanwezigheid, het belang van het uitvoeren van mijn missie. Onder de problemen die ik heb meegemaakt, lijd ik niet – ik denk wel dat zij me geholpen hebben de persoon te worden die ik nu ben. Ik voel me zoals een krijger zich zal voelen na jaren van training: wat hij heeft geleerd herinnert hij zich niet tot in de details, maar hij weet wel op precies het juiste moment toe te slaan.'

'En waarom kwamen jij en de journaliste ons altijd opzoeken?'

'Om bij te tanken. Zoals de oude nomade in de steppe zei, de wereld die we vandaag de dag kennen, is slechts een verhaal dat ze ons verteld hebben, maar het is niet het ware verhaal. Het andere verhaal omvat de gaven, de machten en krachten, het vermogen om verder te gaan dan we ooit waren. Ik leef van jongs af aan met een aanwezigheid, die ik ook een tijd lang heb kunnen zien, maar Esther maakte me duidelijk dat ik niet alleen was. Ze heeft me aan mensen voorgesteld die over bijzondere gaven beschikken, zoals het buigen van eetgerei door de kracht van de gedachte, of het opereren met gebruik van verroeste zakmessen, zonder verdoving, waarbij de patiënt onmiddellijk na de ingreep weer in staat is om te vertrekken.

Ik ben nog steeds bezig met het ontwikkelen van mijn onbekende mogelijkheden, maar ik heb behoefte aan bondgenoten, mensen die evenmin een verhaal hebben – zoals jullie.'

Nu kreeg ik zin om die onbekenden mijn verhaal te vertellen, een begin te maken mezelf te bevrijden van mijn verleden, maar het was al laat, ik moest vroeg op omdat de dokter de volgende dag mijn orthopedische kraag zou weghalen.

Ik vroeg Michaïl of hij een lift wilde, en hij zei van niet, dat hij behoefte had om even te lopen, omdat hij die avond zo'n heimwee voelde naar Esther. We namen afscheid van het groepje en begaven ons naar een avenue waar ik een taxi kon nemen.

'Ik denk dat die vrouw gelijk heeft,' merkte ik op. 'Als je een verhaal vertelt, werkt dat toch niet als een bevrijding?!'

'Ik ben vrij. Maar toen ik aan het vertellen was, hoorde jij ook – en daarin schuilt het geheim – dat sommige verhalen halverwege afgebroken werden. Onafgemaakte verhalen blijven nadrukkelijker aanwezig, en zolang we een hoofdstuk niet hebben afgesloten, kunnen we niet door naar het volgende.'

Ik herinnerde me dat ik hierover een tekst op het internet

gelezen had, die aan mij werd toegeschreven (ook al was hij absoluut niet van mijn hand): 'Daarom is het zo belangrijk om bepaalde dingen weg te laten gaan. Ze los te laten. Je ervan los te maken. Mensen moeten begrijpen dat de ander niet opzettelijk vals speelt, met gemerkte kaarten speelt. Soms winnen we en soms verliezen we. Verwacht niet iets terug te krijgen, verwacht niet dat anderen je inspanning herkennen, je geniale gaven zien, je liefde begrijpen. Door cycli af te sluiten. Niet uit trots of onvermogen, of omdat je erboven staat, maar gewoon omdat iets niet langer in je leven past. Doe de deur dicht, zet een andere plaat op, maak je huis schoon, schud het stof van je af. Hou op te zijn wie je was, en word wie je bent.'

Maar liever reageer ik op wat Michaïl zegt, en ik vraag: 'Wat zijn dat: "onafgemaakte verhalen"?'

'Esther is niet hier. Op een bepaald moment kon ze het proces van het zich ontdoen van haar gevoel van ongelukkig zijn en het laten weerkeren van haar gevoel van vrolijkheid niet voortzetten. Waarom niet? Omdat haar verhaal, net als dat van miljoenen andere mensen, onlosmakelijk verbonden is met de Energie van de Liefde. Ze kan niet in haar eentje evolueren: óf ze houdt op met van haar geliefde te houden, óf ze wacht en hoopt dat hij naar haar toe komt.

In mislukte huwelijken is het zo dat wanneer een van de twee ophoudt met lopen, de ander gedwongen wordt hetzelfde te doen. En tijdens het wachten dienen zich dingen aan zoals minnaars of minnaressen, liefdadigheidsverenigingen, overmatige aandacht voor de kinderen, obsessief werken, enzovoort. Het zou veel makkelijker zijn om er zonder enige terughoudendheid over te praten, aan te dringen, te schreeuwen: "Kom op, we gaan door, we sterven van verveling, van de zorgen, van angst."'

'Je zei daarnet dat Esther blijft steken in haar proces van het zich bevrijden van haar verdriet en dat het komt door mij.'

'Nee, dat zei ik niet: ik geloof niet dat iemand een ander de schuld kan geven, in geen enkele omstandigheid. Ik zei dat zij

197

de keus heeft om óf op te houden met van je te houden, óf ervoor te zorgen dat jij naar haar toe komt.'

'Daar is ze dan mee bezig.'

'Weet ik. Maar als het van mij afhangt, zullen we pas naar
haar toe gaan wanneer de stem ons dat toestaat.'

'Zo, klaar, die halskraag ben je kwijt, hopelijk voorgoed. Voorlopig rustig aan doen, je spieren moeten eraan wennen om weer actief te zijn. Trouwens, heb je dat meisje van die voorspellingen nog gezien?'

'Welk meisje? Wat voor voorspellingen?'

'Zei je in het ziekenhuis niet dat iemand een stem had gehoord die zei dat jou iets zou overkomen?'

'Die iemand is geen meisje. En zei jij in het ziekenhuis niet dat je informatie zou inwinnen over epilepsie?'

'Ja, ja, ik heb contact opgenomen met een specialist, en hem gevraagd of hij gelijksoortige gevallen kende. Zijn antwoord verraste me enigszins, hoewel het me weer eens duidelijk maakte dat de geneeskunst zo zijn mysteries heeft. Herinner jij je het verhaal van de jongen die thuis de deur uit gaat met vijf appels en met twee terugkomt.'

'Ja: hij kan ze verloren hebben, weggegeven hebben, ze waren duurder... enzovoort. Maak je geen zorgen, ik weet dat er geen sluitende en uitputtende antwoorden bestaan. Maar voor je losbrandt, had Jeanne d'Arc epilepsie?'

'Die vriend van me had het wel over haar. Jeanne d'Arc begon stemmen te horen toen ze dertien was. Uit wat ze heeft opgeschreven blijkt dat ze lichten zag – en zoiets is een symptoom van een aanval. Volgens dr. Lydia Bayne, een neurologe, worden de extatische ervaringen van deze heilige soldate opgeroepen door wat we musicogene epilepsie noemen, epilepsie veroorzaakt door bepaalde muziek: in het geval van Jeanne was dat klokgelui. Heeft die jongen een epileptische aanval gehad, waar je bij was?'

'Ja.'

'En? Was er muziek?'

'Weet ik niet meer. En zelfs als die er was, hadden we die niet kunnen horen door het gekletter van het bestek en geroezemoes.'

'Kwam hij gespannen over?'

'Hij was heel erg gespannen.'

'Dat is een andere oorzaak van zo'n crisis. Epilepsie is allerminst een recent verschijnsel: al in het oude Mesopotamië bestaan er uitzonderlijk accurate teksten over wat ze "de ziekte van de val" noemden, een val gevolgd door krampen. Onze voorvaderen dachten dat de ziekte veroorzaakt werd door demonen die iemands lichaam binnendrongen: pas veel later bracht de Griek Hippocrates de krampen in verband met een stoornis in de hersenen. Tot op de dag van vandaag zijn mensen die aan epilepsie lijden slachtoffer van de indruk die het op anderen maakt.'

'Dat kan ik geloven: ik schrok vreselijk toen het gebeurde.'

'Omdat je het had over een voorspelling, heb ik mijn vriend gevraagd zich speciaal daarop te richten. Hoewel er vele bekende mensen aan lijden en geleden hebben, zijn volgens hem de onderzoekers het er in meerderheid over eens dat deze kwaal niemand bijzondere krachten verleent. Toch zijn de beroemde epileptici er uiteindelijk de oorzaak van dat de mensen de aanvallen als iets "mystieks" zijn gaan zien.'

'Beroemde epileptici zoals wie bijvoorbeeld?'

'Napoleon, Alexander de Grote, Dante. Ik heb het lijstje namen kort willen houden, want wat jou intrigeerde, was de voorspelling van die jongen. Hoe heet hij trouwens?'

'Je kent hem niet, maar ga nou verder met je verhandeling, want de keren dat ik je zie, had je eigenlijk al bij de volgende patiënt moeten zijn.'

'Wetenschappers die studie maken van de Bijbel beweren dat de apostel Paulus een epilepticus was. Dat baseren ze op het feit dat hij op de weg naar Damascus een fel licht naast zich zag dat hem op de grond gooide, hem verblindde, en maakte dat hij een paar dagen niet in staat was om te eten en drinken. In de medische literatuur wordt dat gezien als "temporaalkwabepilepsie".'

'Ik geloof niet dat de Kerk het daarmee eens is.'

'Ik denk dat ik het er ook niet mee eens ben, maar de medische literatuur zegt het. Er zijn ook epileptici die neigen tot zelfdestructie, zoals bij Van Gogh het geval was: hij beschreef zijn krampen als "innerlijke stormen". In Saint-Remy, waar hij was opgenomen, was een van de verplegers getuige van een aanval.'

'Hij is er op zijn minst in geslaagd zijn destructieve neiging constructief te maken, door zijn schilderijen.'

'Het vermoeden bestaat dat Lewis Carroll *De avonturen van Alice in Wonderland* schreef om zijn eigen ervaringen met de ziekte te beschrijven. Het relaas aan het begin van het boek, als Alice een zwart gat binnengaat, is voor het merendeel van de epileptici een vertrouwd iets. Tijdens haar reis door het Wonderland ziet Alice vaak vliegende dingen, en ervaart ze haar lichaam als uitzonderlijk licht – een andere heel accurate weergave van de effecten van een aanval.'

'Het ziet er dus naar uit dat epileptici aanleg voor kunst hebben.'

'Helemaal niet: het is alleen zo dat die zaken met elkaar in verband gebracht worden, omdat kunstenaars over het algemeen beroemd worden. De literatuur kent heel veel voorbeelden van schrijvers bij wie men epilepsie vermoedt of bij wie de diagnose epilepsie zonder meer is gesteld: Molière, Edgar Allan Poe, Flaubert. Dostojevski had zijn eerste toeval toen hij negen was, en hij zegt dat hij daardoor momenten van intense vrede met het leven kende én momenten van zware depressiviteit. Maar laat het je niet imponeren, en ga alsjeblieft niet denken dat jij er na dat ongeluk ook last van kunt krijgen. Ik kan me geen enkel geval herinneren van epilepsie veroorzaakt door een verkeersongeval.'

'Ik zei al dat het gaat om een kennis van me.'

'Is het nou zo dat de jongen van die toekomstvisioenen echt

bestaat, of heb jij dat allemaal verzonnen, gewoon omdat je naar jouw idee een aanval kreeg toen je van het trottoir af stapte?'

'Integendeel: ik heb er een hekel aan om symptomen van ziekten te kennen. Iedere keer als ik een boek over geneeskunde lees, ga ik al die dingen die er beschreven worden zelf voelen.'

'Laat ik je één ding zeggen, maar begrijp me alsjeblieft niet verkeerd: ik vind dat dit ongeluk je bijzonder goed heeft gedaan. Je komt rustiger op me over, minder obsessief. Natuurlijk, als je met de dood te maken krijgt, helpt je dat om beter te leven: zoiets zei je vrouw tegen me, toen ze me een bebloed lapje gaf dat ik altijd bij me draag – al heb ik als medicus sowieso alle dagen met de dood te maken.'

'Zei ze nog waarom ze je dat lapje gaf?'

'Ze beschreef in heel edelmoedige termen wat ik beroepshalve doe. Ze zei dat ik in staat was techniek met intuïtie te combineren, mijn vak met liefde. Ze vertelde me dat een stervende soldaat haar had gevraagd om zijn hemd in stukken te knippen, en het over de mensen te verdelen die er zich oprecht voor inzetten de wereld te laten zien zoals hij is. Ik stel me zo voor dat jij, met jouw boeken, ook een stukje van dat hemd hebt.'

'Nee, dat heb ik niet.'

'En weet je waarom niet?'

'Ja. Of, beter gezegd, ik ben nu bezig erachter te komen.'

'Ik ben je dokter maar ook je vriend, mag ik je daarom nog iets zeggen? Als die epileptische jongen heeft gezegd dat hij de toekomst kan voorspellen, dan heeft hij van geneeskunde in ieder geval geen verstand. Denk daar nog maar eens over na.'

Zagreb, Kroatië.

Halfzeven 's ochtends.

Marie en ik zitten bij het bevroren bassin van een fontein, lente heeft het dit jaar niet willen worden – het ziet ernaar uit dat we rechtstreeks van de winter naar de zomer zullen gaan. Midden in het bassin staat een zuil met bovenop een standbeeld.

Ik heb de middag doorgebracht met het geven van interviews en ben ondertussen het praten over mijn nieuwe boek beu. De vragen van de journalisten zijn steeds dezelfde: of mijn vrouw het boek gelezen heeft (ik antwoord dat ik dat niet weet), of ik me door de kritiek onheus bejegend voel (hè?), of ik door *Een tijd om te scheuren en een tijd om te herstellen* te schrijven mijn publiek niet op een of andere manier heb geshockeerd, vooral omdat ik het een en ander over mijn privé-leven onthul (waar kan een schrijver anders over schrijven dan over zijn eigen leven?), of het boek verfilmd gaat worden (ik herhaal voor de duizendste keer dat de film zich in het hoofd van de lezer afspeelt, ik heb de verkoop van de rechten van al mijn boeken verboden), wat ik van de liefde denk, want ik heb over de liefde geschreven, wat je moet doen om gelukkig te worden in de liefde, liefde, liefde...

Zijn de interviews voorbij, volgt het diner met de uitgevers – hoort bij het ritueel. Aan tafel zoals gebruikelijk de plaatselijke notabelen, die me telkens als ik de vork in mijn mond stop, onderbreken met meestal een vraag als: 'Waar komt uw inspiratie vandaan?' Ik probeer te eten, maar moet tegelijk vriendelijk zijn, praten, mijn rol van beroemdheid vervullen, een paar interessante verhalen vertellen, een goede indruk achterlaten. Ik weet dat de uitgever een hele baas is, hij weet nooit of een boek een succes wordt, hij kon beter bananen of zeepjes verkopen

– biedt meer zekerheid, nee, ijdel zijn ze niet, grote ego's zijn het niet, en als de publiciteit slecht gedaan wordt of als het boek niet in een bepaalde boekhandel ligt, zijn ze niet boos, nee.

Na het diner ligt altijd hetzelfde draaiboek klaar: ze willen me alles laten zien – monumenten, historische locaties, de cafés die op dat moment *hot* zijn. Altijd hebben ze een gids die echt alles kent, en die mijn hoofd volstouwt met weetjes en wetenswaardigheden. Aan mij ondertussen de taak om de indruk te geven, met een vraag af en toe, dat ik geïnteresseerd ben en luister. Ik ken bijna alle monumenten, musea, historische locaties in bijna alle, zo niet alle, steden die ik ooit bezocht heb om mijn werk te promoten – en ik herinner me er absoluut niets van. Het enige wat overblijft zijn de onverwachte dingen, ontmoetingen met lezers, cafés, straten waar ik toevallig liep, een hoek om sloeg en plotseling iets prachtigs zag.

Mijn plan is ooit een reisgids te schrijven met enkel en alleen kaarten en adressen van hotels, de rest van de pagina's blanco: de mensen zullen op die manier hun eigen, unieke draaiboek moeten maken, zelf de restaurants moeten ontdekken, de monumenten en de andere geweldige dingen die iedere stad heeft maar in 'het verhaal dat ze ons verteld hebben', de officiële geschiedenis, niet voorkomen.

Ik was al eens in Zagreb. En deze fontein – ook al komt hij in geen enkele gids voor – is veel belangrijker dan al het andere dat ik hier heb gezien: het is een juweeltje. Ik heb hem bij toeval ontdekt, hij hoort bij mijn leven. Jaren geleden, toen ik een jonge jongen was en ik de wereld afholde op zoek naar avontuur, heb ik ook op deze plek gezeten, samen met een Kroatische schilder met wie ik lange tijd had gereisd. Ik zou doorreizen naar Turkije, hij ging terug naar huis. Hier hebben we afscheid genomen met twee flessen wijn, we dronken en hadden het over alles wat er in de tijd dat we samen waren gebeurd was, over godsdienst, vrouwen, muziek, prijzen van hotelkamers, drugs. We hadden het over alles, behalve over de liefde, want we hielden van elkaar zonder dat we dat onderwerp hoefden aanroeren.

Toen de schilder naar huis was leerde ik een meisje kennen, drie dagen gingen we met elkaar om, we hielden van elkaar zo intens als maar kan: we wisten allebei dat het maar heel kort zou duren. Zij heeft me de ziel van dit volk doen begrijpen, en ik ben haar nooit vergeten, zoals ik ook de fontein en het afscheid van mijn reisgezel nooit ben vergeten.

Vanwege dat alles heb ik na de interviews, de handtekeningen, het diner, het bezoek aan monumenten en historische plekken mijn uitgevers gevraagd me hiernaartoe te brengen en hen zo tot wanhoop gedreven. Ze vroegen waar het was: ik wist het niet en evenmin wist ik dat Zagreb zoveel van die fonteinen had. Na bijna een uur zoeken vonden we ten slotte de bewuste fontein. Ik bestelde een fles wijn, Marie en ik namen van iedereen afscheid, we gingen zitten en zaten daar stil, dicht tegen elkaar, we dronken en wachtten de zonsopgang af.

'Je bent met de dag tevredener,' merkt ze op, haar hoofd op mijn schouder.

'Omdat ik probeer te vergeten wie ik ben. Liever gezegd, ik hoef de last van mijn verleden niet meer mee te zeulen.'

Ik vertel haar Michaïls relaas van het gesprek met de nomade.

'Bij acteurs gebeurt iets soortgelijks,' zegt ze, 'voor iedere nieuwe rol moeten we ophouden te zijn wie we zijn, om in de huid te kunnen kruipen van het personage. Maar met als consequentie dat we op den duur verwarde, neurotische mensen worden. Vind je het echt wel zo'n goed idee om je persoonlijke verhaal achter je te laten?'

'Zei je niet dat het beter met me gaat?'

'Ik vind je minder egoïstisch. Hoewel ik het leuk vond dat je iedereen gek maakte omdat je deze fontein wilde vinden. Wat wel weer haaks staat op wat je me net vertelt, die fontein is immers iets uit je verleden.'

'Hij is een symbool voor me. Ik zeul die fontein niet met me mee, ik denk er niet alsmaar aan, ik heb er geen foto's van gemaakt om aan vrienden te laten zien, de schilder die toen vertrok mis ik niet meer, en ook niet het meisje op wie ik verliefd was. Het is fijn dat ik hier weer eens terug ben – maar zou dat niet gebeurd zijn, aan wat ik toen heb meegemaakt verandert het niets.'

'Ik begrijp wat je zegt.'

'Ik voel me goed, blij.'

'Ik niet; want je verhaal van daarnet doet me denken dat je weg zult gaan. Ik wist het vanaf de eerste keer dat we elkaar zagen, en toch is het moeilijk: ik heb me immers aan jou gewend.'

'Dat is het probleem: je aan iets wennen.'

'Menselijk is het wel.'

'En juist daarom is de vrouw met wie ik getrouwd ben, veranderd in de Zahir. Tot op de dag van het ongeluk was ik ervan overtuigd dat zij de enige was met wie ik gelukkig kon zijn, en niet omdat ik van haar meer hield dan van wie of wat ook ter wereld.

Maar omdat ik dacht dat alleen zij mij begreep, wist waar ik van hield, mijn nukken en grillen kende, wist hoe ik het leven zag. Ik was dankbaar om wat ze voor mij had gedaan en vond dat zij dankbaar hoorde te zijn voor wat ik voor haar had gedaan. Ik was eraan gewend de wereld door haar ogen te zien. Herinner je je dat verhaal van de twee mannen die van een brand komen, en een van hen heeft zijn gezicht vol roet?'

Haar hoofd kwam los van mijn schouder; ik zag dat haar ogen vol tranen stonden.

'Want zo was de wereld voor mij,' ging ik verder, 'een weerspiegeling van de schoonheid van Esther. Is dat liefde? Of is dat een soort afhankelijkheid?'

'Weet ik niet. Ik denk dat liefde en afhankelijkheid hand in hand gaan.'

'Misschien. Je weet dat *Een tijd om te scheuren en een tijd om te herstellen* in feite een lange brief is van een man aan zijn vrouw, die ver weg is. Stel dat ik nou in plaats daarvan voor een andere opzet had gekozen, zoals deze: man en vrouw zijn sinds tien jaar samen. In het begin hadden ze iedere dag seks, nu nog slechts één keer per week, maar dat is uiteindelijk niet zo belangrijk: ze voelen zich partners, maatjes, ze steunen elkaar. Als hij in zijn eentje moet eten omdat zij langer op haar werk moet zijn, voelt hij zich verdrietig. En zij vindt het vervelend als hij op reis is, maar begrijpt dat zijn beroep dit met zich meebrengt. Ze merken dat er iets ontbreekt, maar ze zijn volwassen, rijpe mensen, weten hoe belangrijk het is om – en niet eens voor hun kinderen – een relatie stabiel te houden. Ze gaan werk en kinderen steeds meer centraal stellen, denken steeds minder aan hun huwelijk – dat zo op het oog bijzonder gelukkig is, er is geen andere man of vrouw in het spel.

Ze merken dat er iets niet goed zit, maar het lukt ze niet er de vinger op te leggen. Ze worden met de jaren afhankelijker van elkaar, ze raken op leeftijd, de kansen om een nieuw leven te beginnen worden klein. Ze houden zich steeds meer bezig met lezen, borduren, tv-kijken, vrienden – maar ze praten altijd nog wel tijdens het eten of erna. Hij is sneller geïrriteerd, zij is stiller dan voorheen. Ze beseffen dat ze steeds verder van elkaar verwijderd raken en begrijpen niet waarom. Ze komen tot de slotsom dat een huwelijk gewoon zo is, maar weigeren daarover met hun vrienden te praten, ze maken naar buiten toe de indruk een gelukkig koppel te zijn, dat elkaar helpt, dezelfde interesses heeft. Zo nu en dan is er een minnaar, een minnares, natuurlijk niets serieus. Waar het om gaat, wat noodzakelijk is en niet anders kan is net te doen alsof er niets aan de hand is; het is te laat om te veranderen.'

'Dat verhaal komt me bekend voor, ook al heb ik het persoonlijk niet meegemaakt. Ik denk dat het leven een voortdurende training is om dat soort situaties vol te houden.'

Ik doe mijn overjas uit en stap op de rand van het bassin. Zij vraagt wat ik ga doen.

'Naar de zuil toe lopen.'

'Doe niet zo gek. Het is al lente, het ijs is vast heel dun.'

'Ik wil en zal daarnaartoe.'

Ik zet een voet op het ijs, het geeft mee maar breekt niet.

Toen ik de zon op zag komen, had ik het met God op een akkoordje gegooid: als het mij lukken zou om tot de zuil te lopen en weer terug, zonder dat het ijs brak, zou dat een teken zijn dat ik me op de juiste weg bevond en dat Zijn hand me daarbij leidde.

'Zo meteen zak je erdoor.'

'Wat zou het? Het ergste wat me kan overkomen is dat ik het ijskoud krijg. Het hotel is vlakbij, zo lang zal ik het niet koud hebben.'

Ik zet de andere voet op het ijs: ik sta er nu met beide voeten op, het ijs laat los aan de rand en er stroomt een beetje water op, maar het breekt niet. Voetje voor voetje loop ik naar de zuil toe, het is krap vier meter heen en terug, en het enige wat ik riskeer is een koud bad. Ondertussen niet denken aan wat er gebeuren kan: de eerste stap heb ik al gezet, ik wil de eindstreep halen.

Langzaam schuifel ik verder, kom bij de zuil, tik hem aan en ik hoor alles kraken maar sta nog steeds op het ijs. Instinctief wil ik ervan af rennen, maar iets zegt me dat als ik dat doe, mijn stappen krachtiger, zwaarder zullen worden en ik door het ijs zal zakken. Ik moet langzaam teruglopen, even voorzichtig als eerst.

De opkomende zon schijnt recht in mijn gezicht, verblindt me een beetje, ik zie alleen maar silhouetten, van Marie en van gebouwen en bomen. Er komt steeds meer beweging in het ijs, het water borrelt nog steeds langs de rand omhoog, stroomt op het ijs, maar ik weet – en daar twijfel ik geen moment aan – dat het me gaat lukken. Want ik ben één met de dag, één met mijn keuzes, ik weet wat bevroren water kan hebben, weet hoe ik ermee om moet gaan, vragen dat het me helpt, dat het me blijft dragen. Ik begin in trance te raken, in een euforische trance – ik ben opnieuw kind, een kind dat stoute dingen doet die me een immens plezier geven. Wat leuk! Maffe akkoordjes met God, zo van 'als me dit lukt, gaat er dat en dat gebeuren', tekens, opgeroepen niet door iets externs, maar door mijn intuïtie, door mijn vermogen aloude regels te vergeten en nieuwe situaties te creëren.

Ik ben dankbaar dat ik Michaïl ben tegengekomen, de epilepticus die denkt dat hij stemmen hoort. Ik ben naar hem toe gegaan omdat ik mijn vrouw zocht, om vervolgens te ontdekken dat ik mezelf tot een zwakke afspiegeling van mezelf heb gemaakt. Is Esther nog steeds belangrijk? Ik vermoed van wel, want ooit heeft haar liefde mijn leven veranderd, en haar liefde verandert mij nu weer. Mijn verhaal was oud, een steeds zwaardere last, steeds deprimerender, zodat ik niet anders kon dan risico's nemen zoals over dit ijs lopen en daarbij een wedje maken met God, een teken afdwingen. Ik was vergeten dat je de Camino de Santiago steeds over moet doen, onnodige bagage moet weggooien, alleen datgene overhouden waar je geen dag buiten kunt. Zorgen dat de liefdesenergie vrij kan stromen, van buiten naar binnen, van binnen naar buiten.

Het kraakt weer, er verschijnt een barst, een scheur – maar ik weet dat het me gaat lukken, want ik ben licht, heel erg licht, ik zou zelfs over een wolk kunnen lopen en er niet doorheen zakken. Het gewicht van de roem, van de verhalen die verteld werden, van de draaiboeken die ik moest volgen draag ik niet langer mee – ik ben transparant en laat de zonnestralen mijn lichaam doorschijnen en mijn ziel verlichten. Ik zie dat er nog vele donkere plekken in mij bestaan, maar in de loop van de tijd zullen ze stukje bij beetje schoongemaakt worden, met volharding en moed.

Weer een stap, en de herinnering aan een envelop op mijn bureau. Binnenkort maak ik die open, en in plaats van over het ijs te gaan schuifelen, zal ik de weg nemen die me naar Esther brengt. Niet langer omdat ik haar aan mijn zijde wens, zij is vrij om haar eigen weg te gaan, daar verder te gaan waar ze zich bevindt. Niet langer omdat ik dag en nacht over de Zahir droom; deze verwoestende, amoureuze obsessie lijkt verdwenen te zijn. Niet langer omdat ik zo aan mijn verleden gehecht ben, maar ik verlang er vurig naar om naar haar terug te keren.

Weer een stap, weer kraakt het, maar de reddende rand van het bassin komt eraan.

Ik zal de envelop openmaken en naar haar toe gaan, want – zoals Michaïl, de epilepticus, de ziener, de goeroe uit het Armeense restaurant zegt – het verhaal mag niet onafgemaakt blijven. Dan, wanneer alles verteld en vele malen opnieuw verteld is, wanneer de plaatsen die ik ben gepasseerd, de tijden die ik heb doorgemaakt, de stappen die ik vanwege haar heb gezet veranderen in verre herinneringen, zal er heel eenvoudig alleen maar zuivere liefde overblijven. Ik zal niet het gevoel hebben dat ik iets 'schuldig' ben, niet denken dat ik haar nodig heb omdat zij als enige in staat is mij te begrijpen, omdat ik aan haar gewend ben, omdat zij mijn slechte kanten en mijn goede kanten kent, weet dat ik graag geroosterd brood eet voor ik ga slapen, weet dat ik de televisie op het internationale nieuws wil als ik opsta, iedere ochtend een wandeling moet maken, weet heeft van mijn passie voor boogschieten, van de uren die ik doorbreng aan het computerscherm, van de woede die ik voel wanneer de huishoudster maar blijft roepen dat het eten op tafel staat.

Dat alles zal verdwijnen. Maar de liefde blijft, de liefde die de hemel beweegt, de sterren, de mensen, de bloemen, de insecten en die iedereen dwingt om over gevaarlijk ijs te lopen, die ons vervult van blijdschap en van angst, maar die zin geeft aan alles.

Ik tik de stenen rand aan, een hand wordt uitgestoken, ik pak hem vast, Marie helpt me mijn evenwicht te bewaren en van het ijs te stappen.

'Ik ben trots op je. Ik zou het nooit gedaan hebben.'

'Ik denk dat ik het een tijd geleden evenmin gedaan zou hebben – het lijkt kinderlijk, onverantwoordelijk, onnodig, zonder enig nut. Maar het is alsof ik nu opnieuw geboren word, ik ben toe aan nieuwe dingen, wil nieuwe dingen durven.'

'Het ochtendlicht doet je goed: je praat alsof je een wijze bent.'

'Een wijze doet niet wat ik daarnet deed.'

Ik moet een hoofdartikel schrijven voor een tijdschrift waarbij ik op de Bank van Wederdienst flink in het krijt sta. Ik heb honderden, zo niet duizenden ideeën, maar ik zou niet weten welk daarvan mijn bloed, zweet en tranen waard is.

Het is niet de eerste keer dat zoiets gebeurt, maar ik vind dat ik alle belangrijke dingen die ik moest zeggen, al gezegd heb, ik ben bezig te vergeten, vergeet wie ik ben.

Ik ga bij het raam staan, kijk op straat, ik probeer mezelf wijs te maken dat ik in mijn beroep alles bereikt heb wat er te bereiken valt, niets meer hoef te bewijzen, ik kan me terugtrekken in een huisje in de bergen, de rest van mijn leven doorbrengen met lezen, wandelen, praten over lekker koken en lekker eten en over het weer. Ik kan niet vaak genoeg zeggen dat ik al bereikt heb wat vrijwel geen schrijver bereikt heeft – in nagenoeg alle talen uitgegeven worden. Waarom het mezelf moeilijk maken met een of ander simpel stukje tekst, hoe belangrijk dat blad ook mag zijn?

Vanwege de Bank van Wederdienst. Dus moet ik echt aan het schrijven, maar wat ga ik de mensen vertellen? Dat ze de verhalen moeten vergeten die hun verteld zijn, meer risico moeten nemen?

Ze zullen allemaal antwoorden: 'Ik ben een onafhankelijk iemand, ik doe de dingen waarvoor ik zelf gekozen heb.'

Dat ze moeten zorgen dat de liefdesenergie vrij kan stromen?

Ze zullen antwoorden: 'Ik doe niet anders dan liefhebben, en telkens meer', waarbij ze de liefde kwantificeren alsof het om de afstand tussen treinrails gaat, of om de hoogte van gebouwen, of om het puntje gist meer of minder dat je nodig hebt om een taart te bakken.

Ik ga terug aan mijn bureau. De envelop die Michaïl achter heeft gelaten is open, ik weet nu waar Esther is, ik moet zien te achterhalen hoe ik daar kan komen. Ik bel Michaïl op en doe hem het verhaal van de fontein. Hij vindt het geweldig. Ik vraag wat zijn plannen voor vanavond zijn, hij antwoordt dat hij uitgaat met Lucrecia, zijn vriendin. Of ik hen kan uitnodigen om uit eten te gaan? Vandaag niet, maar volgende week kunnen we, als ik zin heb, uitgaan, samen met zijn vrienden.

Ik zeg dat ik de komende week een lezing heb in de Verenigde Staten. 'Het heeft geen haast,' antwoordt hij, 'dan wordt het over twee weken.' En vervolgens zegt hij: 'Je hebt vast een stem gehoord van wie je over het ijs moest lopen.'

'Ik heb helemaal geen stem gehoord.'

'Nou, waarom deed je het dan?'

'Omdat ik voelde dat het gedaan moest worden.'

'Oké, dat is een andere vorm van de stem horen.'

'Ik heb een wedje gedaan. Ik zou er klaar voor zijn, als het me zou lukken het ijs over te steken. En ik denk dus dat ik er klaar voor ben.'

'Nou dan heeft de stem je het teken gegeven dat je nodig had.'

'En heeft de stem daarover nog iets tegen jou gezegd?'

'Nee. Maar dat hoeft ook niet: toen we aan de Seine waren, toen ik zei dat zij ons waarschuwde dat de tijd er nog niet rijp voor was, heb ik ook begrepen dat ze tegen jou zou zeggen wanneer het dan wel zover was.'

'Ik zei je al dat ik helemaal geen stem heb gehoord.'

'Dat denk jij, en dat denkt iedereen. En toch, naar wat de aanwezigheid me steeds vertelt, horen wij allemaal voortdurend stemmen. Zij zijn het die ons laten begrijpen dat we met een teken van doen hebben. Begrijp je?'

Ik wil niet verder in discussie gaan. Het enige waar ik behoefte aan heb, is aan puur praktische informatie: weten waar je een auto huurt, hoe lang de reis duurt, hoe het huis te lokaliseren, want wat ik voor me heb liggen is afgezien van een landkaart een hele serie vage aanwijzingen – de oever van dat en dat meer aanhouden, naar een naambordje van een bepaald bedrijf uitkijken, rechts afslaan, enzovoort. Misschien kent hij iemand die me kan helpen.

We spreken af waar en wanneer we elkaar de volgende keer treffen, Michaïl vraagt me zo onopvallend mogelijk gekleed te gaan – 'de stam' zou door Parijs gaan trekken.

Ik vraag wie 'de stam' is. 'De mensen die met mij in het restaurant werken,' antwoordt hij zonder verdere uitleg. Ik vraag of ik iets voor hem kan meebrengen uit Amerika. Hij wil een bepaald middel tegen brandend maagzuur. Naar mijn idee zijn er heel wat interessantere dingen uit Amerika mee te brengen, maar ik schrijf het op.

En het artikel?

Ik ga weer aan mijn bureau zitten, ik denk na over wat ik zal schrijven, kijk opnieuw naar de envelop, en kom tot de slotsom dat ik niet verbaasd ben over wat ik erin aantrof. Na de paar ontmoetingen die ik met Michaïl heb gehad, had ik eigenlijk ook niet anders verwacht.

Esther bevindt zich in de steppe, in een dorpje in Centraal-Azië, in Kazachstan om precies te zijn.

Ik heb geen enkele haast meer: ik ga verder met het opnieuw doornemen van mijn verhaal, dat ik uiterst nauwgezet aan Marie vertel; zij heeft besloten hetzelfde te doen, ik sta versteld van de dingen die ze me vertelt, maar het procédé lijkt vruchten af te werpen – ze is zekerder, minder angstig.

Ik weet niet waarom ik Esther nog zo graag wil vinden, want mijn liefde voor haar verlicht opnieuw mijn leven, leert me weer nieuwe dingen, en dat is genoeg. Maar ik herinner me wat Michaïl heeft gezegd – 'het verhaal mag niet onafgemaakt blijven' – en ik besluit verder te gaan. Ik weet dat ik ga ontdekken wanneer precies ons huwelijk door het ijs is gezakt, en wij vervolgens verder gelopen zijn, door het ijskoude water, alsof er niets gebeurd was. Ik weet dat ik dat ontdekken zal voor ik in het Kazachstaanse dorpje aankom, om daar de cyclus af te sluiten, of om hem nog langer te maken.

Het artikel! Zou Esther soms opnieuw de Zahir geworden zijn, en zorgt ze ervoor dat ik me nergens anders meer op kan concentreren?

Nee, dat is niet zo. Want als ik een haastklus moet doen die creatieve energie vereist, dan is dit bij mij nou eenmaal het ge-ijkte procédé: tegen het hysterische aan zitten, besluiten op te geven, en dan opeens is de tekst er als vanzelf, alsof hij geopenbaard wordt. Ik heb het anders geprobeerd aan te pakken, ver van tevoren beginnen, maar mijn fantasie blijkt alleen maar te functioneren als de druk gigantisch is. Ik kan onmogelijk onder mijn verplichtingen tegenover de Bank van Wederdienst uit, ik moet drie pagina's sturen over – je raadt het nooit! – de problematische relatie tussen man en vrouw. Ik dus! Want de uitgevers menen dat iemand die *Een tijd om te scheuren en een tijd om te herstellen* schreef vast een diep inzicht heeft in de menselijke ziel.

Ik probeer verbinding te maken met het internet, wat niet lukt. Sinds ik de verbinding geruïneerd heb, is het nooit meer echt goed gekomen. Ik heb al diverse technuten gebeld die, áls ze al kwamen opdagen, alleen maar konden constateren dat de computer tiptop in orde was. Ze vroegen wat de klacht was, probeerden het ding een halfuur uit, veranderden configuraties, om me dan te verzekeren dat het probleem niet bij mij lag, maar bij de server. Ik liet me overtuigen – per slot van rekening was alles tiptop – en voelde me belachelijk dat ik om hulp had gevraagd. Twee, drie uur later een nieuwe crash van het apparaat en de verbinding. En nu, na maanden van fysieke en psychologische uitputting, accepteer ik maar dat de technologie sterker en machtiger is dan ik: het ding doet het als het hem uitkomt en zijn pet ernaar staat, en als dat niet zo is, lees ik maar liever de krant, maak een wandelingetje, in de hoop dat het humeur van de kabels, van de telefoonlijnen verandert en het ding het weer wil doen. Ik heb er niets over te zeggen, het heeft een eigen leven, zo heb ik ontdekt.

Ik probeer het nog twee, drie keer, en door ervaring wijs geworden weet ik dat ik mijn pogingen maar beter kan staken. Het internet, de grootste bibliotheek ter wereld, houdt op dit moment zijn poorten voor mij gesloten. Dan dus maar tijdschriften lezen en daar mijn inspiratie uit proberen te halen? Ik pak er een uit de binnengekomen post van die dag, lees een merkwaardig interview met een vrouw die net een boek heeft gepubliceerd over – je raadt het nooit! – de liefde. Het onderwerp schijnt me op alle mogelijke manieren te achtervolgen.

De journaliste vraagt of het vinden van een geliefde voor de mens de enige manier is om gelukkig te worden. De vrouw zegt van niet:

De idee dat liefde tot geluk leidt is een moderne uitvinding, van eind zeventiende eeuw. Vanaf dan leren mensen te geloven dat liefde voor eeuwig moet duren en dat het huwelijk de beste plek is om haar in praktijk te brengen. In het verleden was men niet zo optimistisch over het eeuwigheidsgehalte van de hartstocht. Romeo en Julia *is geen geluksverhaal, het is een tragedie. De laatste tientallen jaren is de verwachting ten aanzien van het huwelijk als dé weg tot zelfverwezenlijking zeer toegenomen. Maar de teleurstelling en de onvrede over het huwelijk namen tegelijkertijd toe.*

Het is een nogal moedige stellingname, maar niet bruikbaar voor mijn artikel – met name omdat ik het volstrekt oneens ben met wat de vrouw zegt. Ik zoek in mijn boekenkast naar een boek dat niets van doen heeft met de relatie tussen man en vrouw: *Magie in Noord-Mexico*. Even de zinnen verzetten, me ontspannen, het artikel tot een obsessie maken zal me immers niet helpen.

Ik blader wat en plotseling lees ik iets wat me verrast:

De 'acomodador': in ons leven is er steeds een gebeurtenis aan te wijzen, die er de oorzaak van is dat we gestopt zijn ons verder te ontwikkelen. Een trauma, een nederlaag die bijzonder bitter was,

een teleurstelling in de liefde, zelfs een overwinning die we niet als
zodanig herkennen leidt er uiteindelijk toe dat we de moed verlie-
zen en niet verder gaan. De sjamaan, die zijn occulte krachten wil
ontwikkelen, moet zich allereerst bevrijden van dit 'acomodador-
punt', daartoe moet hij zijn leven de revue laten passeren om te
ontdekken waar dat punt zich bevindt.

De acomodador! Wat ik lees, sluit aan bij het boogschieten – de
enige sport die me kan boeien –, sluit aan bij mijn leertijd, toen
mijn leermeester zei dat een schot nooit herhaald kan worden,
dat het geen zin heeft om te proberen van je missers en treffers
te leren. Waar het op aankomt is honderden, duizenden keren
te schieten tot je het idee laat varen dat je de roos wilt treffen en
je verandert in de pijl, in de boog, en in het doelwit. Dan stuurt
de energie van het 'iets' (mijn leraar kyudo, het Japanse boogschieten dat ik beoefende, gebruikte nooit het woord 'God') je
bewegingen en laat je de pijl niet los op het moment waarop je
dat wilt, maar op het moment waarop het 'iets' vindt dat het
zover is.

De acomodador. Een ander deel van mijn persoonlijk verhaal
komt naar boven, wat zou het fijn zijn als Marie nu hier was! Ik
moet over mezelf praten, over mijn kinderjaren, vertellen dat ik
als klein kind altijd ruziemaakte, er altijd op sloeg, omdat ik de
oudste was van het stel. Maar op een dag kreeg ik een vreselijke
afstraffing van mijn neef en vervolgens was ik ervan overtuigd
dat ik nooit meer een vechtpartij zou kunnen winnen. Fysieke
confrontaties ging ik voortaan uit de weg, ook al – ik liet me
vernederen in het bijzijn van vrienden en vriendinnen – bezorgde dat me de naam een lafaard te zijn.

De acomodador. Twee jaar lang heb ik pogingen gedaan om
gitaar te leren spelen: in het begin maakte ik veel vorderingen,
tot er een punt kwam waarop dat niet langer het geval was – want
ik had ontdekt dat anderen sneller leerden, dat ik middelmatig
was, iets wat ik als een ondraaglijke schande zag en waardoor ik
besloot dat gitaarspelen me niet meer interesseerde. Datzelfde

deed zich voor met snookeren, voetballen, wielrennen: ik bereikte een redelijk niveau, maar telkens kwam er een moment
waarop ik niet verder kon.

Waarom?

Omdat het verhaal dat ons verteld wordt luidt dat we op
een bepaald moment in ons leven 'onze grens bereiken'. Weer
herinnerde ik me hoe ik gevochten had om mijn levensbestem-
ming te ontkennen, mijn schrijverschap te ontkennen, en hoe
Esther alsmaar geweigerd had te accepteren dat de acomodador
de regels van mijn droom zou dicteren. Deze simpele alinea die
ik net gelezen had, paste bij de idee dat je je persoonlijke verhaal moet proberen te vergeten en dat je moet proberen alleen
maar de intuïtie over te houden die zich door het meemaken
van tragische gebeurtenissen en problemen heeft kunnen ontwikkelen: zo handelden de sjamanen in Mexico, zo predikten de
nomaden in de steppen van Centraal-Azië.

De acomodador:

In ons leven is er steeds een gebeurtenis aan te wijzen, die er de
oorzaak van is dat we gestopt zijn ons verder te ontwikkelen.

Zoiets was perfect van toepassing op huwelijken in het algemeen, en op mijn relatie met Esther in het bijzonder.

Ja, het artikel voor dat tijdschrift kon ik schrijven. Ik ging
achter mijn computer zitten en binnen een halfuur had ik een
voorlopige versie klaar. Het resultaat stemde tot tevredenheid.
Ik had het in dialoogvorm geschreven, alsof het fictie was – maar
het gesprek had daadwerkelijk plaatsgevonden, in een kamer in
een Amsterdams hotel, na een dag van intensieve promotieac-
tiviteiten, het gebruikelijke etentje, bezoek aan 'toeristische at-
tracties', enzovoort.

In mijn artikel blijven de namen van personen en de situatie
waarin ze zich bevinden verder onvermeld. In werkelijkheid is
Esther in nachthemd, en kijkt ze naar de gracht die onder langs
ons raam loopt. Ze is nog geen oorlogscorrespondente, haar

ogen staan nog vrolijk, ze is dol op haar werk, reist zo vaak ze kan met me mee, en het leven is nog één groot avontuur. Ik lig op bed, zwijg, ben met mijn gedachten elders, al bij het programma van de volgende dag.

'Afgelopen week had ik een interview met iemand van de politie, die gespecialiseerd is in het ondervragen. Hij vertelde me dat de manier van ondervragen waar ze de meeste informatie mee loskrijgen de zogenaamde "koud/warm"-techniek is. Ze beginnen altijd met een gewelddadige politieman die dreigt zich aan geen enkele regel te zullen houden, die schreeuwt en op tafel slaat. Zodra de arrestant bang is, komt de "goede politieman" binnen, hij eist dat de ander daarmee stopt, biedt de verdachte een sigaret aan, wordt maatjes met hem en zo krijgt hij wat hij wil.'

'Dat wist ik al.'

'Hij vertelde me daarnaast iets waar ik vreselijk van geschrokken ben. In 1971 besloot een groep onderzoekers van Stanford University om een simulatie-experiment op te zetten om zo de psychologie van het ondervragen te kunnen bestuderen. Ze richtten een gevangenis in, selecteerden 24 proefpersonen, studenten die zich daarvoor vrijwillig gemeld hadden, en verdeelden ze over twee groepen: "bewakers" en "misdadigers".

Na een week moesten ze het experiment stopzetten: de "bewakers", jongens en meisjes met normale normen en waarden, opgegroeid in gegoede families, hadden zich ontpopt tot ware monsters. Het gebruik van mishandeling was schering en inslag geworden, seksueel misbruik van "gevangenen" werd gezien als iets doodgewoons. De studenten die deelgenomen hadden aan het project, "bewakers" zowel als "misdadigers", waren zo zwaar getraumatiseerd dat ze lange tijd medische zorg nodig hadden. Het experiment is nooit herhaald.'

'Interessant.'

'Wat wil je zeggen met "interessant"? Ik heb het over iets ontzettend belangrijks: het vermogen van de mens het kwade te doen zodra hij daartoe de kans krijgt. Ik heb het over mijn werk, over dingen die ik daarbij opsteek!'

'Nou, dat vind ik interessant. Waarom ben je geïrriteerd?'

'Geïrriteerd? Hoe zou ik me in godsnaam kunnen ergeren aan iemand die niet de minste aandacht heeft voor wat ik zeg? Hoe zou ik zenuwachtig kunnen worden van iemand die me absoluut niet provoceert, en alleen maar ligt te liggen, met de blik op oneindig?'

'Heb je vandaag gedronken?'

'Jij weet echt niet of dat zo is, hè? Ik zat nota bene de hele avond naast je, en dan weet meneer niet of ik heb gedronken of niet! Meneer keek inderdaad alleen maar mijn kant op wanneer meneer wilde dat ik iets bevestigde wat meneer had gezegd of als meneer het nodig vond dat ik een mooi verhaal over hem vertelde!'

'Begrijp je dan niet dat ik al sinds vanochtend aan het werk ben, en dat ik doodmoe ben? Waarom kom je niet naar bed, dan gaan we slapen en praten we morgen, oké?'

'Nee, niet oké, want dat heb ik de afgelopen twee jaar wekenlang, maandenlang gedaan! Probeer ik te praten, ben jij moe, en is het: we gaan slapen en morgen praten we! Maar de volgende dag zijn er andere dingen die gedaan moeten worden en wordt het weer een dag van werken, etentjes, we gaan slapen en morgen praten we. Zo breng ik mijn leven door: met afwachten of ik je misschien weer eens een dag voor mezelf mag hebben, tot ik het zat ben, nergens meer om vraag, me een wereld schep waarin ik me kan terugtrekken als dat weer eens nodig is: een wereld die niet zo ver weg is dat het zou kunnen lijken alsof ik een onafhankelijk leven heb, en niet zo dichtbij dat het zou kunnen lijken alsof ik jouw universum binnendring.'

'Wat wil je dat ik doe? Dat ik ophoud met werken? Dat ik stop met al die dingen die we zo moeizaam bereikt hebben? Dat we een cruise gaan maken door de Caraïben? Snap je dan niet dat ik dit echt graag doe, en een ander soort leven echt niet zie zitten?'

'In je boeken heb je het erover hoe belangrijk de liefde wel niet is, hoe noodzakelijk het avontuur, en met hoeveel plezier je vecht om je dromen gestalte te geven. Maar met wie heb ik tegenwoordig te maken? Met iemand die schrijft, maar die niet leest wat hij schrijft. Met iemand die een huwelijk uit liefde verwart met een verstandshuwelijk, avontuur met onnodig risico, plezier met plicht. Waar is die man met wie ik getrouwd ben en die altijd oor had voor wat ik zei?'

'Waar is de vrouw met wie ik getrouwd ben?'

'De vrouw die jou altijd steunde, stimuleerde, liefde gaf? Haar lichaam staat hier, het kijkt naar het water van de Singel in Amsterdam, en ik vermoed dat het bij je zal blijven zolang het leeft! Maar de ziel van deze vrouw staat bij de deur, klaar om te vertrekken.'

'Waarom?'

'Om dat verdomde "morgen praten we". Is dat voldoende? Als dat niet voldoende is, denk er dan eens aan dat die vrouw met wie je trouwde ooit een en al levenslust was, boordevol ideeën, een en al plezier en verlangen, en dat ze tegenwoordig hard op weg is een truttig huisvrouwtje te worden.'

'Dit slaat nergens op.'

'Oké, dan slaat het maar nergens op. Het is allemaal flauwekul! Totaal onbelangrijk, vooral als we bedenken dat we alles hebben, geslaagd zijn in het leven, geld hebben, we van eventuele minnaars of minnaressen geen punt maken, we nooit een crisis hebben gehad omdat we jaloers waren. Bovendien zijn er miljoenen kinderen op deze wereld die honger lijden, zijn er oorlogen, ziektes, orkanen, en gaat er geen seconde voorbij of er voltrekt zich wel ergens een ramp of tragedie. Dus, wat heb ik te klagen?'

'Vind je niet dat we aan een kind toe zijn?'

'Wel ja! Alle stellen die ik ken lossen hun problemen zo op: door een kind te nemen! En nou jij! Je vrijheid vond je altijd het hoogste goed, en een kind, dat was iets voor de verre toekomst. En nu ben je zomaar ineens van gedachten veranderd?'

221

'Ik denk dat we er nu aan toe zijn.'

'Nou, naar mijn idee kun je het niet erger mis hebben! Nee, ik wil geen kind van jou, van jou niet – ik wil een kind van de man die ik gekend heb, die dromen had, die bij me was! Als ik ooit zwanger wil worden, dan zal het zijn van iemand die me begrijpt, die bij me is, luistert, die me echt wil!'

'Ik weet zeker dat je gedronken hebt. Morgen, ik beloof het, serieus, morgen praten we, kom nou naar bed, alsjeblieft, ik ben doodop.'

'Dus praten we morgen dan. Maar als mijn ziel, die daar bij de deur staat, besluit om op te stappen, zal dat nauwelijks invloed hebben op ons leven.'

'Die stapt niet op.'

'Je hebt mijn ziel ooit heel goed gekend; maar je praat al jaren niet met haar, je weet niet hoezeer ze veranderd is, je hoort niet hoe wan-ho-pig ze jou bidt en smeekt om naar haar te luisteren. Zelfs al gaat het over zoiets banaals als een psychologisch experiment op een Amerikaanse universiteit.'

'Als je ziel zo veranderd is, waarom ben jij dan nog steeds dezelfde?'

'Omdat ik laf ben. Omdat ik denk dat we morgen gaan praten. Om alles wat we samen hebben opgebouwd en wat ik niet graag afgebroken zie worden. Of om de ergste reden van allemaal: omdat ik me eraan aangepast heb.'

'Zojuist beschuldigde je mij nog van dat alles.'

'Je hebt gelijk. Ik heb naar jou gekeken, ik dacht dat jij het was maar feitelijk zag ik mezelf. Vannacht ga ik met al mijn kracht en al mijn geloof bidden: ik ga God vragen niet toe te staan dat de rest van mijn leven verloopt op de manier waarop het nu gaat.'

Ik hoor het applaus, het theater zit vol. Ik ga zo meteen iets doen wat me de nacht tevoren altijd mijn slaap kost: een lezing geven.

De inleider begint met te zeggen dat hij me niet hoeft in te leiden – wat een gotspe is, omdat hij juist daarvoor is ingehuurd, en omdat hij er geen rekening mee houdt dat tal van mensen in de zaal misschien niet precies weten wie ik ben en door vrienden zijn meegesleept. Maar desondanks lepelt hij toch wat biografische gegevens op, spreekt over mijn kwaliteiten, de prijzen die ik in ontvangst mocht nemen, de miljoenen verkochte boeken. Hij bedankt de sponsoren, begroet me en geeft me het woord.

Ik bedank eveneens. Ik zeg dat ik de belangrijkste dingen die ik te zeggen heb in mijn boeken zet, maar dat ik het tegenover mijn publiek als mijn verplichting zie de mens te tonen die achter mijn zinnen en alinea's schuilgaat. Ik verklaar dat wij mensen – omdat we altijd op zoek zijn naar liefde, naar acceptatie – nu eenmaal de neiging hebben om alleen maar het beste van onszelf te laten zien. Dus, een boek van mij zal altijd zijn als de piek van een berg die boven de wolken uittorent, of als een eiland in de oceaan: het licht schijnt erop, alles lijkt op zijn plek, maar onder het oppervlak is er het onbekende, de duisternis, het onophoudelijke zoeken naar onszelf.

Ik vertel hoe moeilijk het was *Een tijd om te scheuren en een tijd om te herstellen* te schrijven, dat ik zelf talloze passages van het boek nu pas, als ik het herlees, begin te begrijpen, alsof de schepping altijd guller en groter is dan haar schepper.

Ik zeg dat niets saaier is dan interviews lezen of lezingen bijwonen van auteurs die hun romanpersonages gaan uitleggen: wat geschreven staat biedt op zichzelf voldoende uitleg, zo niet dan is het een boek dat het niet verdient gelezen te worden.

Wanneer een schrijver in het openbaar verschijnt, dan moet hij proberen zijn universum te tonen, en niet zijn werk gaan uitleggen; en daarom wil ik het hebben over iets persoonlijkers: 'Enige tijd geleden was ik in Genève om een dag lang interviews te geven. Na afloop ging ik – omdat een eetafspraak met een vriendin niet doorging – een wandeling maken door de stad. Het was een heerlijke avond, de straten waren verlaten, cafés en restaurants vol leven, alles leek volstrekt vredig, in orde, mooi, en plotseling...

...plotseling besefte ik dat ik volstrekt alleen was.

Natuurlijk was ik wel vaker alleen geweest dat jaar. Natuurlijk wachtte ergens, op twee uur vliegen, mijn vriendin. En natuurlijk kun je na een drukke dag als deze niets beters doen dan wandelen door historische straatjes en steegjes, zonder met iemand te hoeven praten, met slechts oog voor de schoonheid van de omgeving. Maar het gevoel dat zich aan me opdrong was er een van verpletterende, angstaanjagende eenzaamheid – niemand met wie ik de stad, de wandeling, de opmerkingen die ik zou willen maken zou kunnen delen.

Ik pakte mijn mobiele telefoon; ik had per slot van rekening behoorlijk wat vrienden in Genève, maar het was te laat om nog iemand te bellen. Ik overwoog even om een van de cafés binnen te gaan, iets te drinken te bestellen – er zou vast wel iemand zijn die me zou herkennen en me zou vragen bij hem aan tafel te komen zitten. Maar ik weerstond de verleiding, en probeerde dat moment volledig te doorleven, om tot de ontdekking te komen dat er niets erger is dan te voelen dat het niemand kan schelen of we bestaan of niet, dat ze niet geïnteresseerd zijn in onze opmerkingen over het leven, dat de wereld probleemloos verder kan zonder onze hinderlijke aanwezigheid.

Ik stelde me voor hoeveel miljoenen mensen er op dat moment zeker van waren dat ze nutteloos en zielig waren – hoe rijk, aantrekkelijk, charmant ze ook mochten zijn – omdat ze die avond alleen waren en gisteren ook, en misschien de volgende dag ook alleen zouden zijn. Studenten die niemand hadden gevonden om mee uit te gaan, mensen op leeftijd voor de tv alsof het hun laatste redding is, zakenmensen op hun hotelkamer die zich afvroegen of hetgeen ze doen wel zin heeft, vrouwen die de hele middag bezig waren geweest zich op te tutten om naar een bar te gaan, en daar net te doen of ze geen gezelschap zoeken, enkel bevestigd willen krijgen dat ze nog aantrekkelijk zijn; de mannen kijken, proberen een praatje aan te knopen, maar de vrouwen houden iedere toenadering met een superieure blik af – want ze voelen zich minderwaardig, zijn bang dat de mannen erachter komen dat ze alleenstaande moeders zijn, onbenullig werk hebben, niets te melden hebben over wat er in de wereld gaande is, omdat ze van 's ochtends vroeg tot 's avonds laat in de weer zijn met de kost verdienen en geen tijd hebben om ook nog iedere dag de krant te lezen.

Mensen die zich in de spiegel bekijken, menen dat ze lelijk zijn, vinden dat schoonheid een wezenlijk iets is en richten zich daarnaar, door voortdurend in tijdschriften te kijken waarin iedereen mooi, rijk en beroemd is. Getrouwde stellen die net het avondeten op hebben, zouden graag met elkaar zitten praten zoals ze vroeger deden, maar er zijn andere zorgen, dingen die belangrijker zijn, en het praten kan uitgesteld worden tot morgen, tot sint-juttemis.

Die dag had ik met een vriendin geluncht die net een scheiding achter de rug had en tegen me zei: "Nu heb ik de vrijheid waar ik altijd van droomde." Zoiets kan niet waar zijn. Niemand wil dat soort vrijheid, we willen allemaal een relatie, iemand om mee samen te zijn en om de mooie dingen van Genève mee te zien, iemand om mee over boeken te discussiëren, over interviews, films, of om samen één broodje gezond te nemen omdat we niet genoeg geld bij ons hebben voor twee. Liever een half broodje gegeten dan een heel. Liever gestoord worden door je man die stante pede naar huis wil omdat er een belangrijke voetbalwedstrijd op tv is, of liever gestoord worden door je vrouw die blijft staan bij een etalage en je midden in je beschouwingen over de toren van de kathedraal onderbreekt – dan dat je Genève helemaal voor jezelf hebt, en je een zee van tijd hebt om de stad te bezichtigen.

Liever honger lijden dan alleen zijn. Want als je alleen bent – en ik heb het niet over zelfverkozen eenzaamheid, maar over die welke we noodgedwongen accepteren – is het alsof we niet langer deel uitmaken van de mensheid.

Het prachtige hotel lag aan de overzijde van de rivier op me te wachten, met zijn comfortabele suite, zijn hoffelijke bediening, zijn service van het allerhoogste niveau – en dat bezorgde me een nog vreselijker gevoel, want ik hoorde blij te zijn, tevreden te zijn over dit alles wat ik had bereikt.

Op de terugweg kwam ik anderen tegen die in dezelfde situatie verkeerden als ik. Het viel me op dat ze tweeërlei manieren van kijken hadden: ofwel arrogant, omdat ze wilden doen voorkomen dat ze op deze mooie avond de eenzaamheid hadden verkozen, ofwel beschaamd dat ze alleen waren.

Ik vertel dit alles omdat ik onlangs terugdacht aan een hotel in Amsterdam, aan een vrouw die bij me was en me haar levensverhaal deed. Ik vertel dit alles omdat, al zegt het boek Prediker dat er een tijd is om te scheuren en een tijd om te herstellen, soms de tijd om te scheuren heel diepe littekens achterlaat. Erger dan in je eentje zielig door Genève wandelen, is met iemand samen zijn en die persoon het gevoel geven dat ze in je leven er volstrekt niet toe doet.'

Het bleef lang stil voor het applaus kwam.

Ik kwam aan op de plek des onheils, in een wijk van Parijs met, zo werd gezegd, het boeiendste culturele leven van de stad. Het duurde even voor ik in de gaten had dat het slecht geklede groepje tegenover mij hetzelfde was als dat iedere donderdag optrad in het Armeense restaurant, maar dan in smetteloos wit gekleed.

'Waarom hebben jullie deze carnavalskleren aan? Zijn ze uit een film of zo?'

'Het zijn geen carnavalskleren,' antwoordde Michaïl. 'Als jij naar een galadiner gaat, doe je toch ook andere kleren aan? Als je naar een golfbaan gaat, ga je toch ook niet in driedelig pak?'

'Nou goed, dan formuleer ik het anders: waarom deze imitatie van de daklozejongerenmode? Is daar een reden voor?'

'De reden is dat wij op dit moment dakloze jongeren zíjn. Liever gezegd: vier dakloze jongeren en twee dakloze volwassenen.'

'Dan formuleer ik het nog één keer anders: wat doen jullie hier, op deze manier gekleed?'

'In het restaurant voeden we ons lichaam en praten we over de Energie tegen mensen die iets te verliezen hebben. Bij de clochards voeden we onze ziel en praten we met mensen die níets te verliezen hebben. En vanavond komen we bij het belangrijkste onderdeel van ons werk: de ontmoeting met de onzichtbare beweging die de wereld vernieuwt – mensen die de huidige dag beleven als was het de laatste, terwijl de oudere generatie hem beleeft als was het de eerste.'

Hij had het over iets wat me al was opgevallen en wat met de dag scheen toe te nemen: jongeren gekleed op dezelfde manier als zij, in vuile maar uiterst creatieve kleren, gebaseerd op militaire uniformen, of op sciencefictionfilms. Allemaal droegen ze piercings en geen twee hadden hetzelfde kapsel. Vaak was er bij die groepjes een Duitse herder die er dreigend uitzag. Ik heb een vriend eens gevraagd waarom ze steeds een hond bij zich hadden, en ik kreeg als verklaring – maar ik weet niet of het klopt – dat de politie de eigenaars zo niet kan oppakken omdat ze niet weten waar ze met de hond naartoe moeten.

Er ging een fles wodka rond – ze dronken hetzelfde spul als toen we bij de clochards waren, en ik vroeg me af of dat iets te maken had met Michaïls afkomst. Ik nam een slok en probeerde me voor te stellen wat iemand die me daar zo zou zien wel niet moest denken.

Ik besloot maar dat ze zouden denken: hij doet research voor zijn volgende boek. En ontspande me.

'Ik ben er klaar voor. Ik ga naar Esther toe, maar ik weet niets van jouw land, misschien dat jij me wijzer kunt maken.'

'Ik ga met je mee.'

'Hè?'

Dat maakte geen onderdeel uit van mijn plannen. Mijn reis behelsde een terugkeer naar alles wat ik in mezelf was kwijtgeraakt, hij zou ergens in de steppen van Azië eindigen – die reis was iets intiems, persoonlijks, daar had ik geen pottenkijkers bij nodig.

'Als je mijn ticket betaalt, natuurlijk. Want ik wil een tijdje terug naar Kazachstan, ik heb heimwee.'

'Heb je hier dan geen werk te doen? Moet je niet iedere donderdag in het restaurant zijn, voor het theaterstuk?'

'Je blijft het maar een theaterstuk noemen. Ik heb al gezegd dat het om een bijeenkomst gaat, om het nieuw leven inblazen van wat we zijn kwijtgeraakt: de traditie van het gesprek. Maar maak je geen zorgen, Anastásia – en hij wees naar het meisje met een neuspiercing – is haar gave aan het ontwikkelen. Ze kan alles overnemen zolang ik weg ben.'

'Hij is jaloers,' zei Alma, de vrouw die het metalen instrument bespeelde dat op een schaal leek en die aan het eind van de 'bijeenkomst' verhalen vertelde.

'Zit er dik in.' Ditmaal was het de andere jongen, die nu helemaal in het leer gestoken was, met metalen ornamenten erop, veiligheidsspelden en broches die op scheermesjes leken. 'Michaïl is jonger, mooier, meer verbonden met de Energie.'

'En minder beroemd, minder rijk, minder verbonden met de machthebbers,' zei Anastásia. 'Vanuit vrouwelijk gezichtspunt wegen die dingen tegen elkaar op, de twee hebben dezelfde kans.'

Ze lachten, de wodka ging nog een keer rond, ik was de enige die het grapje niet kon waarderen. Maar ik verbaasde me wel over mezelf, dat ik me zo tevreden voelde, jaren en jaren had ik niet in een Parijse straat op de grond gezeten.

'Naar het zich laat aanzien is de stam groter dan jullie je voorstellen. Je ziet ze van Parijs tot Tarbes, de stad waar ik kortgeleden was. Ik begrijp niet goed wat er aan het gebeuren is.'

'Ik kan je verzekeren dat je ze verder ziet dan Tarbes en dat ze routes volgen die net zo interessant zijn als de Camino de Santiago. Ze vertrekken naar een plaats ergens in Frankrijk of in Europa, en zweren deel uit te zullen maken van een maatschappij buiten de maatschappij. Ze zijn bang dat ze op een dag naar huis zullen terugkeren, een baan zoeken en trouwen – daartegen zullen ze zich zo lang mogelijk verzetten. Het zijn armen en rijken, maar geld doet er niet zo toe. Ze zijn volstrekt anders: en toch doen de meeste mensen als ze ons passeren net of ze ons niet zien, want ze zijn bang.'

'Is dat nodig, al die agressiviteit?'

'Ja: het verlangen om te vernietigen is een scheppend verlangen. Als ze niet agressief zijn, hangen de boetieks binnen de kortste keren vol met kleren als de onze, brengen de uitgevers tijdschriften uit die gespecialiseerd zijn in de nieuwe beweging, "die met haar revolutionaire zeden de wereld een ander aanzien geeft", hebben de tv-zenders vaste programma's over de stam, schrijven de sociologen rapporten, komen de pedagogen met opvoedkundige adviezen – en verliest alles zijn kracht. Dus hoe minder ze ervan weten, hoe beter het is: de aanval is de beste verdediging.'

'Ik ben alleen maar gekomen om wat dingen te vragen, verder niet. Misschien is een avond in jullie gezelschap iets wat echt verrijkend is, wat me helpt om nog meer afstand te nemen van mijn persoonlijke verhaal dat me geen nieuwe ervaringen toestaat. Maar ik ben niet van plan iemand mee te nemen op mijn reis; als ik geen hulp kan krijgen, zal de Bank van Wederdienst zich belasten met alle noodzakelijke contacten. Bovendien is het zo dat ik binnen twee dagen vertrek – morgenavond heb ik nog een belangrijk diner, maar daarna ben ik twee weken vrij.'

Michaïl scheen te aarzelen.

'Jij beslist: je hebt de landkaart, de naam van het dorp, en het huis vinden waar ze te gast is, zal niet moeilijk zijn. Toch denk ik dat de Bank van Wederdienst je misschien dan wel helpt om in Almati te komen, maar verder zal die je niet brengen omdat in de steppe andere regels gelden. En voorzover ik weet, heb ik bij de Bank van Wederdienst toch het een en ander op jouw rekening gestort, of niet soms? Het is tijd dat je dat inlost, ik heb heimwee naar mijn moeder.'

Hij had gelijk.

'We moeten aan het werk,' kwam de man van Alma tussenbeide.

'Waarom wil je mee, Michaïl? Alleen maar uit heimwee naar je moeder?'

Maar hij gaf geen antwoord. Alma's man begon op zijn trom te slaan, Alma zelf bespeelde haar metalen schaal en de anderen vroegen passanten om een aalmoes. Waarom wilde hij mee? En hoe kon ik in de steppe gebruikmaken van de Bank van Wederdienst, als ik er echt niemand kende? Een visum kon ik regelen bij de ambassade van Kazachstan, een auto bij een verhuurbedrijf en een gids bij het Franse consulaat in Almati – meer had ik toch niet nodig?

Ik bleef naar de groep staan kijken, wist niet goed wat ik moest doen. Doorgaan met over de reis te ruziën, daar was het niet het moment voor: ik had nog werk liggen en mijn vriendin zat thuis op me te wachten. Waarom niet nu afscheid genomen?

Omdat ik me vrij voelde. Dingen deed die ik al jaren niet meer had gedaan, in mijn ziel ruimte maakte voor nieuwe ervaringen, de acomodador uit mijn leven verdreef, dingen meemaakte die me misschien niet erg interesseerden maar op zijn minst anders waren.

De wodka was op, ervoor in de plaats kwam rum. Ik vind rum smerig, maar iets anders was er niet, liever me maar aan de situatie aanpassen. De twee muzikanten bespeelden de schaal en de trom, en wanneer iemand het waagde om vlak langs ons te lopen, stak een van de meisjes haar hand uit en vroeg om een muntje. De passanten zetten meestal flink de pas erin maar kregen nog altijd een 'dankjewel, en een fijne avond nog' mee. Toen een van hen merkte dat hij niet aangevallen maar bedankt werd, keerde hij om en gaf wat geld.

Toen ik dit ruim tien minuten had aangezien en niemand van de groep iets tegen me zei, ging ik een café in en kocht er twee flessen wodka; weer terug kieperde ik de rum in de goot. Mijn gebaar scheen Anastásia te bevallen – en ik probeerde een praatje met haar aan te knopen.

'Kunnen jullie me uitleggen, waarom die piercings?'

'Waarom dragen jullie sieraden? Schoenen met hoge hakken? Of decolletés, zelfs in de winter?'

'Dat is geen antwoord.'

'We dragen piercings omdat wij de nieuwe barbaren zijn die Rome binnenvallen; omdat we geen uniform dragen, moet er toch iets zijn waaraan te zien valt wie bij de binnenvallende stam hoort.'

Het klonk alsof er zich een belangrijk historisch moment voltrok; maar voor wie op dat ogenblik op weg was naar huis, waren zij slechts een groepje werklozen die geen plek hadden om te slapen, rondhingen op de straten van Parijs en toeristen lastigvielen die zo goed waren voor de plaatselijke economie, jongeren die hun vaders en moeders tot uiterste wanhoop dreven omdat zij hen op de wereld hadden gezet en niet onder controle konden houden.

Ooit was ik ook zo geweest, toen de hippiebeweging haar kracht probeerde te laten zien – de gigantische rockconcerten, het lange haar, de kleurige kleren, het ban-de-bom-teken, de omhooggestoken vingers die een v vormden als teken van 'vrede en liefde'. Het hippiedom is – zoals Michaïl zei – uiteindelijk slechts tot een consumptieproduct verworden, en de hippies zijn van de aardbodem verdwenen, hun iconen vernietigd.

Een man kwam in zijn eentje door de straat aangewandeld: de in leer en veiligheidsspelden geklede jongen stapte op hem af, zijn hand uitgestoken. Hij vroeg om geld. Maar in plaats van zijn pas te versnellen en iets te mompelen als 'ik heb geen kleingeld bij me', bleef de man staan, keek iedereen aan en zei met een ferme stem: 'Ik word iedere dag wakker met een schuld van om en nabij de ton, vanwege mijn huis, de economische situatie, en de koopzucht van mijn vrouw! Oftewel, ik verkeer in een veel slechtere situatie en heb het veel zwaarder dan jij! Als jij nou eens wat aan die schuld van mij deed, een muntje of wat moet toch kunnen?'

Lucrecia – van wie Michaïl zei dat ze zijn vriendin was – pakte een briefje van vijftig euro en gaf dat aan de man.

'Koop wat kaviaar. Met zo veel ellende kunt u wel wat vrolijkheid gebruiken.'

Alsof het de normaalste zaak van de wereld was, bedankte de man en liep verder. Vijftig euro! Het Italiaanse meisje had een briefje van vijftig op zak! En ze vroegen om geld, stonden op straat te bedelen!

'We zijn wel klaar hier,' zei de in leer geklede jongen.

'Waar gaan we heen?' vroeg Michaïl.

'De anderen zoeken. Noord of zuid?'

Anastásia koos voor west; per slot van rekening was zij, zoals ik net had gehoord, haar gave aan het ontwikkelen.

We liepen voor de Tour Saint-Jacques langs waar vele eeuwen geleden de pelgrims voor Santiago de Compostela zich verzamelden. We passeerden de Notre Dame waar mijn gezelschap nog wat andere 'nieuwe barbaren' trof. De wodka was op, en ik ging twee nieuwe flessen kopen – ook al wist ik niet of iedereen wel meerderjarig was. Niemand die me bedankte, ze vonden het de normaalste zaak van de wereld.

Ik merkte dat ik al een beetje dronken was, een van de nieuwe meisjes bekeek ik met interesse. Ze spraken luid, schopten tegen vuilnisbakken – gegalvaniseerde metalen objecten met daarin een plastic zak gehangen – en ze hadden niets, maar dan ook niets interessants te melden.

We staken de Seine over en opeens stonden we stil voor een lint, van het soort dat ze gebruiken om een terrein af te bakenen waar gewerkt wordt. Het lint belette de doorgang over het trottoir; iedereen moest ervan af, de straat op, tussen het verkeer, en vijf meter verderop weer naar het trottoir terug.

'Het is er nog,' zei een van de nieuwen.

'Wat is er nog?' vroeg ik.

'Wie is die vent?'

'Een vriend van ons,' antwoordde Lucrecia. 'Trouwens, je hebt waarschijnlijk wel een van zijn boeken gelezen.'

De nieuwe herkende me, liet geen verbazing blijken, noch ontzag; integendeel, hij vroeg of ik hem wat geld kon geven – wat ik subiet weigerde.

'Als je wilt weten waarom dat lint hier is, geef me dan wat geld. In dit leven heeft alles zijn prijs, dat weet jij beter dan wie ook. En informatie is een van de duurste dingen ter wereld.'

Niemand van het groepje schoot me te hulp; ik moest een euro betalen voor zijn antwoord.

'Wat er nog is, is dit lint. Wij hebben dat aangebracht. Zoals je ziet, wordt hier niks hersteld, er is gewoon niks, alleen maar een dom stuk rood-wit plastic, waardoor je van dat domme trottoir af moet. Maar geen hond vraagt zich af wat dat ding hier doet: ze gaan de stoep af, de straat op, lopen het risico dat ze omvergereden worden en een eindje verder gaan ze de stoep weer op. Maar ik las laatst dat je een ongeluk hebt gehad – is dat zo?'

'Ja, juist omdat ik van de stoep af ging.'

'Maak je geen zorgen: als mensen dat doen letten ze dubbel zo goed op. We kwamen op het idee van het lint, omdat we wilden dat ze oog hadden voor wat er om hen heen gebeurt.'

'Dat is helemaal niet zo,' zei het meisje dat ik aantrekkelijk vond, 'het is gewoon een grap, kunnen we lachen om dat blinde gehoorzamen van mensen. Er is geen reden voor, het is gewoon zomaar, en overreden wordt er niemand.'

Meer mensen voegden zich bij de groep. Ze waren nu met zijn elven en twee Duitse herders. Ze vroegen geen geld meer, omdat niemand zich in de buurt waagde van dit stelletje wilden, dat de angst die ze veroorzaakten amusant leek te vinden. De drank was weer op, iedereen keek naar mij, alsof ik de plicht had hen dronken te voeren, en ze vroegen me een nieuwe fles te kopen. Ik begreep dat het 'mijn deelnemerspas' voor deze pelgrimstocht was, en ik keek om me heen naar een winkel.

Het meisje dat ik interessant had gevonden – en dat mijn dochter had kunnen zijn – scheen mijn blik bemerkt te hebben en begon een praatje met me. Ik wist dat het een maniertje was om me uit te dagen, maar liet haar haar gang gaan. Ze vertelde me niets persoonlijks: ze vroeg of ik wist hoeveel katten en hoeveel lantaarnpalen er op de achterkant stonden van een tiendollarbiljet.

'Katten en lantaarnpalen?'

'Weet je het niet? Ah, je vindt geld niet belangrijk. Nou, dat je het weet, ze hebben er vier katten en elf straatlantaarns op gezet.'

Vier katten en elf straatlantaarns? Ik beloofde mezelf dat ik het zou controleren, de eerstvolgende keer dat ik een biljet zag.

'Gebruiken jullie drugs?'

'Het een en ander, met name alcohol. Maar heel weinig, het hoort niet bij onze stijl. Drugs zijn meer iets voor jouw generatie, toch? Mijn moeder bijvoorbeeld drogeert zich door voor haar gezin te koken, dwangmatig het huis op te ruimen, door te lijden omwille van mij. Als het mijn vader met zijn zaken eens tegenzit, dan lijdt zij. Niet te geloven, toch? Ze lijdt en lijdt! Ze lijdt omwille van mij, van mijn vader, van mijn broers, van alles. Dat ik alsmaar moest doen of ik gelukkig was, kostte me te veel energie, dus vond ik het maar beter om het huis uit te gaan.'

Goed, dat was een persoonlijk verhaal.

'Zoals jouw vrouw,' zei een blonde jongen met een wenkbrauwpiercing, 'die is ook het huis uit gegaan: was het omdat ze moest doen of ze gelukkig was?'

Hier ook al? Zou ze aan iemand van hen een stuk van dat bebloede hemd gegeven hebben?

'Zij leed ook,' lachte Lucrecia, 'maar voorzover wij weten, lijdt ze niet meer: dat is pas moed hebben!'

'Wat deed mijn vrouw hier?'

'Ze kwam mee met de Mongool, ze had vreemde ideeën over de liefde, die we nu pas goed beginnen te begrijpen. En ze stelde vragen. Vertelde haar levensverhaal. Op een goede dag hield ze op met vragen stellen en vertellen: ze zei dat ze het protesteren moe was. We deden haar de suggestie alles op te geven en met ons mee te komen, we hadden een reis gepland naar Noord-Afrika. Ze dankte ons, verklaarde dat ze andere plannen had en dat ze precies de andere kant op ging.'

'Heb je zijn nieuwe boek niet gelezen?' vroeg Anastásia.

'Ik hoorde dat het overdreven romantisch is, het interesseert me niet. Wanneer gaan we die teringdrank nou kopen?'

De mensen lieten ons passeren, alsof we samoerai waren die een dorp binnenkwamen, of bandieten die een stadje in het Wilde Westen binnenreden, of barbaren die Rome binnenvielen. Ook al deed geen van hen iets agressiefs, er ging dreiging uit van hun kleren, hun piercings, hun luide praten, hun anderszijn. Eindelijk kwamen we bij een drankwinkel: tot mijn grote verdriet en ontsteltenis gingen ze allemaal naar binnen en begonnen ze in de schappen te rommelen.

En wie van het stel kende ik? Alleen Michaïl: en van hem wist ik niet of het verhaal dat hij me verteld had, wel klopte. En als ze zouden stelen? Als een van hen een wapen bij zich had? En ik was met die groep – zou ik verantwoordelijk zijn omdat ik de oudste was?

De man achter de kassa keek onophoudelijk naar de spiegel die aan het plafond van de kleine supermarkt hing. De groep, die wist dat de man er niet gerust op was, verspreidde zich, maakte gebaren naar elkaar, de spanning steeg. Om dit niet langer te hoeven meemaken, pakte ik onmiddellijk drie flessen wodka en liep snel naar de kassa.

Een vrouw die een pakje sigaretten stond af te rekenen, merkte op dat er in haar tijd in Parijs wel bohémiens waren geweest, kunstenaars, maar geen benden daklozen die iedereen bedreigden. En tegen de man achter de kassa opperde ze dat hij de politie maar moest bellen.

'Zeker weten dat hier de komende minuten iets ergs gaat gebeuren,' fluisterde ze.

De man achter de kassa was vreselijk geschrokken van deze invasie in zijn kleine wereld, vrucht van jaren ploeteren, van vele leningen, waar misschien zijn zoon 's ochtends, zijn vrouw 's middags, en hijzelf 's avonds werkte. Hij gebaarde iets naar de vrouw, waaruit ik afleidde dat hij de politie al gewaarschuwd had.

Ik heb er een hekel aan me ongevraagd in dingen te mengen. Maar ik heb ook een hekel aan laf zijn – als dat gebeurt, ben ik een week lang alle respect voor mezelf kwijt.

'Maakt u zich niet ongerust...'

Te laat.

De eigenaar wenkte, er kwamen twee agenten binnen, maar de als buitenaardse wezens geklede troep schonk er niet veel aandacht aan – bij het spelletje hoorde nu eenmaal dat ze werden geconfronteerd met vertegenwoordigers van de gevestigde orde. Iets wat ze vast en zeker al vaak hadden meegemaakt. Ze wisten dat ze zich aan geen enkele misdaad hadden schuldig gemaakt (behalve aan aanslagen op het modebeeld, maar zelfs dat kon tijdens het volgende haute-coutureseizoen veranderen). Vermoedelijk waren ze bang, maar dat lieten ze niet blijken, ze gingen door met hun luidkeelse gepraat.

'Laatst kwam ik een winkelier tegen die beweerde: "Als iemand dom is, zouden ze dat op zijn ID-kaart moeten zetten,"' zei Anastásia tegen wie het maar horen wilde, ' "dan zouden we tenminste weten wie we voor ons hebben."'

'Echt, domme mensen zijn een gevaar voor de maatschappij,' antwoordde het meisje met een engelengezicht en vampierkleren dat even eerder met mij gepraat had over lantaarnpalen en katten op een tiendollarbiljet. 'Ze zouden eens per jaar getest moeten worden en een vergunning moeten hebben om over straat te mogen, net zoals je een rijbewijs moet hebben om auto te mogen rijden.'

De agenten, die vast niet veel ouder waren dan de stamleden, zeiden alsmaar niets.

'Weet je wat ik leuk zou vinden?' klonk de stem van Michaïl, die ik niet kon zien omdat hij achter een stelling schuilging. 'De etiketten van de spullen hier verwisselen. Dan zijn ze allemaal voorgoed het spoor bijster: weten ze niet of ze het warm, koud, gekookt of gebakken moeten eten. Als ze de aanwijzingen niet lezen, weten ze niet hoe ze het eten moeten klaarmaken. Ze hebben geen intuïtie meer.'

Iedereen die tot dan toe iets gezegd had, drukte zich uit in perfect Frans, zoals dat in Parijs gesproken wordt. Maar Michaïl had een accent.

'Jouw paspoort wilde ik graag even zien,' zei de politieman.

'Hij hoort bij mij.'

De woorden kwamen er heel spontaan uit, ook al wist ik wat dit kon betekenen – weer een schandaal. De politieman keek me aan.

'Ik had het niet tegen u, meneer. Maar nu u bij deze groep blijkt te horen, hoop ik maar dat u zich kunt legitimeren. En dat u kunt uitleggen waarom u optrekt met mensen die half zo oud zijn als u, en hier wodka staat te kopen.'

Ik kon weigeren mijn identiteitsbewijs te laten zien – de wet verplichtte me niet om het bij me te dragen. Maar ik dacht aan Michaïl: een van de agenten stond nu naast hem. Zou hij wel een verblijfsvergunning hebben? Wat wist ik van hem buiten die visioenen- en epilepsieverhalen? En wat als hij door de spanning van deze situatie een aanval zou krijgen?

Ik stak mijn hand in mijn zak en haalde mijn rijbewijs te voorschijn.

'Maar u bent...'

'Ja.'

'Ik dacht al zoiets: ik heb een boek van u gelezen. Maar dat stelt u nog niet boven de wet.'

Dat hij een lezer van me was bracht me volledig van mijn stuk. Die jongen daar met zijn kortgeschoren kop, die ook een uniform droeg, hoewel volkomen anders dan de kleren die de stammen droegen om zich met elkaar te kunnen identificeren. Misschien had hij op een dag gedroomd van de vrijheid om anders te zijn, anders te handelen, het gezag op een subtiele manier uit te dagen, zonder het formeel te beledigen waardoor je in de gevangenis terechtkomt. Maar hij had ongetwijfeld een vader die hem geen andere mogelijkheid had gelaten, een gezin dat hij moest helpen onderhouden, of hij was alleen maar bang om buiten zijn eigen bekende wereldje te komen.

Ik antwoordde beleefd: 'Nee, ik hou me aan de wet. En feitelijk doet iedereen dat hier. Tenzij de meneer van de kassa of de mevrouw die sigaretten staat te kopen, uitdrukkelijk een klacht wil indienen.'

Ik draaide me om, maar de vrouw die het over kunstenaars en bohémiens uit vroeger tijden had gehad, die zojuist nog profeteerde dat er iets vreselijks ging gebeuren, deze hoedster der waarheid en beschermster der goede zeden, was verdwenen. Ongetwijfeld zou ze de volgende ochtend bij haar buren gaan melden dat dankzij haar een overval in de kiem was gesmoord.

'Ik heb geen klachten,' zei de man achter de kassa, die in de val gelopen was van een stel jongeren die wel luid praatten, maar klaarblijkelijk voor de rest geen kwaad deden.

'Is de wodka voor u?'

Ik knikte.

En alhoewel ze wisten dat ze dronken waren, wilden ze niet meteen alle dreiging uit de lucht halen.

'Een wereld zonder domme mensen, dat zou me een chaos worden!' kwam de stem van de jongen die leren kleren met kettingen droeg. 'In plaats van werkloosheid zoals we tegenwoordig hebben, zou er werk zat zijn, maar geen hond die zou werken!'

'Nou is het genoeg!'

Mijn stem had autoritair en beslist geklonken.

'Stil jullie!'

En tot mijn verbazing werd het stil. Van binnen kookte ik, maar ik praatte verder met de agenten alsof er op de wereld geen rustiger mens bestond dan ik.

'Als ze gevaarlijk waren, zouden ze jullie niet uitdagen.'

De agent wendde zich weer tot de man achter de kassa: 'Als u ons nodig heeft, we zijn in de buurt.' En voor hij de deur uit stapte zei hij tegen zijn collega met een stem die door de hele winkel schalde: 'Niets leuker dan domme mensen: als we die niet hadden, hadden we nu misschien achter overvallers aan gemoeten.'

'Je hebt gelijk,' antwoordde zijn collega, 'om domme lui kun je tenminste nog eens lachen, gevaarlijk zijn ze in ieder geval niet.'

Met een groet namen ze afscheid van me.

Het enige wat bij het verlaten van de winkel in mijn hoofd opkwam, was de flessen wodka onmiddellijk kapot te laten vallen – maar een ervan werd van de vernietiging gered en ging meteen van mond tot mond. Te oordelen aan de manier waarop ze dronken, waren ze geschrokken – even geschrokken als ik. Maar anders dan ik waren zij, toen ze zich bedreigd voelden, tot de aanval overgegaan.

'Ik voel me niet lekker,' zei Michaïl tegen een van hen. 'We nokken hem.'

Ik wist niet wat dat 'nokken hem' inhield. Dat iedereen naar huis ging? Iedereen terug naar zijn stad, of naar zijn plek onder de brug? Niemand vroeg me of ik 'hem ook nokte', en dus ging ik maar met hen mee. Zijn opmerking dat hij zich niet lekker voelde zat me dwars – die avond zou er dus van een gesprek over de reis naar Centraal-Azië niets meer komen. Moest ik dan maar opstappen? Of moest ik meegaan tot het einde, om te zien wat dat 'we nokken hem' betekende? Ik merkte dat ik genoot, plezier had, en dat ik zin had om het meisje met de vampierkleren te versieren.

Voorwaarts dan maar.

En bij enig teken van gevaar wegwezen.

Terwijl we ergens naartoe liepen waar ik niet bekend was, dacht ik na over alles wat ik nu meemaakte. Een stam. Een symbolische terugkeer naar de tijd waarin de mensen rondtrokken – in groepen om zich te beschermen – en maar van heel weinig afhankelijk waren om te overleven. Een stam midden in het gebied van een andere, vijandige stam, maatschappij geheten, door hun gebied trekkend, schrik verspreidend omdat ze constant werden uitgedaagd. Een groep mensen die zich verenigd hadden in een ideale maatschappij – mensen van wie ik niets wist behalve dat ze piercings droegen en een bepaald soort kleding. Welke normen en waarden hingen ze aan? Hoe dachten ze over het leven? Hoe kwamen ze aan hun geld? Hadden ze dromen, of was door de wereld trekken voor hen voldoende? Dat alles was veel interessanter dan het diner waar ik de volgende dag heen moest en waarvan ik tot op de komma precies wist wat er zou gaan gebeuren. Het zou vast door de wodka komen, daar was ik van overtuigd, maar ik voelde me wel vrij, mijn persoonlijke verhaal zakte steeds verder weg, er was slechts nog het moment van nu, de intuïtie, de Zahir was verdwenen...

De Zahir?

Hij was verdwenen, maar nu besefte ik dat een Zahir meer is dan een man die bezeten wordt door een ding, een van de duizend zuilen van de moskee van Cordoba, zoals het verhaal van Borges luidde, of een vrouw in Centraal-Azië, zoals twee jaar lang mijn verschrikkelijke ervaring was geweest. De Zahir is ook de fixatie op alles wat van generatie op generatie is doorgegeven, hij laat geen vraag onbeantwoord, neemt alle plaats in, staat ons niet toe de mogelijkheid te overwegen dat dingen veranderen.

De almachtige Zahir scheen samen met ieder menselijk wezen geboren te worden, om tijdens de kindertijd tot volle wasdom te komen en zijn regels op te gaan leggen, welke vanaf dan geëerbiedigd dienen te worden: mensen die anders zijn, zijn gevaarlijk; ze behoren tot een andere stam, ze willen ons land en onze vrouwen.

We moeten trouwen, kinderen krijgen, de soort reproduceren.

Onze liefde is gering: net voldoende voor een enkel persoon en misschien nog niet eens – iedere poging om te zeggen dat een hart groter is dan dat, wordt als pervers beschouwd.

Wanneer we trouwen, zijn we bevoegd bezit te nemen van het lichaam en van de ziel van de ander.

We hebben een hekel aan het werk dat we doen, maar het moet gedaan worden. We maken immers deel uit van een georganiseerde maatschappij, en als iedereen doet wat hij leuk vindt, komt de wereld niet vooruit.

We moeten sieraden kopen – ze bieden ons de mogelijkheid om ons met onze stam te identificeren, zoals piercings dat bij een andere stam doen.

We moeten grappig zijn en mensen die hun gevoelens tonen met ironie bejegenen – het is voor de stam gevaarlijk leden toe te staan hun gevoelens te uiten.

We moeten 'nee' zeggen zoveel mogelijk vermijden, want ze houden meer van ons wanneer we 'ja' zeggen – zoiets stelt ons in staat om in vijandig gebied te overleven.

Wat anderen denken is belangrijker dan wat wij voelen.

Veroorzaak geen schandalen, het kan de aandacht trekken van een vijandelijke stam.

Als je je anders gedraagt zul je uit de stam worden gestoten, want je kunt de anderen besmetten en de desintegratie bevorderen van wat zo lastig te organiseren was.

We moeten altijd een beeld hebben van hoe we in onze nieuwe holen moeten huizen, en als we het niet goed weten, een binnenhuisarchitect bellen – die zijn best zal doen om aan anderen te laten zien dat wij een goede smaak hebben.

We moeten drie keer per dag eten, ook al hebben we geen honger; als we niet voldoen aan de schoonheidsidealen, moeten we vasten, zelfs als we uitgehongerd zijn.

We moeten ons kleden volgens de laatste mode, vrijen of we zin hebben of niet, doden omdat er tenslotte grenzen zijn, wensen dat de tijd snel voorbijgaat en we gauw gepensioneerd worden, volksvertegenwoordigers kiezen, protesteren tegen de hoge kosten van het levensonderhoud, een ander kapsel nemen, wie anders is verwensen, naar een godsdienstplechtigheid gaan op zondag, of zaterdag, of vrijdag, al naar gelang de godsdienst; en daar vergiffenis vragen voor onze zonden, ons trots voelen omdat we de waarheid kennen en de andere stam minachten omdat die een valse god aanbidt.

Onze kinderen moeten in onze voetsporen treden, wij zijn immers ouder en wij weten hoe het leven is.

Altijd een universitair diploma behalen, zelfs al zullen we nooit een baan krijgen in de richting die ze voor ons uitgestippeld hebben.

Dingen leren die we nooit ofte nimmer zullen gebruiken, maar waarvan iemand ooit heeft gezegd dat het belangrijk is: algebra, trigonometrie, het wetboek van Hammoerabi.

Nooit onze ouders verdriet doen, zelfs als dat betekent van alles afzien wat ons gelukkig maakt.

De muziek nooit hard zetten, nooit hard praten, niet in het openbaar huilen, want ik ben de almachtige Zahir, degene die

de regels van het spel heeft vastgesteld, de afstand tussen de
rails, de idee van wat succes is, de manier waarop we moeten
liefhebben en het bedrag dat daar tegenover dient te staan.

We hielden halt voor een nogal chic uitziend flatgebouw, in
een dure buurt. Een van hen toetste de code in op de deur van
de ingang en we gingen naar boven, naar de derde verdieping.
Ik veronderstelde dat ik het begripvolle ouderpaar ging ontmoeten dat de vrienden van zoonlief tolereert – die immers bij
hen over de vloer komen waardoor zij alles in de gaten kunnen
houden. Maar toen Lucrecia de deur openmaakte, was het er
donker. En terwijl mijn ogen langzaam wenden aan het licht
van buiten, dat door de ramen naar binnen sijpelde, zag ik een
grote woonkamer waar niets in stond behalve een haard die
waarschijnlijk jarenlang niet gebruikt was.

Een blonde jongen van bijna twee meter, met een lange re-
gencape om en een haardracht zoals de Amerikaanse Sioux,
ging naar de keuken en kwam terug met een paar brandende
kaarsen. Ze gingen allemaal op de grond zitten, in een kring,
en voor het eerst die nacht was ik bang: het leek of ik me in een
horrorfilm bevond waarin een of ander satanisch ritueel begon
– het slachtoffer zou de vreemdeling zijn die al te lichtzinnig
besloten had om met hen mee te gaan.

Michaïl was bleek, zijn ogen schoten heen en weer, konden
zich nergens op focussen – waardoor ik me nog ongemakke-
lijker voelde. Hij stond op het punt een epileptische aanval te
krijgen: zouden die lui daar weten hoe je met zo'n situatie om
moest gaan? Kon ik niet beter maar weggaan om te voorkomen
dat ik in een of andere vreselijke toestand verzeild zou raken?

Misschien dat dit de verstandigste houding zou zijn, die
overeenkwam met mijn status van beroemd schrijver die over
spiritualiteit schrijft en dus het voorbeeld moet geven. Ja, als ik
verstandig was, zou ik tegen Lucrecia zeggen dat ze in het geval
van een aanval iets in de mond van haar vriend moest stoppen
om te voorkomen dat hij zijn tong inslikte en zou stikken. Daar

wist ze natuurlijk van. Maar in de wereld van de volgelingen van de sociale Zahir laten we niets aan het toeval over, moeten we een gerust geweten hebben.

Voor mijn ongeluk zou ik zo gehandeld hebben. Maar nu had mijn persoonlijke verhaal alle belangrijkheid verloren. Het hield op verhaal te zijn, en werd opnieuw legende, zoektocht, avontuur, de reis naar binnen en naar buiten mezelf. Ik bevond me opnieuw in een tijd waar de dingen om me heen veranderden, en ik wenste dat het zo zou zijn tot het einde van mijn dagen (ik dacht aan wat ik als grafschrift wilde: LEVEND IS HIJ GESTORVEN). Ik nam de ervaringen uit mijn verleden met me mee, ervaringen die me in staat stelden te reageren met snelheid en precisie, maar ik was niet de hele tijd bezig me de lessen te herinneren die ik ooit had geleerd. Stel je voor dat een krijger halverwege het gevecht stopt om na te gaan denken over welke slag op dat moment de beste is: hij zou de volgende seconde dood zijn.

En de krijger die zich in mij bevond en handelde op basis van intuïtie en techniek, besloot dat het nodig was om te blijven; de ervaring van die nacht voort te zetten, ook al was het al laat en was ik dronken en moe, en bang dat Marie bezorgd of boos wakker lag. Ik ging naast Michaïl zitten zodat ik, als de krampen begonnen, snel zou kunnen handelen.

Ik zag dat hij zijn epileptische aanval blijkbaar stuurde! Langzaam werd hij rustiger, en zijn ogen kregen dezelfde intensiteit als van de in het wit geklede jongen op het podium in het Armeense restaurant.

'We beginnen met het gebed net zoals anders,' zei hij.

En de mensen, die tot dan toe agressief, dronken, onaangepast waren geweest, sloten hun ogen en gaven elkaar de hand zodat ze een keten vormden. Zelfs de twee Duitse herders in de hoek van de kamer schenen te kalmeren.

'O Vrouwe, wanneer ik de auto's zie, de etalages, de mensen die andermans ogen vermijden, de gebouwen en de monumenten, zie ik daarin Jouw afwezigheid weerspiegeld. Maak dat wij in staat mogen zijn om Jou terug te brengen.'

Gezamenlijk bad de groep verder: 'O Vrouwe, we zien Jouw aanwezigheid bewezen in wat wij ervaren. Help ons om niet te verzaken. Dat wij Jou mogen gedenken, rustig en vastberaden, ook in tijden waarin het moeilijk is onze liefde voor Jou te aanvaarden.'

Het viel me ineens op dat ze allemaal hetzelfde symbool

droegen ergens op hun kleren. Soms was het een broche, soms een hangertje, een borduursel, en soms was het met balpen op de stof getekend.

'Ik zou deze nacht willen wijden aan de man rechts naast me. Hij is naast me gaan zitten omdat hij me wil beschermen.'

Hoe wist hij dat?

'Hij is een rijk man: hij heeft begrepen dat de liefde hem verandert, en hij laat zich veranderen door haar. Hij draagt nog veel van zijn persoonlijke verhaal in zijn ziel met zich mee en probeert zich er, wanneer maar mogelijk, van te bevrijden, en daarom is hij bij ons gebleven. Hij is de echtgenoot van de vrouw die we allemaal kennen en die me een relikwie heeft gegeven, als talisman en als bewijs van haar vriendschap.'

Michaïl pakte het bebloede lapje en legde het voor zich neer.

'Dit is een stukje van het hemd van de onbekende soldaat. Voor hij stierf verzocht hij haar: "Knip mijn kleren aan stukken en deel ze met degenen die in de dood geloven en daarom in staat zijn te leven alsof elke dag hun laatste kan zijn. Zeg hun dat ik zojuist Gods aangezicht heb gezien; dat ze niet bang zijn maar toch alert blijven. Dat ze de enige waarheid zoeken, en dat is de liefde. En dat ze volgens haar wetten leven."'

Iedereen keek vol eerbied naar het lapje stof.

'We zijn geboren in de tijd van de revolte. Enthousiast hebben we ons daaraan gewijd, onze levens, onze nog jonge levens geriskeerd en plotseling zijn we bang: de blijdschap van het begin maakt plaats voor de werkelijke uitdagingen: vermoeidheid, sleur, twijfel aan eigen kunnen. Sommige vrienden hebben we al zien opgeven. We worden gedwongen de confrontatie aan te gaan met de eenzaamheid, met onbekende, onverhoedse wendingen in onze wegen, en nu we een aantal keren gevallen zijn en er niemand in de buurt was om ons te helpen, vragen we ons ten slotte af of zo veel inspanning wel de moeite waard is.'

Michaïl pauzeerde even.

'Maar dat is het wel. Het is de moeite waard om door te gaan. En we zullen doorgaan, ook al weten we dat onze ziel, al is ze eeuwig, op dit moment gevangenzit in het web van de tijd met zijn mogelijkheden en onmogelijkheden. We zullen proberen om ons, zolang het kan, van dat web te bevrijden. Maar als het niet meer kan en we terug moeten naar het verhaal dat ons is verteld, zullen we ons nog wel onze veldslagen herinneren, en zullen we klaarstaan om de strijd weer aan te binden zodra de omstandigheden weer gunstig zijn. Amen.'

'Amen,' herhaalden ze.

'Ik moet spreken met de Vrouwe,' zei de blonde jongen met de haardracht van een indiaan.

'Vandaag niet, ik ben moe.'

Er klonk gemompel, de teleurstelling was algemeen: anders dan de bezoekers van het Armeense restaurant kenden de mensen hier het verhaal van Michaïl, en wisten ze van de 'aanwezigheid' die hij naast zich voelde. Hij stond op en ging een glas water halen in de keuken. Ik liep mee.

Ik vroeg hoe ze aan dit appartement gekomen waren; hij legde me uit dat de Franse wet de burger toestaat gebruik te maken van willekeurig welk gebouw dat door zijn eigenaar niet wordt benut. Met andere woorden, ze hadden de flat gekraakt.

Het idee dat Marie op me lag te wachten, zat me dwars.

Michaïl pakte mijn arm vast.

'Je vertelde straks dat je naar de steppe vertrekt. Ik zeg het nog eens, maar nu voor het laatst: neem me mee. Ik moet naar mijn land terug, al is het maar voor even, maar ik heb geen geld. Ik heb heimwee naar de mensen daar, naar mijn moeder, mijn vrienden. Ik zou kunnen zeggen: "De stem zegt me dat je me nodig zult hebben." Maar dat klopt niet – je zult Esther zonder enig probleem en zonder enige hulp kunnen vinden. Maar ik heb de energie van mijn land nodig om me te voeden, ik kan niet zonder.'

'Ik kan je geld geven voor een retourticket.'

'Ja, maar ik zou er graag samen met jou zijn, samen met jou naar het dorp gaan waar ze woont, de wind over mijn gezicht voelen strijken, jou helpen de weg af te leggen naar de vrouw die van je houdt. Zij is heel belangrijk geweest voor mij, dat is ze nog steeds. Ik heb veel geleerd van haar vastberadenheid, van haar keuze voor verandering en hoe ze die aanging, en ik wil doorgaan met leren. Weet je nog dat ik het had over "onafgemaakte verhalen"? Ik zou graag bij je blijven tot het moment waarop het huis waar ze is, voor ons opdoemt. Op die manier zal ik deze periode uit haar – en uit mijn – leven tot het einde toe hebben meegemaakt. Zodra het huis in zicht komt, zal ik je alleen laten.'

Ik wist niet wat ik moest zeggen. Ik probeerde van onderwerp te veranderen, en vroeg wie de mensen in de woonkamer waren.

'Mensen die bang zijn om te eindigen zoals jullie, een generatie die ervan droomde de wereld te veranderen, maar uiteindelijk capituleerde voor de "realiteit". We doen alsof we sterk zijn omdat we zwak zijn. We zijn nog met weinigen, heel weinigen, maar ik hoop dat dat tijdelijk is; mensen kunnen zichzelf niet eeuwig voor de gek blijven houden.

En wat is je antwoord op mijn vraag?'

'Michaïl, je weet dat ik oprecht bezig ben mezelf te proberen te bevrijden van mijn persoonlijke verhaal. Een tijdje terug zou ik het slimmer gevonden hebben om samen met jou te reizen, het heeft voordelen en het is gemakkelijker, je kent de streek, de plaatselijke zeden, de mogelijke gevaren daar. Maar nu denk ik dat ik de draad van Ariadne in mijn eentje moet afwikkelen, in mijn eentje uit het labyrint moet zien te geraken waarin ik me begeven heb. Mijn leven is veranderd, het lijkt wel of ik tien, twintig jaar jonger ben geworden – en dat is voldoende om weer op zoek naar avontuur te willen gaan.'

'Wanneer ga je?'

'Zodra ik mijn visum heb. Over twee, drie dagen.'

'De Vrouwe gaat met je mee. De stem zegt dat het juiste moment nu gekomen is. Mocht je van gedachte veranderen, laat het me dan weten.'

Ik passeerde de groep die op de grond lag, klaar om te gaan slapen. Op weg naar huis bedacht ik dat het leven toch een veel vrolijker gebeuren was dan ik voor mogelijk had gehouden voor de leeftijd die ik nu had: het is altijd mogelijk om weer jong en dwaas te worden. Ik was zo geconcentreerd op het moment zelf, dat ik er raar van opkeek dat de mensen niet opzij gingen om me door te laten, hun ogen niet bang neersloegen. Niemand die acht sloeg op mijn aanwezigheid, maar ik hield van dit beeld, de stad was weer dezelfde als toen ze Henry IV bekritiseerden, omdat hij zijn eigen protestantse godsdienst verried door te trouwen met een katholieke vrouw, en hij vervolgens antwoordde: 'Parijs is wel een mis waard.'

Veel meer dan een mis. Ik herinnerde me de bloedbaden omwille van de godsdienst, de bloedrituelen, de koningen, de koninginnen, musea, kastelen, schilders die leden, schrijvers die zich bezatten, filosofen die zelfmoord pleegden, militairen die de verovering van de wereld beraamden, verraders die met een enkel gebaar een dynastie ten val brachten, verhalen die op een gegeven ogenblik vergeten waren, en nu weer herinnerd werden – en opnieuw verteld.

Voor het eerst sinds lange tijd ging ik mijn huis binnen zonder meteen door te lopen naar de computer om te kijken of iemand me had gemaild, of er iets beantwoord moest worden wat geen uitstel verdragen kon: er was niets wat geen uitstel verdragen kon. Ik ging niet naar de slaapkamer om te zien of Marie sliep, want ik wist dat ze alleen maar deed alsof ze sliep.

Ik zette de tv niet aan om het laatste journaal te zien, want het waren dezelfde berichten als die ik al sinds mijn kinderjaren hoorde: land zus bedreigt land zo, x heeft y verlaten, het gaat slecht met de economie, er heeft zich zojuist een vreselijk liefdesdrama voltrokken, Israël en Palestina zijn de voorbije vijftig jaar niet tot een akkoord gekomen, er is weer een bom ontploft, een orkaan heeft duizenden mensen dakloos gemaakt.

Ik herinnerde me dat de grote nieuwszenders die ochtend bij gebrek aan terroristische aanslagen als belangrijkste nieuwsfeit een rebellie op Haïti hadden gebracht. Wat interesseerde Haïti mij nou? Wat maakte het uit voor mijn leven, het leven van mijn vrouw, de prijs van het brood in Parijs, of voor de stam van Michaïl? Hoe kreeg ik het voor elkaar om vijf minuten van mijn kostbare leven door te brengen met het luisteren naar berichten over de rebellen en de president, en daarbij dezelfde scènes van straatoproer ontelbare malen herhaald zien worden, en dat alles gebracht zien worden als zou het voor het mensdom een grote gebeurtenis zijn: rebellie op Haïti! Ik was erin gestonken! Ik had tot het einde toe zitten kijken! Echt, de dommeriken verdienen een eigen ID-kaart, want zij zijn het die de collectieve domheid instandhouden.

Ik opende het raam, liet de ijskoude lucht van de nacht binnen, deed mijn kleren uit, ik zei dat ik mezelf onder controle zou kunnen houden en de kou weerstaan. Ik bleef staan, gedachteloos. Ik nam alleen waar dat mijn voeten op de vloer stonden, mijn ogen naar de Eiffeltoren staarden, mijn oren geblaf hoorden, sirenes en gesprekken die niet te volgen waren.

Ik stond daar, en ik was niet ik, ik was niets. Fantastisch!

'Er is iets.'

'Hoezo is er iets?'

'Het lijkt wel of je baalt.'

'Maar ik baal niet.'

'Zie je nou wel? Je stem klinkt niet oprecht, je baalt van mij, maar je durft niets te zeggen.'

'Waarom zou ik dan balen?'

'Omdat ik vannacht laat thuis ben gekomen en dronken was. Je hebt me niet eens gevraagd waar ik heb gezeten.'

'Dat interesseert me niet.'

'Waarom niet? Heb ik niet gezegd dat ik ging stappen met Michaïl?'

'Ging dat niet door?'

'Jawel.'

'Nou, wat wil je dan dat ik vraag?'

'Vind je niet dat als je vriend laat thuiskomt, en je zegt dat je van hem houdt, je op zijn minst moet proberen te weten te komen wat er gebeurd is?'

'Wat is er gebeurd?'

'Niets. Ik ben met hem en een groep vrienden van hem uit geweest.'

'Nou, oké dan.'

'En dat geloof je?'

'Natuurlijk geloof ik dat.'

'Volgens mij hou je niet meer van me. Je bent niet jaloers. Je bent onverschillig. Is het normaal dat ik om twee uur 's nachts thuiskom?'

'Je zegt toch altijd dat je een vrij mens bent?'

'Natuurlijk ben ik dat.'

'Nou, dan is het normaal dat je om twee uur 's nachts thuiskomt. En dat je doet wat je goeddunkt. Als ik je moeder was, zou ik me zorgen maken, maar je bent een volwassen man, toch? Mannen moeten ophouden zich te gedragen alsof vrouwen zich om hen moeten bekommeren alsof het hun kinderen zijn.'

'Ik heb het niet over dingen als je zorgen maken, maar over jaloezie.'

'Zou je gelukkiger zijn als ik nu aan het ontbijt een scène zou trappen?'

'Nee, doe maar niet, dat horen de buren.'

'De buren kunnen me de pot op: ik doe het niet omdat ik er helemaal geen zin in heb. Het heeft me moeite gekost, maar uiteindelijk heb ik geaccepteerd wat je toen in Zagreb tegen me hebt gezegd, en ik probeer te wennen aan het idee. Maar als dat jou gelukkiger maakt, ik kan best wel doen of ik baal of jaloers ben, of furieus ben.'

'Ik zei al, er is iets. Ik heb het gevoel dat ik niet belangrijk meer ben in je leven.'

'En ik heb het gevoel dat je vergeten bent dat er in de woonkamer een journalist op je zit te wachten, en goed kan zitten luisteren.'

De journalist, ja. Dat wordt de automatische piloot want ik weet wel wat hij gaat vragen. Ik weet hoe hij het interview zal beginnen ('laten we het over uw nieuwe boek hebben, wat is de belangrijkste boodschap?'), ik weet wat ik ga antwoorden ('als het me om een boodschap te doen zou zijn, schreef ik een enkele zin, niet een heel boek').

Ik weet dat hij zal vragen wat ik van de kritiek vind, die over het algemeen erg hard oordeelt over mijn werk. Ik weet dat hij het gesprek zal beëindigen met de woorden: 'En schrijft u al aan een nieuw boek? Wat zijn uw volgende plannen?' Waarop ik zal antwoorden: 'Dat is geheim.'

Het interview begint zoals verwacht: 'Laten we het over uw nieuwe boek hebben, wat is de belangrijkste boodschap?'

'Als het me om een boodschap te doen was, zou ik volstaan met een enkele zin.'

'Waarom schrijft u?'

'Omdat dat mijn manier is om mijn emoties te delen.' De zin hoort bij de automatische piloot, maar ik stop en corrigeer mezelf: 'Maar dat verhaal kan nu op een andere manier verteld worden.'

'Kan het verhaal op een andere manier verteld worden? Wilt u zeggen dat u niet tevreden bent over *Een tijd om te scheuren en een tijd om te herstellen?*'

'Ik ben heel tevreden over dat boek, maar niet tevreden over het antwoord dat ik daarnet gaf. Waarom ik schrijf? Het ware antwoord is: ik schrijf omdat ik wil dat de mensen van me houden.'

De journalist keek me aan met een argwanende blik: wat voor persoonlijk statement was dit?

'Ik schrijf omdat ik, toen ik puber was, niet goed kon voetballen, geen auto had, weinig zakgeld had, een schriel ventje was.'

Ik deed heel erg mijn best om door te gaan. Het gesprek met Marie had me herinnerd aan een verleden dat geen zin meer had, ik moest praten over mijn ware persoonlijke verhaal, me daarvan bevrijden. Ik ging door: 'Ik droeg ook geen kleren die in de mode waren. Dat was het enige wat telde voor de meisjes van mijn klas, dus kon ik hun aandacht wel vergeten. De avonden dat mijn vrienden bij hun meisjes waren, bracht ik door met het scheppen van een wereld waarin ik gelukkig kon zijn: mijn gezelschap bestond uit schrijvers en hun boeken. Op een goede dag schreef ik een gedicht voor een meisje uit mijn straat. Een vriend vond het op mijn kamer, jatte het mee, en toen we allemaal bij elkaar waren, liet hij het aan de hele klas horen. Iedereen lachen, iedereen vond het belachelijk – ik was verliefd!

Het meisje aan wie ik het gedicht had opgedragen, lachte niet. Toen we de volgende middag naar het theater gingen, zorgde ze ervoor dat ze naast me kwam te zitten, en ze pakte mijn hand. Hand in hand zijn we vertrokken; ik die mezelf lelijk en schriel vond, geen kleren had die in de mode waren, ging met het knapste meisje van de klas.'

Ik nam een pauze. Het was alsof ik terug was in het verleden, bij het moment waarop haar hand de mijne aanraakte en mijn leven veranderde.

'En dat alles vanwege een gedicht,' ging ik verder. 'Dat gedicht liet me beseffen dat ik door te schrijven, door mijn onzichtbare wereld te tonen, kon concurreren met de zichtbare wereld van mijn vrienden: hun fysieke kracht, hun modieuze kleding, hun auto's, hun superieure sportprestaties.'

De journalist was enigszins verrast, en ik nog meer. Maar hij beheerst zich en vervolgt: 'Waarom, denkt u, zijn de critici zo hard in hun oordeel over uw werk?'

Als ik weer op de automatische piloot zou overgaan, zou ik antwoorden: 'Sla de biografie van willekeurig welke klassieke schrijver uit het verleden er maar op na – begrijp me goed, ik wil me niet met hen vergelijken –, en u zult zien dat de critici tegenover hen altijd onverzoenlijk zijn geweest. De reden is eenvoudig deze: critici zijn uitzonderlijk onzeker, ze weten niet echt waar het om gaat, ze zijn democratisch als ze over politiek praten, maar fascistisch als ze het over cultuur hebben. Ze vinden dat het volk wel over voldoende wijsheid beschikt om zijn leiders te kiezen, maar films, boeken, muziek uitkiezen, daar achten ze het niet toe in staat.'

Maar in plaats daarvan zeg ik: 'Hebt u wel eens van de Wet van Jante gehoord?'

Dat was dat. Weer had ik mijn automatische piloot uitgeschakeld, ook al wist ik dat de journalist waarschijnlijk mijn antwoord niet zou gebruiken.

'Nee,' antwoordt hij, 'nooit van gehoord.'

'Ook al bestaat hij al sinds het begin van de beschaving, hij werd pas officieel afgekondigd door een Deense schrijver. In het stadje Jante stelden de machthebbers tien geboden op die aangeven hoe de mensen zich dienen te gedragen, en kennelijk gelden ze niet alleen in Jante maar overal ter wereld. Als ik ze in een enkele zin zou moeten samenvatten, zou ik zeggen: je bent het beste af als je kiest voor een middelmatig en anoniem leven. Als je dat doet, zul je nooit grote problemen ondervinden. Maar als je probeert anders te zijn...'

'Ik zou graag de tien geboden van Jante kennen,' onderbrak de journalist me. Hij scheen oprecht geïnteresseerd.

'Ik kan ze niet zo uit mijn mouw schudden, maar ik kan u wel een uitgebreidere versie geven.'

Ik ging naar mijn computer en printte een beknopte versie, die ooit gepubliceerd was, voor hem uit:

Je bent helemaal niemand, waag het niet te denken dat je meer weet dan wij. Je bent absoluut onbelangrijk, je kunt niets goed doen, je werk stelt niets voor, waag het niet om ons te tarten, dan zul je een gelukkig leven kunnen hebben. Neem wat wij zeggen altijd serieus, en drijf nooit de spot met wat wij vinden.

De journalist vouwde het blaadje dubbel en stak het in zijn zak.

'U heeft gelijk. Als u niets voorstelt, als uw werk geen weerklank vindt, dan verdient u het om geprezen te worden. Maar wie boven het maaiveld uitsteekt, succes heeft, die tart de wet en verdient het om gestraft te worden.'

Fijn dat hij op eigen houtje tot deze conclusie kwam.

'Het zijn niet alleen de critici,' vulde ik aan, 'het zijn veel meer mensen dan u denkt.'

Halverwege de middag belde ik Michaïl, op zijn mobiele telefoon: 'We gaan samen.'

Hij liet geen enkele verbazing blijken; hij bedankte me slechts, en vroeg wat me van gedachte had doen veranderen.

'Twee jaar lang heeft mijn leven bestaan uit de Zahir. Sinds ik jou ken, ben ik aan een weg begonnen die ik vergeten was, een verlaten spoorweg waar gras tussen de rails groeit, waar nog treinen overheen kunnen, maar niet kunnen stoppen anders stranden ze. En ik wil het eindstation halen.'

Hij vroeg of ik mijn visum al had; ik legde hem uit dat de Bank van Wederdienst in mijn leven een zeer actieve rol vervulde: een Russische vriend had zijn vriendin gebeld, die directeur was van een reeks dagbladen in Kazachstan. Zij had de ambassadeur in Parijs aan de lijn gehad, en voor het einde van de middag zou het in kannen en kruiken zijn.

'Wanneer vertrekken we?'

'Morgen. Ik heb alleen nog je echte naam nodig om de tickets te kunnen kopen – het reisbureau wacht op de andere lijn.'

'Voor je oplegt, wil ik je iets zeggen: ik vond jouw metafoor van de afstand tussen de rails prachtig, ook die van de verlaten spoorweg zojuist. Maar toch geloof ik niet dat je me daarom meevraagt. Ik vermoed dat het is vanwege een tekst die jij ooit schreef, en die ik uit mijn hoofd ken, je vrouw haalde hem vaak aan en het is veel romantischer dan wat je zei over die zogenaamde Bank van Wederdienst:

Een lichtstrijder vergeet nooit om dankbaar te zijn.
Tijdens zijn strijd kreeg hij hulp van de engelen. De hemelse
machten arrangeerden alles zó dat hij in staat was het beste van
zichzelf te geven. Daarom knielt hij bij zonsondergang en bedankt
de Beschermende Mantel die hem omhult.
Zijn kameraden zeggen: "Wat een geluk heeft hij toch." Maar hij
weet dat "geluk" is om je heen kunnen kijken en je omringd zien
door je vrienden: want door hun woorden hebben de engelen zich
verstaanbaar kunnen maken.'

'Ik weet niet altijd meer wat ik heb geschreven, maar leuk wat
je net zei. We bellen nog, ik moet je naam aan het reisbureau
doorgeven.'

Twintig minuten duurt het voor de taxicentrale opneemt. Een slechtgehumeurde stem zegt dat ik nog eens een halfuur moet wachten. Marie ziet er vrolijk uit in haar uitbundig wulpse, zwarte jurk, en ik moet denken aan de man in het Armeense restaurant die zei opgewonden te raken van de gedachte dat zijn vrouw door anderen werd begeerd. Op het galafeest waar we heen gaan, zullen de vrouwen zo gekleed gaan dat ze met hun borsten en welvingen in het middelpunt van de aandacht zullen staan. En de mannen, die weten dat hun vrouwen aantrekkelijk zijn, zullen denken: nou jongens, geniet ervan, maar je mag er alleen maar naar kijken, aankomen niet, ik wel, want zij is van mij, ik ben de beste, en ik heb iets wat jullie allemaal graag zouden willen hebben.

Ik ga geen zaken doen, geen contracten tekenen, geen interviews geven – ik woon alleen maar een plechtigheid bij, los een schuld in aan de Bank van Wederdienst, en krijg bij het diner een saai iemand naast me die me gaat vragen waar de inspiratie voor mijn boeken vandaan komt. Van de andere kant, misschien loopt er een mooi paar borsten rond, misschien de vrouw van een vriend, en moet ik me voortdurend beheersen om mijn blik niet te laten zakken, want als ik dat ook maar een seconde doe, zal zij haar man vertellen dat ik haar probeerde te versieren. Terwijl we op de taxi wachten, stel ik in gedachten een lijstje van onderwerpen op die misschien aan bod komen:

a) het uiterlijk, met opmerkingen als: 'Wat zie je er elegant uit!'; 'Wat een schitterende jurk heb je aan!'; 'Wat een prachtige huid heb je!' Wanneer ze terug naar huis rijden, zeggen ze tegen elkaar dat niemand goedgekleed was, dat ze er allemaal uitzagen of ze iets ergs onder de leden hadden.

b) recente reizen: 'Je moet eens naar Aruba, echt fantastisch!'; 'Niets beters dan een zomernacht aan zee in Cancun met een Martini!' In werkelijkheid had niemand zich bijzonder vermaakt en hadden ze zich alleen een paar dagen lang vrij gevoeld, maar ze móesten het er wel leuk vinden vanwege het lieve bedrag dat ze hadden neergeteld.

c) andere reizen, maar nu naar oorden waar je kritisch over mag zijn: 'Ik was laatst in Rio de Janeiro, onvoorstelbaar hoe gewelddadig die stad is'; 'In Calcutta weet je niet wat je ziet, de ellende daar is bijna spectaculair'. Eigenlijk waren ze slechts gegaan om zich ginds machtig te voelen en zich bij terugkeer bevoorrecht te voelen, in hun burgermansbestaan zijn geweld en ellende tenminste afwezig.

d) nieuwe behandelingen: 'Een week lang iedere dag sap uit tarwehalmen en je haar glanst als nooit tevoren'; 'Ik ben twee dagen in een kuuroord in Biarritz geweest, het water daar maakt je poriën open en haalt de gifstoffen uit je lichaam'. De week daarna ontdekken ze dat tarwehalmen geen enkele werking hebben, en dat water, als het maar warm is, altijd je poriën opent en gifstoffen uit je lichaam haalt.

e) de anderen: 'Ik heb die-en-die al een tijd niet gezien, wat doet hij tegenwoordig, weet jij dat?'; 'Wist je dat zus-en-zo haar appartement verkocht heeft omdat ze moeilijk zit?' Je kunt het over mensen hebben die niet op het betreffende feest uitgenodigd zijn, je kunt ze bekritiseren mits je op het eind een onschuldig, meelijdend gezicht trekt en afsluit met de woorden: 'Maar het is wel een heel bijzonder iemand.'

f) kleine persoonlijke bekommernissen, alleen maar om een beetje jeu aan het gesprek te geven: 'Ik zou willen dat er iets nieuws gebeurde in mijn leven'; 'Ik maak me vreselijke zorgen om mijn kinderen, ze luisteren naar van alles maar muziek is het niet, en wat ze lezen is zeker geen literatuur'. Ze hopen op reacties van mensen met hetzelfde probleem, voelen zich minder alleen en gaan blij naar huis.

g) op intellectuele feesten, zoals dat van vandaag waarschijnlijk is, discussiëren we over de oorlog in het Midden-Oosten, de problemen van het islamisme, de nieuwe expositie, de filosoof die momenteel 'in' is, het geweldige boek dat niemand gelezen heeft, de muziek die niet meer als vroeger is; we geven onze intelligente, doorwrochte meningen die in alles verschillen van wat we echt denken – we beseffen hoeveel moeite het ons kost om zulke exposities te bezoeken, die vreselijke boeken te lezen, naar die o zo saaie films te gaan, alleen maar om gespreksstof te hebben op een avond zoals deze.

De taxi arriveert en onderweg voeg ik nog iets heel persoonlijks toe aan mijn lijstje: tegen Marie klagen dat ik een hekel heb aan dit soort diners. Dat doe ik prompt. Zij zegt dat ik me uiteindelijk altijd goed vermaak, meer dan dat zelfs – wat ook zo is.

We gaan een van de deftigste restaurants van de stad binnen, begeven ons naar de zaal die is gereserveerd voor het festijn: de uitreiking van een literaire prijs waarvoor ik in de jury zat. Iedereen staat, praat, sommigen groeten me, anderen kijken me slechts aan en maken onder elkaar ergens een opmerking over, de organisator van het evenement komt naar me toe, stelt me steeds met de irritante toevoeging 'u welbekend natuurlijk' aan verschillende mensen voor. Sommigen schenken me een glimlach en een blik van herkenning, anderen glimlachen alleen, herkennen me niet, maar doen alsof – want het tegenovergestelde toegeven zou neerkomen op een aanvaarden dat de wereld waarin ze leven niet langer bestaat, dat ze niet goed op de hoogte zijn van wat er tegenwoordig aan belangrijks gebeurt.

Terugdenkend aan de 'stam' van de avond tevoren, completeer ik mijn overwegingen met: de dommeriken zouden ze op een schip moeten zetten, midden op zee, met iedere avond feest en hen dan maandenlang onophoudelijk aan elkaar voorstellen tot ze eindelijk zullen weten met wie ze de eer hebben.

Ik heb voor mezelf een catalogus samengesteld van mensen die regelmatig op dit soort evenementen komen. Tien procent bestaat uit 'Aandeelhouders', mensen met macht, die van huis gaan omwille van de Bank van Wederdienst en gespitst zijn op

alles wat hun belangen ten goede kan komen, waar te incas-
seren en waar te investeren. Ze hebben snel in de gaten of het
evenement profijt oplevert of niet, ze verliezen geen tijd en zijn
altijd als eersten weer weg.

Twee procent bestaat uit 'Talenten', mensen die een veelbelovende toekomst hebben, die erin geslaagd zijn enkele rivieren
over te steken, al begrepen hebben dat er zoiets als een Bank
van Wederdienst bestaat, en potentiële cliënten zijn; ze kunnen belangrijke diensten bieden, maar hebben nog geen echte
invloed of macht. Ze zijn aardig tegen iedereen, omdat ze nog
niet precies weten wie ze voor zich hebben, ze zijn veel toegan-
kelijker dan de Aandeelhouders, want voor hen leidt iedere weg
wel ergens heen.

Drie procent bestaat uit 'Tupamaro's', zo genoemd als hom-
mage aan een vroegere groep Uruguayaanse guerrillero's: ze
zijn erin geslaagd te infiltreren in dit milieu, zijn als gekken op
zoek naar een contact, weten niet of ze moeten blijven of naar
een ander feest moeten gaan dat op dezelfde tijd plaatsvindt,
ze zijn nerveus, branden van verlangen om te laten zien dat ze
talent hebben, maar ze zijn niet uitgenodigd, ze zijn geen rivier
overgestoken, hebben geen berg beklommen, en zodra ze ge-
identificeerd zijn krijgen ze geen aandacht meer.

En ten slotte de resterende vijfentachtig procent: deze bestaat uit 'Dienbladen' – ik heb ze zo gedoopt omdat geen enkel
feest of festijn zonder dergelijke dingen en zonder deze mensen
kan. De Dienbladen weten niet wat er precies gebeurt, maar
wel dat het belangrijk is om erbij te zijn, ze staan op de ge-
nodigdenlijst, omdat het succes van zo'n evenement voor een
groot deel afhangt van het aantal mensen dat komt opdagen.
Het zijn de vroeger-belangrijke-iemanden: de oud-bankiers, de
oud-directeuren, de ex-echtgenoten van deze of gene beroemde
vrouw, de ex-vrouwen van deze of gene die tegenwoordig een
invloedrijke positie bekleedt. Het zijn graven uit oorden waar
de monarchie is afgeschaft, prinsessen of markiezinnen die hun
levensonderhoud halen uit het verhuren van hun kastelen. Ze

hoppen van feest naar feest, van diner naar diner – en ik vraag me dan af: zou het hun nou nooit de neus uit komen?

Toen ik daar onlangs tegen Marie een opmerking over maakte, zei zij dat je zowel mensen hebt die verslaafd zijn aan werk, als mensen die verslaafd zijn aan vermaak. Geen van beide groepen is gelukkig, ze denken dat ze iets missen, maar met de verslaving stoppen lukt ze niet.

Als ik sta te praten met een van de organisatoren van een congres over film en literatuur, komt een jonge, knappe blondine op me afstevenen en zegt dat ze *Een tijd om te scheuren en een tijd om te herstellen* een bijzonder mooi boek vond. Ze vertelt dat ze uit een Baltisch land komt, en zich met film bezighoudt. Onmiddellijk wordt ze door ons groepje herkend als een Tupamaro, omdat haar vizier een bepaalde richting op wees (de mijne) maar ze eigenlijk meer interesse heeft voor wat er aan de zijkant gebeurt (de organisatoren van het congres). Al heeft ze een nagenoeg onvergeeflijke fout begaan, de kans bestaat dat ze een onervaren Talent is – de organisatrice van het congres vraagt op wat voor manier ze zich dan met 'film bezighoudt'. Het meisje verklaart dat ze kritieken schrijft voor een krant, en dat ze een boek heeft gepubliceerd (over film? Nee, over haar leven. Over haar korte en oninteressante leven, vermoed ik).

En dan begaat ze de zonde aller zonden: ze is te snel, vraagt of ze misschien uitgenodigd wordt voor het komende congres. De organisatrice zegt dat ze, wat de Baltische landen aangaat, mijn uitgeefster, die een invloedrijke en hardwerkende vrouw is (en bijzonder mooi, denk ik bij mezelf), al uitgenodigd hebben. Ze hervatten het gesprek met mij, de Tupamaro staat een paar minuten te weifelen en loopt dan weg.

De meesten van de genodigden van vandaag – Tupamaro's, Talenten en Dienbladen – behoren tot het artistieke milieu; het gaat dan ook om een literaire prijs: alleen de Aandeelhouders variëren van sponsoren uit de commerciële sector tot personen verbonden aan stichtingen die subsidies verstrekken aan musea, klassieke concerten en veelbelovende kunstenaars. Na wat gesprekken over wie de meeste druk heeft uitgeoefend om de prijs van die avond in de wacht te slepen, beklimt de presentator het podium, vraagt iedereen plaats te nemen bij zijn of haar naam-kaartje (iedereen gaat zitten). Hij maakt wat grappen (dat hoort bij het ritueel, en iedereen lacht), en zegt dat tussen voor- en hoofdgerecht de winnaars zullen worden bekendgemaakt.

Mijn plaats is aan de voornaamste tafel; zo blijf ik verstoken van de Dienbladen, maar helaas ook van de gezelligheid van de enthousiaste en interessante Talenten. Ik zit tussen de vrouwe-lijke directeur van het moederbedrijf van een autoconcern dat het feest sponsort, en een rijke erfgename die besloten heeft in kunst te investeren – tot mijn verrassing draagt geen van beiden een uitdagend decolleté. De tafel telt ook een directeur van een parfumfabriek, een Arabische prins (die waarschijnlijk op door-tocht in Parijs is en door een van de promotoren werd gestrikt om het evenement prestige te verlenen), een Israëlische bankier die veertiende-eeuwse manuscripten verzamelt, de organisator van de avond, de Franse consul in Monaco, en een blond meisje van wie ik niet goed weet wat ze hier doet, maar dat ik ten slotte houd voor een potentiële minnares van de organisator.

Om de haverklap moet ik mijn bril opzetten en slinks de naam van mijn buren lezen (ze moeten me op dat schip uit mijn fantasie zetten en minstens tien keer dit feest laten meemaken, wil ik ooit de namen van mijn tafelgenoten kunnen onthouden). Marie was volgens protocol aan een andere tafel geplaatst; op een bepaald moment in de geschiedenis heeft iemand verzon-nen dat stelletjes bij officiële banketten gescheiden van elkaar dienen te zitten, waardoor je in het ongewisse blijft of de per-soon naast je getrouwd is, of alleenstaand, of getrouwd maar beschikbaar. Of vond diegene toen dat als stelletjes bij elkaar zitten, het alleen maar leidt tot tête-à-tête'tjes. Maar als dat zo zou zijn, waarom zouden de koppels dan het huis uit gaan en een taxi nemen naar een banket?

Zoals ik op mijn lijstje gespreksonderwerpen voor feesten had voorzien, draait het uit op een uitwisseling van culturele beleefdheden – wat een schitterende expositie, en wat een intelligente kritiek van die-en-die. Ik wil me concentreren op het voorgerecht, kaviaar met zalm en ei, maar word om de haverklap onderbroken door de fameuze vragen over hoe mijn nieuwe boek loopt, over waar ik mijn inspiratie vandaan haal, dan wel of ik iets nieuws onder handen heb. Allemaal geven ze blijk van een geweldige culturele bagage, allemaal halen ze deze of gene beroemdheid aan die ze – en daarbij doen ze natuurlijk of het toeval is – kennen en met wie ze nauw bevriend zijn. Allemaal weten ze een perfecte verhandeling te houden over de actuele politieke situatie, of over de problemen waar de cultuur mee kampt.

'Als we het nou eens over iets anders zouden hebben?'

Het glipt me zomaar uit de mond. Iedereen aan tafel zwijgt: tenslotte is het bijzonder onwellevend anderen te onderbreken, nog erger is het de aandacht op jezelf te willen vestigen. Maar klaarblijkelijk heeft de wandeling van gisteren, als clochard door de straten van Parijs, onherstelbare schade bij me aangericht en kan ik dit soort gesprekken niet meer verdragen.

'We zouden het kunnen hebben over de acomodador: een moment in ons leven waarop we ervan afzien verder te gaan en genoegen nemen met wat we hebben.'

Dat schijnt niemand te interesseren, een ander onderwerp dan maar.

'We zouden het kunnen hebben over hoe belangrijk het is om het verhaal dat ze ons hebben verteld te vergeten en te proberen iets nieuws te beleven. Iedere dag iets doen wat anders is, ongewoon is – zoals een gesprek aanknopen met iemand aan de tafel naast ons in het restaurant, een ziekenhuis bezoeken, met je voeten in een plas water gaan staan, luisteren naar wat de ander te zeggen heeft, de liefdesenergie vrij laten stromen in plaats van die in een pot te stoppen en in een hoekje te bewaren.'

'Dat wil dus zoveel zeggen als vreemdgaan, overspel?' vraagt de organisator van de avond.

'Nee. Het wil zeggen dat we een instrument van de liefde zijn en de liefde niemands eigendom is. Het garandeert ons dat we met iemand omgang hebben omdat we dat willen, en niet omdat de conventies ons daartoe verplichten.'

Heel hoffelijk, maar met een vleugje ironie, legt de Franse consul in Monaco me uit dat degenen die aan deze tafel zitten dat recht en die vrijheid waar ik op doel daadwerkelijk in praktijk brengen. Iedereen is het ermee eens, al gelooft niemand dat het ook echt zo is.

'Seks!' roept het blondje van wie niemand goed weet wat ze hier doet. 'Waarom praten we niet over seks? Stukken interessanter, en niet zo ingewikkeld!'

Spontaan is ze in ieder geval wel. Een van mijn buurvrouwen lacht ironisch, maar ik applaudisseer.

'Seks is inderdaad stukken interessanter, maar naar mijn mening is seks niet iets ongewoons, toch? En daarover praten is ook niet langer iets wat je niet doet.'

'Maar het getuigt wel van bijzonder slechte smaak,' zegt een van mijn buurvrouwen.

'Zou ik dan mogen weten wat dan wél iets is wat je niet doet?' vraagt de organisator, die zich ongemakkelijk begint te voelen.

'Over geld praten, bijvoorbeeld. Wij allemaal hebben geld, of doen alsof we het hebben. We geloven dat we de uitnodiging danken aan het feit dat we rijk, beroemd, invloedrijk zijn. Maar is het al eens bij ons opgekomen om dit soort diners te gebruiken om eens te achterhalen of we wel van die veelverdieners zijn? We zijn zulke zelfverzekerde, zulke belangrijke mensen, wat is er mis mee om onze wereld eens te zien zoals hij is, en niet zoals we ons voorstellen dat hij is?'

'Waar wilt u naartoe?' vraagt de vrouw uit de autobranche.

'Dat is een lang verhaal: ik zou kunnen beginnen bij Hans en Fritz die in een bar in Tokio zitten, en vervolgen met een Mongoolse nomade die beweert dat we moeten vergeten wie we denken te zijn, om werkelijk te kunnen zijn wie we zijn.'

'Ik snap er geen snars van.'

'Ik was ook niet duidelijk, maar laten we het over iets boeienders hebben: ik zou willen weten hoeveel ieder van ons hier verdient. Wat het, in termen van geld gesproken, betekent om aan de belangrijkste tafel te zitten.'

Het is even stil – mijn spelletje is tot mislukken gedoemd. De mensen kijken me geschrokken aan: de eigen inkomsten zijn een groter taboe dan seks en vragen over ontrouw, corruptie, parlementair gekonkel.

Misschien is hij de vele recepties en banketten met het oppervlakkige geleuter beu, misschien heeft hij die dag van zijn arts te horen gekregen dat hij het niet lang meer zal maken, maar wat ook de reden mag zijn, de prins uit het Arabische land besluit het gesprek een injectie te geven: 'Ik verdien rond de 20.000 euro per maand, zoals door het parlement van mijn land is vastgesteld. Het staat verder los van wat ik uitgeef, want ik krijg een onbeperkt bedrag voor wat ze "representatie" noemen. Oftewel, ik ben hier met de auto en de chauffeur van de ambassade, de kleren die ik draag zijn eigendom van de regering, morgen vlieg ik met mijn privé-jet naar een ander land in Europa, waarbij de piloot, de brandstof en luchthavenbelasting weer betaald worden uit de representatiepot.'

En de prins concludeert: 'De zichtbare werkelijkheid is geen exacte wetenschap.'

Nu de prins zo veel eerlijkheid aan de dag heeft gelegd, terwijl hij ook nog eens de in hiërarchie belangrijkste van de tafel is, kunnen ze Zijne Hoogheid onmogelijk in zijn eentje in zijn hemd laten staan. Er zit niets anders op dan het spel mee te spelen, de vraag te beantwoorden en zich bloot te geven.

'Ik weet niet hoeveel ik precies verdien,' zegt de organisator, een van de klassieke representanten van de Bank van Wederdienst, die men lobbyisten noemt. 'Ergens rond de 10.000 euro, maar ik heb daarnaast nog de representatietoelages van de organisaties die ik voorzit. Ik mag alles declareren – diners en lunches, hotels, vliegtickets, soms zelfs kleren –, al heb ik geen privé-jet.'

De wijn is op, hij wenkt, onze glazen worden weer gevuld. Nu was de beurt aan de vrouwelijke directeur van het autobedrijf, die het in eerste instantie een afschuwelijk idee had gevonden maar zich nu leek te amuseren.

'Ik vermoed dat ik ook rond die koers verdien, en ik heb eveneens een onbeperkte representatietoelage.'

Een voor een vertelden ze hoeveel ze verdienden. De bankier was het rijkst van iedereen: 10 miljoen euro per jaar, en bovendien werden de aandelen van zijn bank voortdurend meer waard.

Toen het moment gekomen was van het blondje dat niet was voorgesteld, weigerde zij.

'Dat hoort tot mijn privé-domein. Het is voor niemand van belang.'

'Natuurlijk is dat voor niemand van belang, maar we doen nu een spel,' zegt de organisator van het evenement.

Het meisje weigerde mee te spelen. Door te weigeren plaatste ze zich boven de anderen: zij was tenslotte de enige die geheimen had voor de groep. Doordat ze zich een treetje hoger plaatste, werd ze door de rest met minachting bekeken. Om zich niet vernederd te voelen vanwege haar miserabele salaris, had ze uiteindelijk iedereen vernederd. Ze deed geheimzinnig over zichzelf maar had niet in de gaten dat het merendeel van haar tafelgenoten aan de rand van de afgrond verkeerde, afhankelijk als ze waren van representatietoelagen die ze van de ene op de andere dag kwijt konden zijn.

Zoals te verwachten viel, was ik als laatste aan de beurt: 'Het ligt eraan. Als ik een nieuw boek uitbreng, wordt het dat jaar misschien ergens rond de vijf miljoen dollar. Kom ik met niets nieuws, dan blijft het hangen rond de twee miljoen van de uitstaande rechten van al uitgegeven titels.'

'Je hebt daarnet die vraag gesteld omdat je graag wilde zeggen hoeveel je verdiende,' zegt het meisje van het 'privé-domein'. 'Ik geloof niet dat iemand hier onder de indruk is, hoor.'

Ze had begrepen dat het een verkeerde zet was geweest, en

probeerde zich er nu uit te redden door de aanval te kiezen.

'Integendeel,' kwam de prins tussenbeide, 'ik dacht dat een kunstenaar van uw niveau veel rijker zou zijn.'

De slag was voor mij. Het blonde meisje zou de hele avond haar mond niet meer opendoen.

Het gesprek over geld doorbrak een hele reeks taboes, temeer omdat het salaris het ergste taboe was. De ober verscheen steeds vaker, de flessen wijn werden in een ongelooflijk tempo soldaat gemaakt, de presentator/organisator besteeg overmatig vrolijk het podium, kondigde de winnaar aan, gaf hem de prijs en kwam meteen terug voor het gesprek, waar we niet mee gestopt waren, ook al gebood de wellevendheid dat mensen hun mond houden als er op een podium iets gezegd wordt. We praatten erover wat we met ons geld deden (over het algemeen werd het besteed aan 'vrije tijd': aan reizen of aan het beoefenen van een sport).

Even overwoog ik het gesprek te brengen op hoe ze hun begrafenissen zouden willen hebben – de dood was immers een even groot taboe als geld. Maar de sfeer was zo vrolijk, iedereen zo open dat ik besloot dat onderwerp te laten rusten.

'Jullie hebben het over geld maar weten eigenlijk niet wat het is,' zei de bankier. 'Waarom geloven mensen dat zoiets als een beschilderd papiertje, een plastic kaartje of een muntje gemaakt van het allergoedkoopste metaal waarde heeft? Erger nog: weten jullie dat jullie geld, jullie miljoenen dollars alleen maar elektronische impulsen zijn en meer niet?'

Natuurlijk wisten we dat wel.

'Want aanvankelijk bestond rijkdom uit datgene wat we hier op de dames zien,' ging hij verder, 'versierselen gemaakt van materialen die zeldzaam waren, gemakkelijk te vervoeren, en die telbaar en deelbaar waren. Parels, goudkorrels, kostbare stenen. We droegen ons hele fortuin op een zichtbare plek.

De sieraden werden op hun beurt geruild tegen vee, of graan, want je gaat niet zakken graan of vee van huis meenemen. Het grappige is dat we ons nog steeds als een primitieve stam gedragen – we dragen sieraden om te laten zien hoe rijk we zijn, ook al hebben we vaak meer sieraden dan geld.'

'Zoiets is de code van een stam,' zei ik. 'De jeugd uit mijn tijd had lang haar, die van nu draagt een piercing: zo kunnen ze gelijkgezinden herkennen, maar betalen kun je er niets mee. Kunnen we met de elektronische impulsen die we hebben een uur leven bijkopen? Nee. Kunnen we er onze geliefden die al gestorven zijn mee terugkopen? Nee. Kunnen we er liefde mee kopen?'

'Liefde wel,' zei de vrouwelijke directeur van het autoconcern op spottende toon.

In haar ogen blonk een intense droefheid. Ik dacht terug aan Esther, en aan het antwoord dat ik de journalist die ochtend had gegeven. We beschikten dan weliswaar over sieraden en creditcards, over rijkdom, macht en intelligentie, maar we beseften tegelijkertijd dat we alles eigenlijk alleen maar deden omdat we liefde en tederheid zochten, het gezelschap van iemand die van ons hield.

'Niet altijd,' zei de directeur van de parfumfabriek, terwijl hij mij aankeek.

'Je hebt gelijk, niet altijd. En omdat je mij aankijkt, begrijp ik wat je wilt zeggen: dat mijn vrouw me heeft verlaten, ook al ben ik rijk. Maar wel bíjna altijd. Overigens, weet iemand van jullie hoeveel katten en hoeveel straatlantaarns er op de achterkant van een tiendollarbiljet staan?'

Niemand die het wist, en niemand wie het interesseerde. De opmerking over liefde had de eerst zo vrolijke sfeer volledig tenietgedaan, en we hervatten ons eerdere gesprek over literaire prijzen, exposities in musea, de film die net uit was, het theaterstuk dat meer succes had dan verwacht.

'En, hoe was het bij jou aan tafel?'

'Gewoon. Net als altijd.'

'Nou, mij lukte het een interessante discussie uit te lokken over geld. Maar de afloop was tragisch.'

'Hoe laat ga je weg morgen?'

'Ik moet om halfzeven de deur uit. Jij gaat naar Berlijn, kunnen we samen de taxi nemen.'

'Waar ga jij heen?'

'Dat weet je. Je hebt het me niet gevraagd, maar je weet het.'

'Ja.'

'Zoals je ook weet dat dit het moment van afscheid is.'

'Konden we maar terug naar de tijd toen ik je leerde kennen: een man in zak en as om iemand die is weggegaan, en een vrouw wanhopig verliefd op iemand die naast haar woont. Kon ik maar weer tegen je zeggen wat ik je ooit heb gezegd: ik vecht door tot het eind. Maar ik heb gevochten, en verloren – nu wil ik mijn wonden laten helen en op weg gaan naar de volgende.'

'Ik heb ook gevochten, en verloren. Ik ben niet bezig met proberen te herstellen wat gescheurd is: ik wil alleen maar tot het einde gaan.'

'Iedere dag heb ik verdriet, wist je dat? Ik heb al maanden en maanden verdriet, en alsmaar probeer ik je te laten zien dat ik van je hou, dat dingen alleen maar belangrijk zijn als jij bij me bent.

Maar, ook al doet het me pijn, ik heb nu besloten: tot hier en niet verder. Het is voorbij. Ik ben het zat. Sinds die nacht in Zagreb heb ik mijn dekking laten zakken en tegen mezelf gezegd: als de volgende stoot komt, dan is het maar zo. Dan maar tegen het canvas, dan maar knock-out de ring uit, ik kom er wel weer bovenop.'

'Je komt wel weer iemand anders tegen.'

'Ja, natuurlijk: ik ben jong, knap, intelligent en aantrekkelijk. Maar wat ik met jou heb meegemaakt zal ik nooit meer meemaken.'

'Je zult andere emoties ontdekken. En weet wel, ook al wil je het niet geloven, dat ik, al die tijd dat we samen zijn geweest, echt van je gehouden heb.'

'Dat weet ik, zonder meer, maar dat maakt mijn pijn er niet minder om. We vertrekken morgen ieder apart in een taxi: ik heb een hekel aan afscheid nemen, en al helemaal op vliegvelden en stations.'

De terugkeer naar Ithaka

'We overnachten hier, morgen gaan we te paard verder. De auto komt in het zand van de steppe niet vooruit.'

We bevonden ons in een soort bunker, naar het scheen een overblijfsel van de Tweede Wereldoorlog. Een man, zijn vrouw en kleindochter hadden ons welkom geheten en een eenvoudige maar schone kamer laten zien.

'En vergeet niet,' vervolgde Dos, een vriend van Michaïl, 'een naam te kiezen.'

'Ik geloof niet dat hem dat interesseert,' zei Michaïl.

'Natuurlijk wel,' hield Dos vol, 'ik ben onlangs bij zijn vrouw geweest. Ik weet hoe ze denkt, ik weet wat ze ontdekt heeft, ik weet wat ze verwacht.'

Dos' stem klonk vriendelijk en tegelijkertijd stellig. Zeker, ik zou een naam kiezen, ik zou elke suggestie die ze me deden precies opvolgen, ik zou, zoals eerder al, mijn persoonlijke verhaal laten voor wat het was en mijn legende binnengaan – al liet mijn vermoeidheid me ook geen andere keus.

Ik was uitgeput, de nacht tevoren had ik maar twee uurtjes geslapen: mijn lichaam was er nog niet in geslaagd aan het grote tijdsverschil te wennen. Rond elf uur 's avonds, plaatselijke tijd, was ik in Almati aangekomen, in Frankrijk was het op dat ogenblik zes uur 's avonds. Michaïl had me in het hotel achtergelaten. Na een sluimerslaap werd ik midden in de nacht wakker en bedacht dat ze in Parijs op dit tijdstip uit eten gingen. Ik had honger, vroeg of de roomservice van het hotel me iets kon brengen: 'Natuurlijk, maar u moet echt proberen te slapen, anders komt u niet over de *jetlag* heen.'

De ergste kwelling die er wat mij betreft bestaat is om, als je de slaap niet kunt vatten, het toch maar te blijven proberen; ik at een sandwich en besloot een wandeling te maken. Ik stelde de receptionist de vraag die ik altijd stel: 'Is het gevaarlijk om op dit uur de deur uit te gaan?' Hij zei van niet, en ik begon aan een wandeling door de lege straten, de smalle stegen, de brede lanen: een stad zoals alle andere – lichtreclames, af en toe een politieauto, een bedelaar hier, een hoertje daar. Ik zei voortdurend hardop tegen mezelf: ik ben in Kazachstan! Anders zou ik nog gaan denken dat ik gewoon in Parijs was, in een wijk die ik niet goed kende.

'Ik ben in Kazachstan!' zei ik tegen de verlaten stad, toen een stem antwoordde: 'Natuurlijk ben je in Kazachstan.'

Ik schrok. Vlak bij me zat zo laat in de nacht op een bankje op het plein een man, een rugzak naast zich. Hij stond op, stelde zich voor als Jan uit Nederland en hij vervolgde: 'En ik weet wat je hier komt doen.'

Een vriend van Michaïl? Iemand van de geheime politie die me volgde?

'Wat kom ik hier doen dan?'

'Hetzelfde als wat ik vanaf Istanboel doe: de Zijderoute volgen.'

Opgelucht haalde ik adem en besloot een praatje te maken.

'Te voet? De Zijderoute? Maar dan komt het erop neer dat je zo ongeveer heel Azië doorkruist.'

'Ja, daar had ik behoefte aan. Ik was niet tevreden met mijn leven – ik heb geld, een vrouw, kinderen, ik heb een kousenfabriek in Rotterdam. Een tijd lang wist ik waarvoor ik het allemaal deed – zekerheid voor mijn gezin. Nu weet ik het niet meer; alles wat me voorheen een tevreden gevoel gaf, staat me nu tegen, verveelt me, irriteert me. Omwille van mijn huwelijk, mijn liefde voor mijn kinderen, mijn interesse in mijn werk heb ik besloten twee maanden voor mezelf uit te trekken, om mijn leven eens van een afstand te bekijken. En het heeft resultaat, mag ik wel zeggen.'

'Ik ben de laatste maanden met hetzelfde bezig. En, kom je veel pelgrims tegen?'

'Veel. Heel veel. De veiligheid is een probleem, want in bepaalde landen is de politieke situatie bijzonder ingewikkeld en hebben ze een hekel aan westerlingen. Maar het is allemaal wel te doen: ik denk dat pelgrims overal en altijd gerespecteerd worden, als ze maar duidelijk maken dat ze geen spionnen zijn. Maar voorzover ik begrijp, ben jij voor iets anders gekomen: wat doe jij in Almati?'

'Hetzelfde als jij: ik ben gekomen om een tocht af te maken. Kon jij ook niet slapen?'

'Nee, nee, ik ben al op, want hoe vroeger ik op pad ga, hoe groter de kans is dat ik de volgende stad haal – anders moet ik de komende nacht in de steppe doorbrengen, en dat doe ik liever niet met die kou en die constante wind.'

'Nou, goede reis dan.'

'Blijf nog even: ik vind het prettig om met iemand te praten, mijn ervaringen te delen. Er zijn maar weinig pelgrims die Engels spreken.'

Hij begon me zijn leven te vertellen, terwijl ik me probeerde te herinneren wat ik van de Zijderoute wist: de oude handelsroute die Europa met de landen van de oriënt verbond. De meest gebruikelijke route liep vanaf Beiroet langs Antakya door tot aan de Gele Rivier in China, maar in Centraal-Azië veranderde hij in een soort spinnenweb van wegen waarlangs vele handelsposten ontstonden. Later veranderden die handelsposten in steden, die door rivaliserende stammen werden verwoest, weer opgebouwd door de bewoners, opnieuw verwoest, en opnieuw tot leven gewekt. Praktisch alles ging langs deze route – goud, exotische dieren, ivoor, zaden, politieke ideeën, groepen vluchtelingen uit de burgeroorlogen, gewapende bandieten en privé-legertjes om de karavanen te beschermen. Maar zijde was wel het meest bijzondere en meest begeerde product. Via een van de vertakkingen van de route bereikte het boeddhisme vanuit China India.

De Nederlander beschreef de bergen, de landschappen, de vreemde volkeren, de voortdurende problemen met patrouilles en politie in de verschillende landen. Ten slotte zei hij: 'Ik ben uit Antakya vertrokken met niet meer dan tweehonderd dollar op zak. En ik weet niet of je begrijpt wat ik bedoel, maar ik wilde weten of ik in staat was om weer de persoon te worden die ik ben.'

'Absoluut, ik begrijp het, misschien wel beter dan je denkt.'

'Ik zag me gedwongen om te bedelen, moest om dingen vragen. En ik ben verbaasd, de mensen zijn veel vrijgeviger en ruimhartiger dan ik dacht.'

Bedelen? Ik bekeek zijn rugzak en zijn kleren eens goed, om te zien of ik ergens het symbool van de 'stam' zag, maar nee, niets van dat alles.

'Ben je ooit in een Armeens restaurant in Parijs geweest?'

'Ik ben in heel wat Armeense restaurants geweest, maar nooit in Parijs.'

'Ken je iemand die Michaïl heet?'

'Die komt in deze streken veel voor, die naam. Maar of ik ergens een Michaïl gesproken heb, weet ik niet meer, sorry dat ik je niet kan helpen.'

'Daar gaat het niet om. Het is alleen allemaal wel erg toevallig. Blijkbaar zijn er veel mensen, in plaatsen over de hele wereld, bezig zich bewust te worden van hetzelfde, en is hun manier van doen vrijwel dezelfde.'

'Je eerste ervaring, als je aan zo'n reis begonnen bent, is dat je denkt dat je van je levensdagen niet zult aankomen. Je gaat je onzeker voelen, in de steek gelaten, dag en nacht denk je aan opgeven. Maar als je je daar een week tegen verzet, ga je ook door tot het einde.'

'Mijn pelgrimsreis beperkte zich tot nu toe tot de straten van een en dezelfde stad, gisteren ben ik pas in een andere plaats aangekomen. Mag ik je zegenen?'

Hij keek me vreemd aan.

'Ik reis niet uit religieuze motieven. Ben je een priester?'

'Ik ben geen priester, maar ik heb het gevoel dat ik je moet zegenen. Zoals je weet zijn bepaalde dingen nou eenmaal niet bijzonder logisch.'

De Nederlander die Jan heette en die ik in dit leven vast nooit meer zou tegenkomen, boog zijn hoofd en sloot zijn ogen. Ik legde mijn handen op zijn schouders en in mijn moedertaal – waar hij geen woord van verstond – bad ik dat hij veilig zijn bestemming zou bereiken, dat hij op de Zijderoute zijn verdriet en zijn gevoel dat het leven geen zin had achter zich kon laten, en dat hij met een schone ziel en met een flonkering in zijn ogen naar zijn gezin zou terugkeren.

Hij dankte me, pakte zijn rugzak, wendde zich richting China en hervatte zijn tocht. Ik liep terug naar mijn hotel en realiseerde me dat ik in mijn leven nooit eerder iemand had gezegend. Maar ik had gehandeld vanuit een impuls, een juiste impuls, mijn gebed zou verhoord worden.

De volgende dag was Michaïl bij het hotel, samen met Dos, die ons zou vergezellen. Dos had een auto, kende mijn vrouw, kende de steppe en wilde eveneens in de buurt zijn als ik bij Esthers dorp arriveerde.

Even overwoog ik om te protesteren: eerst was het alleen Michaïl, nu ook nog zijn vriend, en straks, wanneer ik aan het einde van mijn tocht kwam, zou er een hele meute zijn die me volgde, en applaudisseerde of huilde – afhankelijk van wat me wachtte. Maar ik was te moe om ook maar iets te zeggen: de volgende dag zou ik wel op mijn strepen gaan staan en eisen dat de belofte die me was gedaan, werd nagekomen – niemand zou van dat ogenblik getuige zijn.

We stapten in, volgden een tijd de Zijderoute – ze vroegen of ik wist wat het was, en ik zei dat ik die nacht een pelgrim was tegengekomen. Ze merkten op dat dit soort reizen steeds populairder werd, over niet al te lange tijd zou het een aanzienlijke bijdrage leveren aan de toeristenindustrie van hun land.

Twee uur later verlieten we de hoofdweg om via een secundaire weg uit te komen bij de 'bunker' waar we nu zijn. We eten vis en horen de zacht suizende wind die vanuit de steppe waait.

'Esther was erg belangrijk voor me,' verklaart Dos, terwijl hij een foto toont van een van zijn schilderijen, waarop ik een bebloed lapje zie. 'Ik droomde ervan om hier weg te gaan, net als Oleg...'

'Noem me liever Michaïl, hij raakt anders in de war.'

'Mijn droom was om hier weg te gaan, zoals veel van mijn leeftijdsgenoten. Op een goeie dag belde Oleg – Michaïl dus – me op. Hij zei dat zijn weldoenster had besloten een tijd in de steppe door te brengen, en of ik haar wilde helpen. Ik heb ja gezegd, omdat ik dacht dat dit mijn kans was, dat ik daarmee hetzelfde kon krijgen als hij: een visum, een ticket en werk in Frankrijk. Ze vroeg me om haar naar een geïsoleerd dorpje te rijden dat zij van eerdere keren kende.

Ik heb haar niet gevraagd waarom, alleen maar gehoorzaamd. Onderweg wilde ze per se dat we langs het huis reden van een nomade die ze jaren tevoren een bezoek had gebracht: tot mijn verbazing bleek dat mijn grootvader te zijn! Ze werd ontvangen met de gastvrijheid die de mensen in deze eindeloze leegte zo eigen is. Mijn grootvader zei dat zij meende dat ze verdrietig was, maar dat haar ziel eigenlijk blij was, vrij, en dat haar liefdes-energie weer was begonnen te stromen. Hij garandeerde haar dat dit zijn invloed zou hebben op de hele wereld, haar echt-genoot incluis. Hij leerde haar tal van dingen over de cultuur van de steppe, en vroeg mij om haar de rest te leren. En op het einde besloot hij dat zij haar oude naam kon aanhouden, dit in tegenstelling tot wat de traditie zegt.

En terwijl zij van mijn grootvader leerde, leerde ik van haar, en ik begreep dat ik niet, zoals Michaïl, ver hoefde te reizen: mijn missie is om in deze lege ruimte – de steppe – te zijn, de kleuren te zien en die in schilderijen te vertalen.'

'Ik begrijp dat verhaal niet goed, dat jullie mijn vrouw iets zouden leren. Jouw grootvader had gezegd dat we alles moeten vergeten.'

'Ik laat het je morgen zien,' zei Dos.

En de volgende dag liet hij het me zien, iets zeggen hoefde niet. Ik zag de eindeloze steppe, die de aanblik had van een woestijn maar vol was van leven, verscholen tussen de lage begroeiing. Ik zag de vlakke horizon, de grandioze, lege ruimte, hoorde het hoefgetrappel, de zacht suizende wind, en om ons heen was niets, absoluut niets. Alsof de wereld deze plek uitgezocht had om zijn weidsheid te tonen, zijn eenvoud én complexiteit. Alsof we zouden kunnen zijn – of zouden móeten zijn – zoals de step-pe: eindeloos, leeg en, tegelijkertijd, vol leven.

Ik keek naar de hemel, zette mijn zonnebril af en liet me volstromen met dat licht, met de sensatie van nergens en overal tegelijkertijd te zijn. Zwijgend reden we voort, stopten alleen maar om de paarden te laten drinken, in beken die enkel iemand die de streek kende wist te vinden. Af en toe doken er in de verte andere ruiters op, herders met hun kudden, omlijst door de vlakte en de hemel.

Waar ging ik heen? Ik had geen idee, en het interesseerde me ook niet; de vrouw die ik zocht bevond zich in die eindeloze ruimte, ik kon haar ziel aanraken, het liedje horen dat ze zong bij het weven van tapijten. Nu begreep ik waarom ze deze plaats had uitgekozen: niets, maar dan ook niets om de aandacht af te leiden, de leegte die ze zo gezocht had, de wind die beetje bij beetje haar verdriet zou wegblazen. Had ze vermoed dat ik op een dag hier zou zijn, te paard, op weg naar haar toe?

En dan is het alsof het Paradijs uit de hemel neerdaalt, en ik realiseer me dat ik een onvergetelijk moment uit mijn leven meemaak – iets wat we ons vaak realiseren wanneer het magische moment al voorbij is. Ik ben daar in alle volheid, zonder verleden, zonder toekomst, volledig geconcentreerd op die ochtend, op de muziek van de paardenhoeven, op de zachtheid waarmee de wind mijn lichaam streelt, op de onverwachte genade van het zien van de hemel, de aarde, en de mensen. Ik raak in een staat van aanbidding, van extase, van dankbaarheid dat ik leef. Ik bid fluisterend, luisterend naar de stem van de natuur en begrijp dat de onzichtbare wereld zich altijd manifesteert in de zichtbare wereld.

Ik vraag de hemel dezelfde vragen als die ik ooit aan mijn moeder stelde, toen ik klein was:

Waarom houden we van sommige mensen, en hebben we een hekel aan andere?
Waar gaan we na de dood naartoe?
Waarom worden we geboren, als we ten slotte toch sterven?
Wat betekent God?

De steppe antwoordt me met zijn voortdurende suizen van de wind. En dat is voldoende: weten dat de fundamentele vragen van het leven nooit beantwoord zullen worden, en dat we desondanks door kunnen gaan.

Toen er bergen aan de horizon verschenen, zei Dos dat we moesten stoppen. We waren vlak bij een beekje, zag ik.

'Hier slaan we ons kamp op.'

We haalden de bepakking van de paarden af en zetten de tent op. Michaïl groef een gat in de grond: 'De methode van de nomaden: je graaft een gat, onderin leg je stenen, op de randen ook, en zo krijg je een plek om vuur te stoken en te koken zonder dat je last hebt van de wind.'

In het zuiden, tussen de bergen en ons in, verscheen een stofwolk waarvan ik algauw begreep dat hij van galopperende paarden afkomstig was. Ik attendeerde mijn twee metgezellen erop: ze schoten overeind, het viel me op dat ze gespannen waren. Maar toen zeiden ze iets in het Russisch tegen elkaar, en ontspanden zich, Dos ging verder met het opzetten van de tent, terwijl Michaïl het vuur aanstak.

'Kunnen jullie me vertellen wat er aan de hand is?'

'Al lijkt het dat de ruimte om ons heen leeg is, je hebt wel gezien dat we herders gepasseerd zijn, rivieren, schildpadden, vossen, ruiters, toch? En al heb je het idee dat je alles om je heen kunt zien – waar komen die mensen dan vandaan? Waar zijn hun huizen dan? Waar hun kuddes?

Dat het hier leeg is, is een illusie: we zijn voortdurend aan het observeren en worden constant in de gaten gehouden. Voor een vreemdeling, die de tekens van de steppe niet kan lezen, is alles onder controle, het enige wat hij kan onderscheiden zijn paarden en ruiters.

Maar wij, omdat we hier opgegroeid zijn, kunnen de joerten zien, de ronde tenthuizen die opgaan in het landschap. Wij zijn in staat te lezen wat er aan de hand is, door te kijken hoe de ruiters zich bewegen en in welke richting ze rijden; van dat vermogen om de tekens te lezen hing vroeger af of een stam overleefde of niet – want er waren vijanden, indringers, smokkelaars.

En dan nu het slechte nieuws: ze hebben ontdekt dat we op weg zijn naar het dorp dat ginds aan de voet van de bergen ligt, en ze sturen mensen om de sjamaan te doden die visioenen van meisjes heeft, en ook de man die de rust van de buitenlandse vrouw komt verstoren.'

Hij schaterde van het lachen.

'Wacht maar: zo meteen zul je het begrijpen.'

De ruiters naderden. Al snel werd duidelijk wat er aan de hand was.

'Dat lijkt me niet normaal. Het is een vrouw die achtervolgd wordt door een man.'

'Het is niet normaal. Maar het hoort bij ons leven.'

De vrouw reed ons voorbij met een lange zweep in haar hand, ze slaakte een kreet en lachte naar Dos – een soort welkomstgroet – en vervolgens galoppeerde ze in cirkels rond de plek waar wij ons kamp aan het inrichten waren. De man, die blonk van het zweet maar ook een lach op zijn gezicht had, groette ons eveneens vluchtig, terwijl hij probeerde de vrouw bij te houden.

'Nina zou aardiger mogen zijn,' zei Michaïl, 'dit is nergens voor nodig.'

'Juist daarom: omdat het nergens voor nodig is, hoeft ze niet aardig te zijn,' antwoordde Dos. 'Ze hoeft alleen maar mooi te zijn en een goed paard te hebben.'

'Maar ze doet dit met iedereen.'

'Ik heb haar van haar paard af gekregen,' zei Dos trots.

'Jullie praten Engels, omdat je wilt dat ik het begrijp.'

De vrouw lachte, reed steeds sneller en haar lachen vulde de steppe met vrolijkheid.

'Het is gewoon een manier van versieren. Ze noemen het Kyz Kuu, of "het meisje van het paard af laten vallen". Wij hebben er als kind en als opgeschoten jongens allemaal wel eens aan meegedaan.'

De man die haar achternazat, liep steeds meer op haar in, maar we konden zien dat zijn paard het niet langer volhield.

'Ik zal je later wel iets over de Tengri, de cultuur van de steppe, vertellen,' ging Dos verder. 'Maar omdat je dit nu toch ziet, laat me je iets vertellen wat heel belangrijk is: hier, in dit land, is de vrouw in alles de baas. Ze heeft in alles voorrang. Ze krijgt de helft van de bruidsschat, ook als zij degene is die besluit om te scheiden. Als je een vrouw ziet met een witte tulband, betekent dat dat zij moeder is, en dan moeten wij mannen onze hand op ons hart leggen, en ons hoofd buigen als teken van respect.'

'En wat heeft dat te maken met "het meisje van het paard af laten vallen"?'

'In het dorp dat ginds aan de voet van de bergen ligt, is een groepje mannen te paard bijeengekomen rond dat meisje. Nina heet ze en ze is het meest begeerde meisje van de streek. Vervolgens zijn ze begonnen met dat spel, Kyz Kuu, dat ontstaan is in voorouderlijke tijden, toen de steppevrouwen, amazones geheten, ook krijgers waren.

In die tijden vroeg niemand zijn familie toestemming om te trouwen: de huwelijkskandidaten en het meisje kwamen op een bepaalde plek bijeen, allemaal te paard. Zij reed een paar rondjes om de mannen, lachte uitdagend en verwondde hen met haar zweep. Tot de dapperste van hen besloot haar te achtervolgen. Als het haar lukte om zo lang als was afgesproken uit zijn handen te blijven, moest de jongen de aarde vragen hem voor altijd te bedekken – hij zou als een slecht ruiter beschouwd worden, de grootste schande voor een krijger.

Maar als hij haar inhaalde, de zweep trotseerde, en het meisje op de grond gooide, was hij een echte man, mocht hij haar kussen en met haar trouwen. Natuurlijk wisten de meisjes, zowel vroeger als tegenwoordig, aan wie ze wilden ontkomen en door wie ze zich wilden laten vangen.'

Zo op het oog ging het Nina er alleen maar om zich wat te amuseren. Ze won weer afstand op de jongen en reed terug naar het dorp.

'Ze kwam alleen maar om zich te laten zien. Ze weet dat wij in aantocht zijn en gaat dat ginds vertellen.'

'Dan heb ik twee vragen nu. De eerste mag onnozel lijken: kiezen ze hun bruidegoms nog steeds zo?'

Dos zei dat zoiets tegenwoordig niet meer dan een grapje was. Net als in het Westen kleden de mensen zich op een bepaalde manier en gaan ze naar cafés en plekken die op dat moment 'in' zijn. Kyz Kuu was het verleidingsspel van de steppe. Nina had al een groot aantal jongens vernederd, en had zich al door een paar van het paard af laten trekken – van die dingen die in de beste discotheken van de wereld voorkomen.

'De tweede vraag zal nog idioter lijken: in dat dorp ginds, bij de bergen, is mijn vrouw daar soms?'

Dos knikte.

'Als dat maar twee uur rijden is, waarom slapen we dan niet daar? Het is nog lang niet donker.'

'Om twee redenen. De eerste: ook al was Nina niet tot hier gereden, er zou altijd wel iemand zijn geweest die ons zou hebben gezien en die Esther was gaan zeggen dat we eraan komen. Zo kan ze besluiten of ze ons wil zien, of dat ze voor een paar dagen naar een naburig dorp wil vertrekken – in dat geval gaan we niet achter haar aan.'

Een pijnscheut in mijn borst.

'Na alles wat ik heb gedaan om hier te komen?'

'Zeg dat niet nog eens, anders heb je er helemaal niets van begrepen. Hoe kom je op het idee dat jouw inspanningen beloond moeten worden met onderwerping, dankbaarheid, erkenning van degene van wie je houdt? Je bent hierheen gegaan omdat het je weg was, en niet om de liefde van je vrouw te kopen.'

Hoe onrechtvaardig het ook mocht lijken, hij had gelijk. Ik vroeg wat de tweede reden was.

'Je hebt je naam nog niet gekozen.'

'Dat is niet belangrijk,' zei Michaïl opnieuw met nadruk. 'Hij begrijpt onze cultuur niet, en hij hoort niet tot onze cultuur.'

'Wat mij betreft is het wel belangrijk,' zei Dos. 'Mijn grootvader heeft me opgedragen de buitenlandse vrouw te beschermen en te helpen, op dezelfde manier als zij mij heeft beschermd en geholpen. Aan Esther heb ik de rust in mijn ogen te danken, en ik wil dat haar ogen de rust behouden.

Hij zal een naam moeten kiezen. Hij zal voor eens en altijd zijn verhaal van pijn en lijden moeten vergeten, en aanvaarden dat hij een nieuw mens is, die net opnieuw geboren is, en vanaf nu iedere dag opnieuw geboren wordt. Als het niet zo is, en ze gaan weer samenleven, zal hij haar de rekening presenteren van alles wat hij ooit vanwege haar heeft geleden.'

'Ik heb gisteravond al een naam gekozen,' antwoordde ik.

'Nou, wacht dan tot de schemering om hem tegen mij te zeggen.'

Zodra de zon de horizon naderde, gingen we naar een plaats in de steppe, die nagenoeg woestijn was, met reusachtige zandbergen. Het geluid van de steppe veranderde, ik begon een soort resoneren te horen, een intens vibreren. Michaïl zei dat deze plaats een van de weinige ter wereld was waar je zingende duinen hebt: 'Toen ik in Parijs was en hierover vertelde, geloofden ze me alleen maar omdat een Amerikaan opmerkte dat hij dat uit Noord-Afrika kende; in de hele wereld bestaan maar dertig plaatsen als deze. Tegenwoordig hebben de geleerden een verklaring voor alles: vanwege de unieke vorm van het landschap hier dringt de wind de zandkorrels binnen en veroorzaakt dit soort geluid. Maar voor de ouderen is het een van de magische plaatsen van de steppe, het is een grote eer dat Dos besloten heeft hier jouw naamswisseling te doen.'

We begonnen een van de duinen te beklimmen. Hoe hoger we kwamen, hoe intenser het geluid werd: de wind nam in kracht toe. Toen we op de top waren, zagen we de onmetelijke vlakte om ons heen en in het zuiden – veel helderder nu – de bergen.

'Draai je naar het oosten toe, en trek je kleren uit,' zei Dos.

Ik voerde zonder verdere vragen uit wat hij me opdroeg. Ik

kreeg het koud, maar ze schenen zich niet druk te maken over mijn welbevinden. Michaïl knielde en leek te bidden. Dos keek naar de hemel, naar de aarde, naar mij, legde zijn handen op mijn schouders – op dezelfde wijze als ik, zonder dat te weten, had gedaan bij de Nederlander.

'Ik wijd je in naam van de Vrouwe. Ik draag je op aan de aarde die de Vrouwe is. Ik wijd je in naam van het paard. Ik draag je op aan de wereld en ik bid dat deze je helpt je weg te gaan. Ik wijd je in naam van de steppe, die eindeloos is. Ik draag je op aan de eindeloze Wijsheid en ik bid dat je horizon wijder is dan die je nu ziet. Je hebt je naam gekozen; spreek hem nu voor de eerste keer uit.'

'Ik kies een naam in naam van de eindeloze steppe,' antwoordde ik, zonder te vragen of ik me gedroeg zoals het ritueel voorschreef, maar het was alsof het gezang van de duinen me leidde. Ik vervolgde: 'Vele eeuwen geleden beschreef een dichter de omzwervingen van een man, Odysseus, die terug wilde keren naar een eiland, Ithaka geheten, waar zijn geliefde op hem wachtte. Hij trotseert vele gevaren, van stormen tot de verlokkingen van een rustig, comfortabel leven. Op een gegeven ogenblik komt hij in een grot een monster tegen met maar één oog.

Het monster vraagt hem hoe hij heet: "Niemand," zegt Odysseus. Ze vechten, Odysseus slaagt erin het enige oog van het monster met zijn zwaard te doorboren en sluit de grot af met een grote kei. De kompanen van het monster horen geschreeuw, en komen het te hulp. Als ze zien dat er een kei voor de ingang ligt, vragen ze wie er bij hem is. "Niemand! Niemand!" antwoordt het monster. Nu hun gemeenschap niet bedreigd wordt, gaan zijn kompanen weer weg. En zo kan Odysseus zijn tocht naar zijn vrouw, die op hem wacht, voortzetten.'

'Je naam is Odysseus?'

'Nee, mijn naam is Niemand.'

Mijn lichaam rilt en beeft, en het is alsof er van alle kanten naalden in mijn huid gestoken worden.

'Concentreer je op de kou, tot je ophoudt met beven. Laat de kou je gedachten binnendringen tot ze heel je denken in beslag neemt en er geen ruimte meer is voor iets anders, tot ze verandert in je metgezel en je vriend. Probeer de koude niet te bedwingen. Denk niet aan de zon, of de kou wordt nog veel erger – want dan besef je dat er nog iets anders bestaat, zoals de warmte, en op die manier zal de kou voelen dat ze niet gewenst is.'

Mijn spieren trokken samen en ontspanden zich om energie op te wekken en op die manier mijn lichaam in leven te houden. Maar ik deed wat Dos me opdroeg, want ik vertrouwde op hem, op zijn kalmte, op zijn genegenheid, op zijn gezag. Ik stond toe dat de naalden mijn huid in drongen, dat mijn spieren zich verzetten, dat mijn tanden klapperden, terwijl ik in mijn geest alsmaar herhaalde: niet vechten jullie; de kou hoort bij ons, is onze vriend. Mijn spieren gehoorzaamden niet, en gingen bijna een kwartier door totdat ze hun kracht verloren, ophielden mijn lichaam te schudden, en ik in een soort verdoving geraakte; ik maakte aanstalten te gaan zitten, maar Michaïl greep me vast en hield me overeind, terwijl Dos me toesprak. Zijn woorden leken van heel ver te komen, van een plek waar de steppe de hemel raakt.

'Wees welkom, nomade die de steppe doorkruist. Wees welkom op de plek waar we altijd zeggen dat de hemel blauw is, ook al is hij grijs, want we weten welke kleur er achter de wolken is. Wees welkom in de streek van de Tengri. Wees welkom bij mij, die hier ben om je te ontvangen en je te eren om je zoektocht.'

Michaïl ging op de grond zitten, gaf me iets te drinken wat me van binnen meteen deed gloeien. Dos hielp me met aankleden, we liepen de duinen uit die met elkaar spraken, we bestegen de paarden en keerden terug naar ons provisorische kampement. Nog voor ze begonnen met koken, viel ik in een diepe slaap.

'Wat is dit nou? Is het nog geen ochtend?'

'Jawel, al een hele tijd. Maar maak je geen zorgen, het is alleen maar een zandstorm. Zet je zonnebril op, bescherm je ogen.'

'Waar is Dos?'

'Terug naar Almati. Maar ik moet je zeggen dat ik geroerd ben door de ceremonie van gisteren: eigenlijk hoefde hij dat niet te doen, voor jou was het vast tijdverspilling, en je had wel een longontsteking kunnen oplopen. Ik hoop dat je begrijpt dat het zijn manier was om je te laten zien hoe welkom je bent. Pak de olie eens.'

'Ik heb veel te lang geslapen.'

'Och, we rijden er maar twee uur over. We zijn er nog voor de zon zijn hoogste stand heeft bereikt.'

'Ik wil me wassen, andere kleren aandoen.'

'Dat kan niet: je bent midden in de steppe. Doe de olie in het pannetje, maar eerst bied je hem aan aan de Vrouwe – na zout heeft olie voor ons de meeste waarde.'

'Wat is Tengri?'

'Het woord betekent "de eredienst van de hemel", een soort godsdienst zonder godsdienst. Er zijn hier boeddhisten langsgekomen, hindoes, katholieken, moslims, allerlei sekten, gelovigen en bijgelovigen. De nomaden bekeerden zich om onderdrukking te voorkomen – maar ze bleven en zijn nog steeds aanhangers van de idee dat de godheid te allen tijde overal aanwezig is. Ze kan niet uit de natuur worden weggehaald en in boeken of tussen vier muren gezet. Sinds ik deze grond weer onder mijn voeten voel, gaat het beter met me, alsof ik dit hier inderdaad nodig had om me te voeden. Bedankt dat ik met je mee mocht.'

'En jij bedankt dat je me hebt voorgesteld aan Dos. Gisteren, toen hij me wijdde, voelde ik dat hij een bijzonder iemand is.'

'Hij is in de leer geweest bij zijn grootvader, die bij diens vader in de leer is geweest en die weer bij díens vader, enzovoort. De manier van leven van de nomaden en het ontbreken van een geschreven taal – tot aan het eind van de negentiende eeuw – hebben geleid tot de traditie van de *akyn*, iemand die alles in zijn geheugen moet opslaan en de verhalen moet doorgeven. Dos is een akyn.

Maar als ik het heb over "in de leer zijn" hoop ik niet dat je het opvat als "feitenkennis vergaren". De verhalen hebben niets te maken met gegevens, namen of echte feiten. Het zijn legendes over helden en heldinnen, dieren en veldslagen, beschrijvingen van het wezen van de mens, niet alleen maar van zijn daden. Het zijn geen verhalen over winnaars of verliezers, maar over mensen die door de wereld trekken, de steppe zien, en zich laten aanraken door de energie van de liefde. Laat de olie niet zo heet worden, anders spettert hij direct alle kanten op.'

'Ik voelde me gezegend.'

'Ik zou me ook graag zo voelen. Eergisteren, in Almati, ben ik bij mijn moeder langsgegaan, ze vroeg of het goed met me ging, en of ik goed verdiende. Ik heb gelogen, gezegd dat het uitstekend ging, dat ik theater deed in Parijs en in een stuk speelde dat veel succes had. Vandaag kom ik terug bij mijn volk, het is net of ik nog geen dag ben weg geweest en of ik al die tijd dat ik weg was, niets belangrijks heb gedaan. Ik praat met clochards, trek op met de stammen, ik houd bijeenkomsten in het restaurant, en met welk resultaat? Geen enkel. Ik ben geen Dos die bij zijn grootvader in de leer is geweest. Ik heb alleen maar de aanwezigheid, die mijn gids is, en soms denk ik dat het allemaal alleen maar hallucinaties zijn: misschien heb ik eigenlijk alleen maar epileptische aanvallen en meer niet.'

'Zonet bedankte je me nog dat je met me mee mocht, en nu lijkt het wel of je er erg ongelukkig om bent. Wat voel je nou? Kies voor een van de twee.'

'Ik voel die twee dingen tegelijkertijd, ik hoef niet te kiezen, ik kan met die tegenstrijdige gevoelens leven.'

'Ik wil je iets zeggen, Michaïl. Vanaf het moment dat ik jou leerde kennen, heb ik ook te maken gehad met heel erg tegenstrijdige gevoelens. Aanvankelijk haatte ik je, haat veranderde in acceptatie, en hoe langer ik met je optrok, hoe meer de acceptatie overging in respect. Je bent nog jong, en wat je nu voelt is heel normaal: machteloosheid. Ik weet niet hoeveel mensen tot nu toe door jouw werk zijn beïnvloed, maar één ding kan ik je wel zeggen: je hebt mijn leven veranderd.'

'Het ging jou er alleen maar om je vrouw weer te zien.'

'Dat is nog steeds zo. Maar daarvoor heb ik meer dan alleen maar de steppen van Kazachstan doorkruist: ik ben door mijn verleden getrokken, ik heb gezien waar ik gedwaald heb, waar ik stil ben blijven staan, ik heb het moment gezien waarop ik Esther verloor – het moment dat de Mexicaanse indianen "acomodador" noemen. Ik heb dingen beleefd waarvan ik nooit had gedacht dat ik die op mijn leeftijd zou meemaken. Dat alles omdat jij bij me was en mijn gids was, zelfs al was je je daarvan niet bewust. En weet je wat nog? Ik twijfel er niet aan dat je stemmen hoort, en dat je visioenen had toen je klein was. Ik heb altijd in vele dingen geloofd, en nu des te meer.'

'Je bent niet dezelfde als toen ik je leerde kennen.'

'Dat klopt. Ik hoop dat Esther tevreden is.'

'Maar ben jíj tevreden?'

'Ja, natuurlijk.'

'Meer hoeft ook niet. Kom, we gaan eten, we wachten tot de storm is gaan liggen en rijden dan verder.'

'Laten we zo lang niet wachten, maar de storm trotseren.'

'Goed. We doen wat jij wilt: de storm is geen teken, alleen maar een gevolg van de verwoesting van het Aralmeer.'

De storm gaat liggen en de paarden lijken te versnellen. We rijden een vallei in en het landschap verandert volledig: de eindeloze horizon maakt plaats voor hoge, kale rotsen. Ik kijk naar rechts en zie een struik die volhangt met linten.

'Was het hier? Was het hier dat je de visioenen...'

'Nee. Die van mij hebben ze vernield.'

'Wat is dit dan?'

'Een plek waar vermoedelijk iets heel belangrijks gebeurd is.'

Hij stijgt af, haalt een mes uit zijn rugzak, snijdt een stuk van een mouw van zijn overhemd af en bindt het aan een tak. Zijn ogen veranderen, misschien dat de aanwezigheid bij hem is, maar hem iets vragen wil ik niet.

Ik doe hetzelfde. Ik bid om bescherming, om hulp, ik voel ook een aanwezigheid naast me: mijn droom, mijn lange reis terug naar de vrouw van wie ik hou.

We stijgen weer op. Hij vertelt me niets over zijn gebed, en ik hem evenmin iets over het mijne. Vijf minuten later doemt er een klein dorp op, met witte huizen. Een man staat ons op te wachten, richt zich tot Michaïl, in het Russisch. De twee praten een tijdje, de man gaat weg.

'Wat wilde hij?'

'Hij vroeg of ik naar zijn huis kwam, om zijn dochter te genezen. Nina zal wel gezegd hebben dat ik vandaag zou aankomen. De oudere mensen herinneren zich mijn visioenen nog.'

Hij lijkt onzeker. Er is verder niemand te zien, klaarblijkelijk zijn ze aan het werk of aan het eten. We rijden over de hoofdstraat, aan het eind waarvan een wit gebouw ligt, midden in een boomgaard.

'Weet je nog wat ik vanochtend tegen je zei, Michaïl? Misschien ben je inderdaad alleen maar iemand die epilepsie heeft, die weigert te aanvaarden dat hij die ziekte heeft en er in zijn onderbewuste een heel verhaal omheen heeft verzonnen. Maar het kan ook zijn dat je een missie hebt: mensen leren hun persoonlijke verhaal te vergeten, zich meer open te stellen voor de liefde als zuivere, goddelijke energie.'

'Ik kan je niet volgen. Al die maanden dat wij elkaar kennen, had je het alleen maar over dat ene moment, je weerzien met Esther. En vanochtend lijk je je plotseling meer om mij te bekommeren dan om wie of wat dan ook. Zou het ritueel van Dos gisteravond dan inderdaad effect hebben gehad?'

'Dat weet ik wel zeker.'

Ik wilde zeggen: ik ben bang. Ik wil aan alle mogelijke dingen denken, maar niet aan wat er de volgende minuten gebeuren gaat. Vandaag ben ik de meest goedhartige, meest vrijgevige persoon die er op deze aardbodem rondloopt. Ik ben vlak bij mijn doel. Ik ben bang voor wat me wacht en dus probeer ik anderen te dienen om God alsnog te laten zien dat ik een goed mens ben, dat ik de zegening verdien waar ik zo mijn best voor heb gedaan.

Michaïl steeg af en vroeg me hetzelfde te doen.

'Ik ga naar het huis van die man met zijn zieke dochter. Ik zorg voor je paard in de tijd dat jij met haar praat.'

Hij wees naar een wit gebouwtje tussen de bomen.

'Daar is ze.'

Ik moest alles op alles zetten om me te beheersen.

'Wat doet ze daar?'

'Dat heb ik je toch verteld?! Ze leert tapijten weven en in ruil daarvoor geeft ze Frans. Trouwens, al zien ze er nog zo simpel uit, het zijn heel ingewikkelde tapijten, net als de steppe: de kleurstoffen komen van planten die ze op het juiste tijdstip moeten plukken, anders is de kwaliteit minder. Vervolgens spreiden ze schapenwol uit over de grond, gooien er heet water overheen, en als de wol nog vochtig is spinnen ze de draden. Zodra de zon dan alles gedroogd heeft, kan het weven beginnen.

De figuren worden door kinderen gedaan; de handen van volwassenen zijn te groot en te grof voor het delicate, verfijnde weefwerk.'

Hij zweeg even.

'En kom me niet aan met prietpraat over kinderarbeid: het is een traditie die gerespecteerd dient te worden.'

'Hoe is het met haar?'

'Weet ik niet. Ik heb haar al een maand of zes niet gesproken.'

'Michaïl, dat is opnieuw een teken: de tapijten.'

'Tapijten?'

'Kun je je herinneren dat ik gisteren, toen Dos me een naam vroeg, het verhaal heb verteld van een krijger die op zoek is naar zijn geliefde en terugkeert naar een eiland? Dat eiland heet Ithaka, en de vrouw Penelope. Sinds Odysseus vertrokken is naar de oorlog, wijdt Penelope zich aan... raad eens aan wat?! Aan weven! Ze weeft; omdat hij langer wegblijft dan verwacht, haalt ze iedere nacht uit wat ze overdag geweven heeft, en begint de volgende ochtend opnieuw.

Er komen mannen langs die met haar willen trouwen, maar zij droomt van de terugkeer van de man van wie ze houdt. En eindelijk, als ze het wachten beu is en besluit dat dit de allerlaatste keer is dat ze opnieuw begint, arriveert Odysseus.'

'Toevallig heet het hier niet Ithaka, en zij niet Penelope.'

Michaïl had het verhaal niet begrepen, en uitleggen dat het alleen maar als metafoor was bedoeld, was te veel moeite. Ik gaf hem mijn paard en ging te voet verder. Honderd meter scheidden me nog van de vrouw die ooit mijn vrouw was geweest, die veranderd was in de Zahir, en nu opnieuw mijn geliefde werd, de droom die alle mannen hopen weer te vinden als ze terugkeren van de oorlog of van hun werk.

Ik ben vies en vuil. Mijn kleren en mijn gezicht zitten onder het zand, en al is het nog zo koud, ik ben helemaal bezweet.

Ik denk aan hoe ik eruitzie, een oppervlakkiger gedachte is nauwelijks mogelijk – alsof ik de hele lange weg naar mijn eigen Ithaka heb afgelegd alleen maar om een nieuwe outfit te laten zien. In die honderd meter die me van haar scheiden, moet ik alles in me mobiliseren en denken aan alle belangrijke dingen die er gebeurd zijn in de tijd dat zij – of ik? – is weg geweest.

Wat moet ik zeggen als we elkaar zien? Ik heb er vaak aan gedacht, het varieerde van 'ik heb lang naar dit ogenblik uitgezien', 'ik heb ingezien dat ik fout was', 'ik ben gekomen om te zeggen dat ik van je hou', tot zoiets als 'je bent mooier dan ooit'.

Het zal 'hoi' worden, heb ik besloten. Alsof ze nooit is weggegaan. Alsof er maar een dag is verstreken en niet twee jaar, negen maanden, elf dagen en elf uur.

Ze moet begrijpen dat ik veranderd ben tijdens mijn tocht langs de plaatsen waar zij is geweest en waar ik nooit over had gehoord – of waar ik me nooit voor had geïnteresseerd. Ik heb het bebloede lapje gezien in de hand van een clochard, van de jonge mensen en de twee ouderen die optraden in een Parijs restaurant, in de hand van een schilder, van een arts, van een jongen die zei visioenen te krijgen en stemmen te horen. En terwijl ik haar spoor volgde, heb ik de vrouw, met wie ik ooit ben getrouwd, mijn vrouw, mijn echtgenote, leren kennen, en opnieuw de zin van mijn leven ontdekt, van mijn leven dat al zozeer veranderd was en nu nog eens veranderde.

Al was ik nog zo lang getrouwd, ik had mijn vrouw nooit echt leren kennen: ik had een 'liefdesverhaal' geconstrueerd, zo'n verhaal als ik kende uit films, uit boeken, tijdschriften, van programma's op tv. In mijn verhaal was de 'liefde' iets wat groeide, een bepaalde omvang bereikte, en vanaf dan was het slechts een kwestie van in leven houden zoals je bij een kamerplant doet: af en toe water geven en de dorre blaadjes weghalen. 'Liefde' was ook een synoniem voor tederheid, zekerheid, status, gemak, succes. 'Liefde' werd vertaald in lachende blikken, in woorden als 'ik hou van jou', of 'fijn dat je weer thuis bent'.

Maar het was allemaal ingewikkelder dan ik dacht: soms kon ik dolverliefd op Esther de straat oversteken maar zodra ik aan de overkant was, voelde ik me opgesloten, down omdat ik met iemand een relatie was aangegaan, en verlangde ik er vreselijk naar om opnieuw op avontuur te gaan. Ik dacht dan: ik hou niet meer van haar. En als de liefde terugkwam met dezelfde heftigheid als eerst, had ik weer mijn twijfels en zei ik tegen mezelf: het is alleen maar omdat ik aan haar gewend ben.

Esther had mogelijk dezelfde gedachten, en zei misschien tegen zichzelf: wat stom, we zijn gelukkig, en zo is het dan voor de rest van ons leven. Per slot van rekening had ze dezelfde verhalen gelezen, dezelfde films gezien, dezelfde series op tv, en al heette het in geen van die verhalen enzovoorts dat liefde veel meer is dan een happy end, waarom was ze niet toleranter tegenover zichzelf? Als ze iedere ochtend had herhaald dat ze tevreden was met haar leven, had ze ongetwijfeld op den duur niet alleen zichzelf daarvan overtuigd, maar ook iedereen om ons heen.

Maar ze dacht anders, handelde anders. Ze heeft geprobeerd mij dat te laten zien, maar ik slaagde er niet in het te zien – ik moest haar verliezen om te ervaren dat herwonnen dingen zoet smaken, als de zoetste honing.

Nu ben ik dan hier, loop over de hoofdstraat van een klein, slaperig, koud dorpje, opnieuw bezig met een bedevaart omwille van haar.

Het eerste en belangrijkste draadje van het web dat me gevangen hield – 'alle liefdesgeschiedenissen zijn hetzelfde' – werd kapotgetrokken toen ik door een motor ondersteboven gereden werd.

In het ziekenhuis zei de liefde tegen mij: 'Ik ben het alles en het niets. Ik ben als de wind, en waar ramen en deuren gesloten zijn kan ik niet naar binnen.'

Mijn antwoord aan de liefde was: 'Maar ik sta voor jou open!'

De liefde antwoordde: 'Wind bestaat uit lucht. Er is lucht in jouw huis, maar alles is dicht. De meubels raken onder het stof, het vocht tast de schilderijen aan, maakt vlekken op de muren. Je zult doorgaan met ademen, je zult een deel van me leren kennen – maar ik ben niet een deel, ik ben het Geheel, en dat zul jij nooit leren kennen.'

Ik zag hoe de meubels onder het stof lagen, de schilderijen door vocht geruïneerd werden, er bleef me niets anders over dan ramen en deuren open te zetten. Toen ik dat gedaan had, veegde de wind alles schoon. Ik wilde mijn herinneringen bewaren, dingen waarvan ik meende dat ik ze met zo veel moeite had verworven beschermen, maar alles was verdwenen, ik was leeg als de steppe.

Opnieuw begreep ik waarom Esther besloten had hierheen te gaan: leeg als de steppe.

En omdat ik leeg was, bracht de wind die binnenkwam nieuwe dingen, geluiden die ik nooit had gehoord, mensen met wie ik nog nooit had gesproken. Het enthousiasme dat ik vroeger had keerde weer, omdat ik me bevrijd had van mijn persoonlijke verhaal, de 'acomodador' had vernietigd, mezelf had ontdekt als een man die in staat is anderen te zegenen op dezelfde manier als de nomaden en de sjamanen uit de steppe hun naasten zegenen. Ik ontdekte dat ik veel beter was en tot veel meer in staat dan wat ik zelf altijd had gedacht: tenslotte kan leeftijd alleen een belemmering zijn voor mensen die hun leven nooit in eigen hand hebben durven nemen.

Ooit had ik omwille van een vrouw een lange pelgrimstocht gemaakt om mijn droom te vinden. Vele jaren later had dezelfde vrouw me opnieuw gedwongen op pad te gaan, ditmaal om de man te vinden die zijn weg was kwijtgeraakt.

Nu denk ik aan van alles – maar niet aan de belangrijke dingen: in mijn hoofd klinkt een liedje, ik vraag me af waarom er nergens auto's geparkeerd staan, ik voel hoe mijn schoenen knellen, en zie dat mijn horloge nog de Europese tijd aangeeft.

Dat alles omdat de vrouw, mijn vrouw, mijn gids en de liefde van mijn leven, nu slechts een paar passen van me vandaan is; alles wat zomaar in me opborrelt, helpt me om te ontsnappen aan deze werkelijkheid die ik zozeer gezocht heb maar waarmee ik de confrontatie vrees.

Ik ga op een van de stoeptreden van het huis zitten, rook een sigaret. Ik denk aan teruggaan naar Frankrijk; ik ben immers gekomen waar ik wilde komen, waarom nog verder gaan?

Ik sta op, mijn benen trillen. In plaats van aan de terugweg te beginnen, klop ik en veeg ik – zo goed en zo kwaad als het gaat – het zand van mijn kleren en gezicht. Ik leg mijn hand op de deurklink en ga naar binnen.

Al weet ik dat ik misschien voorgoed de vrouw van wie ik hou verloren heb, toch moet ik me dwingen om alle genade die God me vandaag geschonken heeft, te ervaren. Genade kun je niet sparen. Er is geen bank waar ik haar kan deponeren om haar wanneer ik weer vrede met mezelf heb, te gaan benutten. Als ik nu niet gebruikmaak van deze zegeningen, zal ik ze onherroepelijk kwijt zijn.

God weet dat we levenskunstenaars zijn. De ene dag geeft Hij ons een hamer voor een beeldhouwwerk, de andere dag penselen en verf om een schilderij te maken, of pen en papier om te schrijven. Maar het zal mij nooit lukken om met hamers te schilderen of met penselen te beeldhouwen. Dus moet ik, zelfs al is het moeilijk, de kleine zegeningen die deze dag me biedt maar aannemen, zegeningen die me eerder als verwensingen voorkomen want ik lijd en het is een prachtige dag, de zon schittert, de kinderen zingen op straat. Alleen zo zal het me lukken mijn verdriet achter me te laten en mijn leven weer op te bouwen.

De ruimte was een zee van licht. Zij sloeg haar ogen op toen ik binnenkwam, glimlachte, en ging verder met het voorlezen uit *Een tijd om te scheuren en een tijd om te herstellen*. Op de grond, tussen de kleurige tapijten, zaten vrouwen en kinderen. Telkens als Esther stopte, herhaalden zij het fragment zonder van hun werk op te kijken.

Ik voelde een brok in mijn keel, moest me bedwingen om niet in tranen uit te barsten, en vanaf dat moment voelde ik niets meer. Ik zag alleen maar dat tafereel, hoorde mijn woorden op haar lippen, terwijl ik daar stond omringd door kleuren, door licht, door mensen die volledig geconcentreerd waren op waar ze mee bezig waren.

En per slot van rekening is, zoals een Perzische wijze zegt, de liefde
een ziekte waar niemand vanaf wil. Wie erdoor wordt getroffen wenst
geen genezing, en wie eraan lijdt zoekt geen herstel.

Esther sloot het boek. De mensen sloegen hun ogen op en zagen mij.

'Ik ga een wandeling maken met de vriend die net is aangekomen,' zei ze tegen de groep. 'De les voor vandaag is afgelopen.'

Iedereen lachte en groette mij. Ze kwam naar me toe, kuste me op mijn wang, pakte mijn arm en we gingen.

'Hoi,' zei ik.

'Ik hoopte dat je zou komen,' antwoordde ze.

Ik omhelsde haar, legde mijn hoofd op haar schouder en begon te huilen. Zij streelde mijn haar, en door de manier waarop ze me aanraakte, begreep ik wat ik niet wilde begrijpen, aanvaardde ik wat ik niet wilde aanvaarden.

'Ik heb gehoopt en gewacht, op heel veel manieren,' zei ze toen ze zag dat mijn tranen minder werden. 'Als de wanhopige vrouw, die beseft dat haar man nooit haar stappen heeft begrepen, nooit hierheen zal komen en dat zij dus maar het vliegtuig moet pakken en teruggaan, om bij de volgende crisis opnieuw weg te gaan, en dan weer terug te gaan, weer weg te gaan, weer terug te gaan en zo maar door.'

De wind was gaan liggen, de bomen luisterden naar wat ze tegen me zei.

'Ik heb gehoopt en gewacht zoals Penelope op Odysseus hoopte en wachtte, Romeo op Julia, en zoals Beatrice wachtte en hoopte dat Dante haar verlossen zou. De leegte van de steppe was gevuld met herinneringen aan jou, aan de momenten die we samen hebben doorgebracht, de landen waar we samen zijn geweest, ons plezier en onze ruzies. Dus keek ik achterom, naar het spoor dat mijn stappen hadden achtergelaten, maar ik zag je niet.

Ik heb veel verdriet gehad. Ik besefte dat ik een weg was ingeslagen waarvoor geen weg terug bestaat. En als een mens op deze manier handelt, kan hij alleen maar verder gaan, en door-gaan. Ik ben naar een nomade gegaan die ik van vroeger kende, en heb hem gevraagd me te leren mijn persoonlijke verhaal te vergeten, en me ontvankelijk te maken voor de liefde die overal is. Hij is begonnen me te onderwijzen in de Tengri-traditie. Op een zekere dag keek ik opzij en ik zag de liefde, die overal is, weerspiegeld in een paar ogen, van een schilder die Dos heet.'

Ik zei niets.

'Ik was verbijsterd, ik kon niet geloven dat ik ooit nog eens zou kunnen liefhebben. Hij sprak niet veel, maar hij leerde me Russisch en vertelde me dat in de steppe de hemel altijd blauw heet, ook al is hij grijs – want ze weten dat hij achter de wolken blauw blijft. Hij pakte mijn hand en hielp me door de wolken heen te gaan. Hij leerde me op de eerste plaats van mezelf te houden en dan pas van hem. Hij toonde me dat mijn hart in dienst stond van mezelf en in dienst van God, en niet in dienst van de anderen.

Hij zei dat mijn verleden me altijd zou vergezellen, maar dat ik me moest losmaken van de feitelijkheden, en me alleen maar op mijn emoties moest concentreren. En hoe meer ik dat zou doen, hoe meer ik zou gaan begrijpen dat er in het heden altijd een ruimte is, zo groot als de steppe, om te vullen met alsmaar meer liefde en meer levensvreugde.

Ten slotte legde hij me uit dat ons lijden veroorzaakt wordt doordat we hopen door anderen bemind te worden op de wijze die wij in gedachten hebben, en niet op de wijze zoals de liefde zich moet manifesteren – vrij, ongetemd, als een kracht die ons leidt, en ons verhindert om stil te staan.'

Ik tilde mijn hoofd op, keek haar aan.

'En hou je van hem?'

'Ik heb van hem gehouden.'

'Hou je nog steeds van hem?'

'Denk je dat dat zou kunnen? Denk je dat ik, als ik van een andere man hield, terwijl ik wist dat jij eraan kwam, nog hier zou zijn?'

'Ik denk van niet. Ik denk dat je de hele ochtend hebt uitgekeken naar het ogenblik waarop de deur zou opengaan.'

'Nou, waarom stel je dan van die idiote vragen?'

Uit onzekerheid, dacht ik. Maar het was prima dat ze geprobeerd had opnieuw de liefde te vinden.

'Ik ben zwanger.'

Het was alsof de grond onder me wegzakte, maar het duurde slechts een seconde.

'Van Dos?'

'Nee. Van iemand die kwam en weer ging.'

Ik lachte, ook al deed het pijn in mijn hart.

'Per slot van rekening is hier aan het einde van de wereld niet veel te doen,' merkte ik op.

'Dit is niet het eind van de wereld,' antwoordde Esther ook lachend.

'Maar misschien is het nu tijd om terug te keren naar Parijs. Jouw werk heeft me gebeld, met de vraag of ik wist waar ze jou konden vinden. Ze wilden dat je mee zou gaan met een NAVO-patrouille in Afghanistan, om een reportage te maken. Je moet zeggen dat je niet kunt.'

'Hoezo niet?'

'Je bent zwanger! Wil je dan dat de baby meteen vanaf het prille begin alle negatieve energie van een oorlog meekrijgt?'

'De baby? Denk je dat die me zal beletten om mijn werk te doen? En bovendien, waarom die bezorgdheid? Jij hebt er tenslotte niets voor gedaan!'

'O nee? Is het dan niet dankzij mij dat je hier terecht bent gekomen? En dat vind jij niets?'

Uit de zak van haar witte jurk haalde ze een lapje met bloedvlekken, en ze gaf het aan mij, haar ogen stonden vol tranen.

'Voor jou. Ik had zo'n heimwee naar onze ruzies.'

Ze zweeg even, en toen zei ze: 'Vraag of Michaïl voor een extra paard wil zorgen.'

Ik stond op, pakte haar schouders vast en zegende haar, op dezelfde manier als ik gezegend was.

Dankwoord

De Zahir heb ik geschreven toen ik mijn eigen pelgrimstocht door de wereld maakte, tussen januari en juni 2004. Delen van het boek ontstonden in Parijs, Saint-Martin (Frankrijk), Madrid, Barcelona, Amsterdam, ergens op een autoweg in België, in Almati en in de steppe van Kazachstan.

Ik wil mijn Franse uitgevers, Anne en Alain Carrière, bedanken voor de informatie die ze voor me verzamelden over de Franse wetten die in dit boek ter sprake komen.

Over de Bank van Wederdienst hoorde ik voor het eerst in *Het vreugdevuur der ijdelheden* van Tom Wolfe. Het boek dat Esther las en dat het verhaal vertelt van Fritz en Hans in Tokio, is *Ishmael* van Daniel Quinn. De mysticus die wordt aangehaald door Marie, als ze het erover heeft hoe belangrijk het is om waakzaam te blijven, is Kenan Rifai. Het merendeel van de dialogen die de stam in Parijs voerde, kreeg ik van jongeren die deel uitmaken van zulke groepen. Sommigen van hen zetten hun teksten op het internet; wie de exacte auteur ervan is, is echter moeilijk te achterhalen.

De versregels die de hoofdpersoon in zijn kinderjaren leerde, en die hij zich herinnert als hij in het ziekenhuis ligt (*Wanneer hij komt, door niemand gewenst...*), komen uit het gedicht 'Consoada' van de Braziliaan Manuel Bandeira. Enkele opmerkingen die Marie maakt aansluitend op de scène waarin de hoofdpersoon naar het station gaat om de acteur af te halen, stammen uit een gesprek met de Zweedse actrice, Agneta Sjodin. Het concept van het vergeten van je persoonlijke verhaal is iets wat een onderdeel vormt van vele initiatieriten, maar goed uitgewerkt is in *Reis naar Ixtlan* van Carlos Castaneda. De Wet van Jante werd opgesteld door de Deense schrijver Aksel Sandemose, in zijn roman *Een vluchteling kruist zijn spoor.*

Dmitry Voskoboynikov en Evgenia Dotsuk zijn me zeer behulpzaam geweest bij de realisatie van mijn plannen om Kazachstan te bezoeken. Met hun vriendschap voel ik me zeer vereerd.

In Almati heb ik kennis mogen maken met Imangali Tasmagambetov, auteur van het boek *The Centaurs of the Great Steppe* en groot kenner van de plaatselijke cultuur. Hij verschafte me belangrijke informatie over de Kazachstaanse politieke en culturele situatie, hoe die in het verleden was en hoe die heden ten dage is. Ook wil ik Nursultan Nazarbayev, de president van de republiek, bedanken voor de voortreffelijke ontvangst en ik maak van de gelegenheid gebruik om hem te complimenteren voor het feit dat hij verdere atoomproeven in zijn land – hoewel het over de noodzakelijke technologie daarvoor beschikt – heeft afgeblazen, en van plan is het kernwapenarsenaal van zijn land te ontmantelen.

Ten slotte ben ik veel van mijn magische ervaring in de steppe verschuldigd aan de mensen die me hebben vergezeld en die veel geduld hebben getoond: Kaisar Alimkulov; Dos (Dosbol Kasymov), een uitzonderlijk talentvol schilder, op wie ik het personage met die naam gebaseerd heb, dat op het eind van het boek zijn entree maakt; en Marie Nimirovskaya, aanvankelijk slechts mijn tolk maar al na korte tijd een vriendin.